2024年度兵团文艺精品工程扶持项目

赵旭凤 著

且聽风吟

QIE

TING

FENG

YIN

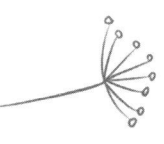人民日报出版社

北 京

图书在版编目（CIP）数据

且听风吟 / 赵旭风著. -- 北京：人民日报出版社，2024.5.
-- ISBN 978-7-5115-8321-5

Ⅰ.Ⅰ267

中国国家版本馆CIP数据核字第2024RU8003号

书　　名：且听风吟
　　　　　Qieting Fengyin
著　　者：赵旭风

出 版 人：刘华新
责任编辑：万方正
装帧设计：李尘工作室

出版发行：人民日报 出版社
社　　址：北京金台西路2号
邮政编码：100733
发行热线：（010）65369527　65369846　65369509　65369510
邮购热线：（010）65369530　65363527
编辑热线：（010）65369521
网　　址：www.peopledailypress.com
经　　销：新华书店
印　　刷：北京鑫瑞兴印刷有限公司

开　　本：710mm×1000mm　　1/16
字　　数：220千字
印　　张：13.5
版次印次：2024年7月第1版　　2024年7月第1次印刷

书　　号：ISBN 978-7-5115-8321-5
定　　价：48.00元

序

且听风吟　遇见花开

程相申

真实、质朴、鲜活、动人——人与万物折射的光芒，盛开的思想花语，从灵魂深处演绎出的厚重质感，流水一样的自由与灵性……

读完赵旭风散文集《且听风吟》，就生出以上直观感受。

此时寒露已过，透过窗户眺望伊犁河，秋天的风带着泥土气息扑面而来。在这时间的刻度中阅读、验证和确认作者在真实的生活中游弋、期待和获取，将我带入作家深层次的写作体验，如《乡愁·浇汤烙面》：

"你的口味，爱你的人才会知道。第一次回老家，8月的西安热得像一个蒸笼，父母竟然给我做浇汤烙面欢迎我回家。看着他们挥汗如雨却笑容灿烂的样子，回家的幸福感伴随着在外的辛酸瞬间席卷而来，我的泪水夺眶而出。"

"外婆和舅母固执地为我做烙面吃。站在烟熏火燎的厨房里，我一口气吃下好几碗。外公抽着烟袋，外婆佝偻在锅台旁……老人满目疼爱，幸福地看着我狼吞虎咽的样子，我的内心愧疚不已。"

"一个成年男人的崩溃往往就在一瞬间。"

这些细节的描写，让我想起自己的童年和少年时光。这些温情的记忆刹那间勾起我对村庄、对自己的故乡日常劳作的回忆。

赵旭风生长于关中地区，大学毕业后毅然选择到新疆工作，并在兵团扎下根，结婚生子，事业有成。而我当年是从河南农村当兵到新疆，复员后留在兵团工作至今。我们的经历大致相同，他的故乡陕西咸阳与我的家乡河南南阳相距不过500公里，我们的村庄有着相近的风俗习惯，包括两地之间的饮食习惯，以及作为一个游子对故乡的那份割舍不下的眷恋和牵挂。

《乡愁·棍棍面》《萝卜·乡愁》《回家过年是我的奢侈》《麦客往事》等，

这些作品浓缩了作家对故乡和亲人的热爱，朴素的感情里流淌着对家乡跨越时空的感知，以及此生舍不下的牵挂。为此，作者多处写到"满眼泪花"。这些纯粹的感情是作者最真实的情感表达，使得作品朴实而又颇富感染力。

故乡对于每一个人来说，都是一个重要而又特别的场域。这个生命的初始地，对于一个人的价值，不仅仅是给予人情感上的牵挂和安慰，更是我们判断这个世界的视角。这些有趣的烟火气，来自生活本身而又独具创见。作者在行文中，无论记叙、抒情、议论，都在朴素平实中洗尽铅华，达到情感共振，引起读者共鸣，实属有情之人写下的有情之文。

收入这本集子里的作品，大体分为三个部分。第一部分属于"乡愁"类，从饮食到风俗，再到一个人物、一处景观、一个事件，这是他的根脉所系，饱含对故土的眷恋和感慨；第二部分属于"生活"类的温情与感悟，从娶妻生子、买车买房、家庭琐事写起，有着朴素可感的回味和欢喜，这一部分是作者五彩缤纷的生活之旅；第三部分讲述责任和感动，叙述作者曾经走过的路、遇到的人、经历的事，以及工作和生活中感受到的宽容和期待。

当我读到《母亲来到了伊犁》《没有走远的记忆》《石痛》《妻子出差的日子》等文章时，其中的家庭琐事、衣食住行和酸甜苦辣让我感同身受，生活其中的哪一个人不是在五味杂陈中充满意外和惊喜呢？

"幸福不是用来炫耀的，也不是用来比较的，而是用来感受的。幸福往往与你收入和身份没有太大关系。"（《感受幸福》）

"当孩子悄无声息地来到这个世界时，母亲的反应却让我不知所措，她毅然撇下体弱多病的父亲，不顾我们的再三劝阻，大包小包，风风火火来到了伊犁。"

"母爱对人性的震撼和抚慰，是世界上任何精神和物质所不能替代的。"（《母亲来到了伊犁》）

这些坦然自若的行文风格，成就了作者散文特有的气质，这些真性情的表达，在通透中得到彻底释放；这些人生珍藏的高贵品质，让人肃然起敬的同时，也触动着每一个阅读者的神经。

文章叙述生动，画面感强，虚实结合，议论得当，逻辑顺序明晰，不堆砌词语，唯注重对真实的刻画，包括行文时的修辞和对细节的描绘，让人感受到作者在呕心沥血地经营文字。美术教师、心理咨询师和管理者的职业生涯，沉淀在生活的源泉里，使得所有的表达都简洁明快而又真实自然，恰如其分。

他把思想和感情融入朴实而又自然的表达之中，让人身临其境而又感到惊喜。就像诗人弗罗斯特所说："作者不含着泪写，读者就不会含着泪读。写的人既然没有惊喜，读的人也绝不会觉得有趣。"

可贵的是，作者道德的本能决定了他的文本素朴而又感性，读后让人感受到沉甸甸的精神力量。

作者在《友谊源远流长》《一次艰难的心理辅导》《没有走远的记忆》《温暖的记忆》《师爱如歌暖边疆》《岁月干杯》等文章中，以一个作家的感性、教育工作者的担当，围绕人生况味生发的抒情，连缀起作者的生活轨迹，是记录，又是一种对现实的关注和探寻。

例如，《心中有爱，眼里有光》一文中的场景："2019年8月，由镇江市援建的可克达拉市金山试验学校即将开学。当组织选定常建军为组团式援疆团团长时，时任镇江市丹徒区教育局副局长的常建军二话没说，即刻启程，带领10人援疆团队，奔赴受援地。"

"一段援疆路，一生援疆情。常建军已连续两次主动延长'援期'，究竟是因为什么？"

我读后更是思绪万千。本人在组织部工作期间，适逢江苏镇江市第一批援疆干部来到兵团四师，作为援疆干部的"娘家"，组织部门与援疆干部建立起亲密的联系和友谊。其间，一批又一批援疆干部舍小家顾大家，把自己的聪明才智贡献给了边疆这片热土。

作品叙述的援疆题材仅限于"教育"这一专业领域，但对于援疆干部这个群体来说，起到了窥一斑而见全豹的作用。对这个群体的歌唱，从一个见证者的视角就有了另外一种象征意义。

作为教育群体的一员，并且是一所学校的管理者，他与这些援疆教师同工作、同生活、同学习、同进步，因此就有了一系列的援疆题材作品问世，其发自肺腑的赞美充满了真实的友谊与感动。

他在《温暖的记忆》中写道："一则关于兵团四师原师长、师市关工委主任谢睦森逝世的讣告，让我从沙发上弹跳起来，手中的茶盏也落在了地板上，碎了一地。"

"终生奉献军垦业，垂老犹唱讲台歌。"

"在他退休后24年，行程数万公里，深入基层、学校、部队和乡村宣讲爱国主义和兵团精神300余场，听众6万余人次，像一台永不停歇的播种机，将兵团精神和老兵精神，播撒进军垦后代、部队官兵和青少年心田。"

文中的主角老师长谢睦森，亦是我非常尊敬和熟悉的一位老领导。我和作者一样，多次聆听他的教诲，主持他到团场的宣讲。他的身上，折射出老一代军垦人热爱祖国、无私奉献的大爱。

作者从八百里秦川来到塞外江南伊犁，从走进到追随，这个群体和这块土地让他爱得如此深沉。他用文字回馈，记录自己的心路历程，渗入兵团的血脉、精髓和灵气。他直观地告诉大家，今天，我们为什么依然需要兵团，并且让更多人熟知兵团，这是每一个兵团人的渴望。

读完这本散文集，聆听这些日常生活中的琐碎之事，以及故乡与异乡的关系，是作者寻找命运变迁和精神安放之地的契合，在稍纵即逝的岁月里留下这些情真意切的文字。作者在捡拾时光碎片的过程中，虽历经风风雨雨，仍然不停地探寻生活的乐趣和生命的真谛。

他不断地在前行路上思考，始终遵循着散文的基本特征即真实原则，真实的经历融入真实的感受，情绪表达得细腻而又感人。他忠于内心，重细节，不哗众取宠，以敏锐的洞察力直面真实的自己，文字层次丰富，又意境深远。善于避开宏大叙事，专注故乡的山水、塞外的生活，以及路上遇见的人和事，看似普通，其实每一篇文章又都是这个时代厚重的一角。生命的形态因切入点的不同，使文字在书写现实中更具张力，在平和中更见人文情怀，把当下的体察与思考，把感念从心里流到纸上，将一切的记忆都烙印在文字中，留下珍贵的生命体验。

看风景的路上虽有风雨相伴，但因心中充盈着无畏的憧憬和使命，每天都是看花好时节。

（作者系中国作协会员、新疆生产建设兵团作家协会副主席）

目 录

一抹乡愁

一路风景

感受幸福

醇香记忆

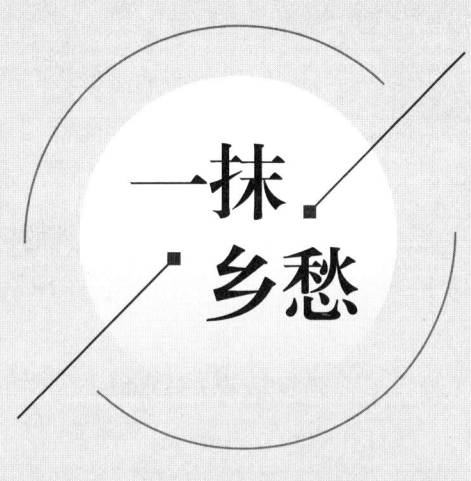

一抹乡愁

　　前往长沙参加兵地文学培训，适逢暑假，时间较为充足，返程顺道回了趟西安，探望一年未见的母亲。可回家的第一天，便因为一袋变质麦仁惹得母亲生气。

　　冰箱里有一包过了保质期的麦仁，我把它扔进了垃圾桶。母亲不悦，又把麦仁捡回来，并责怪我：电视上说了，麦仁有营养，就算是发了芽也是中药。娃呀！不要吃了几天饱饭就忘了苦日子，糟蹋粮食会遭罪！

　　她边说边用簸箕收拾着麦仁里面的杂物，扬起的麸皮在空中飞扬，与树叶间落下的阳光一起，撒在母亲花白的头发上，看着她佝偻的背影，我的鼻子酸酸的。

　　糟蹋粮食会遭罪。这是庄稼人代代传承的价值观念，因为庄稼人更能深刻理解"粒粒皆辛苦"的道理。

　　我出生在农村，父亲长年在西安工作，母亲务农，在那个温饱难继的年代，珍惜粮食的观念深深印在骨子里。我在成长过程中，受父母责备最多的事情基本都与粮食有关，如剩饭剩菜、挑肥拣瘦、浪费粮食等，毕竟民以食为天。

　　惜衣有衣，惜食有食，家人温饱，丰衣足食。这是母亲一生的追求，看似微不足道，但细思细品，这何尝不是生命中最理性的状态呢？

　　母亲性格温和谦卑，一生相夫教子，与世无争。经历过自然灾害和苦难生活，那种食不果腹、忍饥挨饿、吃了上顿没有下顿的创伤性经历深深地根植在记忆里，需要用一生来治愈。

　　地处温带大陆性气候的渭北旱塬，冬季长而干寒，夏季短而温和，灌溉设施落后，农业生产基本靠天吃饭。加之土地规模较小，山地众多，种地就像是场赌博。

　　靠天吃饭，赖天穿衣，耕种就得准确把控时节，在最恰当的时间耕种至关重要。稍有耽搁，墒情消减，种子发芽率降低，影响收成。还好母亲出生在大家族，每逢耕种季节，外公总会带着全家老小一众十几人，扛着农具，赶着高头大马，翻山越岭来帮忙耕种。如此阵仗在农村算是少有，因为在二十世纪七八十年代，能饲养几头骡马，如此人丁兴旺、储备富足的家庭不是很多。

麦子种下去，出秧、减苗、补种、锄草、施肥，每一个环节都需要精耕细作。因为土地是真诚的，你付出汗水，土地回报粮食，这是一个再纯粹不过的交换过程。因此，对土地虔诚的庄稼人手上一定是布满老茧的，皮肤一定是粗糙黝黑的，这是他们辛勤劳作的勋章。

外公种了一辈子地，即使孩子们都已在大城市成家立业，他也不愿意离开老家，仍旧守护着老宅，守护着那片麦田。老人家有一个雷打不动的习惯，就是每天都要到自家的田地里转转，蹲在地头抽袋烟，爱怜地看着种子破土，庄稼拔节。人近中年，我才终于理解外公对土地的那份挚爱。

在关中，四声杜鹃似神鸟一样存在，是吉祥鸟。这种鸟在麦子成熟的季节出现，颗粒归仓后便销声匿迹。根据它的鸣叫声，关中人叫它"算黄算收"。当耳边响起"算黄算收"的声音，就意味着麦子成熟了，母亲就会催促我们磨镰刀修晒场，准备下地抢收。

"麦子入场昼夜忙，快打、快扬、快入仓。"二十世纪八九十年代，机械作业较少，渭北地区基本靠人力收割，劳力充足的家庭还好，像我们这样人手缺乏的家庭就要雇佣麦客及时抢收，否则，假若遇上一场连阴雨，一年的辛苦就会付之东流。

麦客基本都是背井离乡的苦力人，他们抢收完自家庄稼后，外出割麦，挣点零花钱，类似于今天季节性流动的打工人。

"不亏苦力人，吃饱饭不想家"，这是母亲的口头语。抢收季节，母亲白天干活儿，晚上熬夜炸油饼、擀面条、蒸包子为大家改善伙食。麦客们走时，母亲也会为他们准备一些干粮，带几盒卷烟，毕竟没有新的雇主之前，麦客们还要风餐露宿，逐麦而行。

父亲有份固定工作，家庭收入相对宽裕一些，加上麦客的助力，我们的秋收就相对轻松一些。

"杏子黄，麦上场。"晒场是孩子们一年一度的欢乐场，小孩子的任务是拉着木钉耙翻麦子，看晒场。但孩子们经受不住枝头杏子的诱惑，经常一窝蜂地

跑去摘杏子，鸡鸭鹅趁机进了晒场，饱食一顿之外还有可能把屎拉在麦子里，这时候我们就免不了被父母一顿臭骂，屁股也少不了挨上几巴掌。由于小时候比较调皮，这种屁股挨打的经历也就成了我的日常必修课。那时候的孩子少有抱怨或憎恨父母，面对错误，他们甘愿受罚。作为一名教育工作者，我也时常反思：一个全家宠溺、从蜜罐里捧出来的孩子，该如何去培养他们的责任心和自立自强的品格？

晚上守麦场更加浪漫惬意，晒场边砍几根笔直的泡桐树枝做横梁和骨架，借助木叉、扫帚等工具撑在一起，敷上麦草，一个简单的窝棚就搭建好了。晚风习习，虫吟鸟鸣，满天星斗，把自己埋在温暖松软的麦草里，听长辈们聊天讲故事，天为帐，地作床，枕着麦香一身疲倦入梦乡，那种深度融入自然的感受难以言表。

颗粒归仓，这是母亲从小给我们灌输的思想，与贫穷和富贵无关，但事关家教和德行，否则会被乡邻笑话。捡麦穗便是这一思想的最好实践，大人们干活儿时，姐姐带着我们到田间地头捡掉落的麦穗，干力所能及的活儿。与其说是捡麦子，还不如说是捡拾希望与快乐。我和哥哥总是把捡拾的麦穗胡乱塞进袋子里，而姐姐总会细心地将麦穗去掉枝叶，整齐地捆扎在一起。饱满的麦穗，金黄的麦芒，像极了一捧捧热烈的玫瑰。

捡麦穗很辛苦，但烤麦穗是值得期待的，这是对汗水的犒赏，是每个收获节我不能错过的盛宴。那些长在树下和田埂上晚熟的麦子，麦粒饱满，麦浆香甜，是烤麦穗的最佳食材。做火炉我在行，找一大块没有裂缝的土疙瘩，用刀子削成圆台形状，抠出火塘和进风口，一个简易的火炉便做成了。烤麦穗，姐姐在行，她能恰到好处地掌握火候。点燃麦秸，把香嫩多汁的麦穗架到火上烤熟，放在手心搓揉，吹去麦糠，饱满流汁的小麦粒，麦香四溢，齿颊留香，回味无穷。

灌黄鼠狼、抓野兔子是秋后男孩子们的娱乐项目。麦子收割完，兔子便无处藏身，孩子们分工合作，领着家犬追野兔子。那时候穿的都是粗布鞋，没有保护的脚腕经常被麦茬戳得伤痕累累，但追兔子的乐趣和兔肉的诱惑无法抵御。一盆野味，也算是大自然对庄稼人一年损失的粮食给予回报，抚慰一下孩子们寡淡的味蕾。

少了兔子，黄鼠狼便会袭扰家禽，自然成了众矢之的。那时，黄鼠狼还不属于保护动物，消灭黄鼠狼是被大人们允许并鼓励的一项活动。抬几桶水灌进黄鼠狼窝里，孩子和家犬各司其职，把住洞口，被水淹得昏头昏脑的黄鼠狼只要一露头就难逃厄运。黄鼠狼的皮毛是冬季护膝暖脚的好物件，黄鼠狼肉犒劳家犬，可谓两全其美。

麦子收割后，麦秸大有用场，除了作为日常生火做饭的燃料，刚刚成熟的麦秆金黄透亮，散发着麦香，是喂养牲畜的上好饲料，麦秸还可以编织草帽、菜篮、草席、笼子等日常用品，兼具实用性和审美性，很受老百姓欢迎。

夏末秋初的田间地头，蛐蛐开始活泛起来。于是抓蛐蛐、斗蛐蛐便成了村头巷尾的一项娱乐活动。经常为了得到一个喜爱的蛐蛐笼，顶着太阳去捡拾麦穗，用捡来的麦穗去换蛐蛐笼，然后拎着蛐蛐笼走街串巷、到处显摆。当然也有讨巧的时候，偷拿家里的小麦去换玩具和糖果，但最终难逃鸡毛掸子的"伺候"，正所谓脑袋犯事、屁股遭殃。

秋收对于庄稼人来说没有局外人，是一个全民皆可参与的时节。粮食晒到场上，妈妈会将最新鲜的麦子磨成粉，碾麦仁，用自家的菜籽油炸油饼麻花，蒸油拌糖馅包子，把秋天的第一缕麦香和美味拿去孝敬亲戚和家族里的老人，招待客人和街坊邻居，慰藉家人寡淡的味蕾，犒劳辛苦一年的自己。

九十年代的农村，麦子是硬通货，以物换物，麦子几乎是万能的。那个年代走街串巷的货郎很多，秋天的孩子们总是很勤快，其中的一个重要原因是用麦子可以换取自己想要的糖果和玩具。

摞麦草是麦收工作的总结和奖杯，草垛的造型和大小，是一个家庭人员状况和丰收程度的写照，草垛大，数量多，造型紧实精致，很大程度上彰显着这个家庭财力和物力的丰厚程度。摞麦草是个技术活儿，这种形似蘑菇草垛，不但造型好看，更能抗风挡雨，五六年都不会倒塌变质，麦草依然洁白如玉，是牲口的上好饲料和庄稼人取暖做饭的燃料。

秋收对于庄稼人来说更像是节日，从收割、碾场、晒粮到颗粒归仓，这是一个艰苦而又充满喜悦的过程。

生活本不苦，只因欲望多。从事心理咨询多年，深知幸福是一种能力，痛苦来自内心。如果我们承认地球是孤独的、人类是焦虑的，那么快乐就是一剂

良药。现在我们已经摆脱贫困，相比那个粗茶淡饭、破衣烂衫的年代，已发生翻天覆地的变化，但扪心自问，我们的精神世界是否也比过去更加富有？

"复有贫妇人，抱子在其旁。右手秉遗穗，左臂悬敝筐。"白居易在《观刈麦》中是这样描写拾麦穗的妇女，描写拾麦人的痛苦。诚然，大诗人悲天悯人，但如果单从幸福感来说，那个捡麦子的妇人不一定没有白居易快乐，就像当年我捡麦穗的快乐不比现在衣食无忧地捧着手机玩游戏的孩子少一样。因为快乐是一个过程，它是体验和认知的共同结果。

我常常在想，当吃饭都能攀比和炫耀时，浪费就不可避免，危机近在眼前。写到这里，我似乎理解了母亲近乎顽固的粮食观。

虽说是假期，但单位琐事很多，两天后就不得不返回兵团了，与其说我坐在母亲旁边写文章，还不如说以写这篇文章为由记录母子团聚的天伦之乐。

母亲不识字，在她的眼里，写文章是件大事，不能乱了我的思绪。她静悄悄地坐在沙发上，看着我忙碌地敲击键盘，看着我频繁地接听电话，看着我抓耳挠腮……

你写的啥？当我伸着懒腰，准备合上电脑时，母亲凑过来好奇地问我。

我说：写的麦地和麦子。

那还写个啥，明天咱就回农村。母亲如释重负，眼中溢满爱怜与期待。

一瞬间，我的意识开始跳跃，记忆里开始涌动起金色麦浪、诱人的麦香，以及那些生长在麦田里的儿时记忆。

麦客往事

秦岭以北的黄土高原，每当麦子开镰之际，就会出现一种神奇的布谷鸟，它的叫声清丽嘹亮，二音叠词，听起来像是"算黄算收"，好像告诉人们，抓紧收麦。麦子黄（成熟）了就收，等到全黄，麦粒就会破壳掉落，如遇阴雨天便会发芽霉变，颗粒无收。更神奇的是这种鸟儿在麦子收割结束后，就会莫名其妙地消失。庄稼汉根据这种鸟的鸣叫声，给它起了一个拟声的名字——"算黄算收"。当听到"算黄算收"鸣叫时，农人就知道麦子快成熟了，该磨砺镰刀抢收小麦了。

关于这种"算黄算收"布谷鸟的美丽传说有很多，流传最多的一个版本说：古时候有一位善良的族长因误了族中麦收，麦区所有成熟的小麦都在阴雨中霉变发芽，让全族人忍饥挨饿，让御敌的将士千里馈粮。族长懊恼不已，抑郁而终，幻化成布谷鸟，在麦子快要成熟的时候，没日没夜地提醒人们下地干活儿，抢收已经成熟的麦子。

"收麦如救火"，这是中国古老的农谚。在那个生产力非常落后的年代，庄稼人收麦子可是一件时效性很强、劳动量大的要事。这可谓虎口夺食，弄不好就会颗粒无收，于是就出现了一个随着麦子成熟季节迁徙的群体——麦客。

麦客，流动的割麦人，一种季节性的职业群体，与今天的"农民工"有几分相似，不同之处在于农民工大多全天候服务于城市，而麦客则是短期服务于农村，季节性强，麦子入库后便销声匿迹。

麦客的职业门槛很低，只要能吃苦，拉得下面子，便可入行。可单兵作战，可三五成群，可以兄弟父子齐上阵，可以夫妻相依相伴，更可以朋友乡邻结伴同行。

麦客的装备简单，一人一镰一袋干粮，即可以轻装上阵。讲究一些的麦客会带上简易的被褥和换洗衣裳，没有雇主的时候，草垛子、屋檐下、车站旁，甚至马路边都是他们落脚的地方。

麦客的职业生涯短暂，北方产麦区的小麦成熟时间差异很大，由东往西、由南向北逐渐成熟，麦客像候鸟一样迁徙游走，一路收一路走，稍有懈怠便会赶不上麦子成熟的脚步，挣不上更多的工钱。

麦客们行走他乡，坦荡低调。他们每到一个村子，就会聚拢在一起，靠墙"一"字排开，在晨雾中等待雇主挑选。麦客们都是庄稼人，大家无须自我推荐或降价迎合，你出钱，我出力，理所应当，顺其自然。

"不能亏了做苦力的人"，这是古训。庄稼人实诚，有活儿干的麦客们会吃宿雇主家，雇主也会好饭好菜地招待麦客。因为雇主明白，麦客吃好了、吃饱了，才能把活儿干得更好。否则遇上了不讲究的麦客，每一镰刀下遗漏几支麦穗，几亩地糟蹋的粮食，对于庄稼人来说可是不小的损失。

麦客基本都是庄稼汉，他们理解庄户人家的不易，因此基本上都会把掌柜家的活儿当成自家的干，干好了，临走时掌柜的还能多给点儿赏钱，补充点儿干粮。当然不是每个麦客都是幸运的，他们也会遇上吝啬雇主，敷衍欺诈麦客。但毕竟是少数人，在民风淳朴的农村，这样的事是上不了台面的，这样的雇主会遭到乡邻唾弃。

麦客必须勤劳善良，必须是收麦、打捆、堆垛的行家里手，否则若好吃懒做，误了雇主家的农事，对于庄稼人来讲损失可就大了，自己也良心不安。麦客大多没有多少文化，不懂几何图形为何物，但他们对双腿丈量过的田块面积便会胸有成竹。结账时，只要与雇主家的实际亩数大体相当即可，少了尺子丈量后的斤斤计较，倒也简单爽快。总之，麦客和掌柜之间，无论是谁，"良心"这杆秤不能偏，否则大家难以心安理得。

当麦客割完最后一块麦田，精疲力竭的麦客生涯就要告一段落了。麦客们会攥着被汗水湿透了的钞票光荣返乡，幸运的麦客还会机缘巧合地领个媳妇荣归故里……

麦客们逐着麦浪和布谷鸟的歌声一路迁徙，寻人雇佣，用汗水换取微薄的收入，养家糊口，寻找生路。他们一路相互照应，在炎热的夏天里走南闯北，在经年累月的逐麦之路上辛苦挣扎，留下了太多凄美的故事，千古流传。

跨区机割的现代"铁麦客"轰鸣而来，瞬间又向着下一个种植区扬尘而去，惊起一树飞鸟，淹没了布谷鸟的歌声。

田垄上的老人伛偻着腰，用镰刀捡拾被收割机遗漏的麦穗，曾经身强力壮的麦客已经老去，再也无力远走他乡，追逐麦浪了。麦客们一路的奇闻逸事也已成往事，只有执着的布谷鸟还在守望着麦田。

（原载2020年第11期《牡丹》）

乡愁里的一碗浇汤烙面

　　三年前，我的一篇描写家乡美食的散文被陕西某杂志刊用，和编辑老师交流时，他建议我以游子的视觉和心境再写一个关于关中味道的姊妹篇。我不假思索地选题：烙面。

　　然而，落笔不足百字，已是几度落泪，无法继续，不得不搁笔放弃。几年过去了，关于家乡味道的文章写了很多，但唯独不能触碰烙面的题材，就像早已愈合的创口，不时还会隐隐作痛。

　　人的情感中都有不能被触碰的地方，就像多米诺骨牌，一旦触发，即使重建多年的心理防线也会瞬间崩塌。

　　父亲爱吃面，尤其爱吃烙面。他告诉我们，烙面是世界上最早的方便食品，是日本方便面的祖宗。我从不考证这句话的准确性，起码听着过瘾。

　　烙面属于小众美食，是陕西关中的特色面食，流行于咸阳以北的礼泉、乾县和永寿一带，是一种煎饼和面条的复合体，具备煎饼的酥脆可口和面条的细滑筋道。

　　烙面由于做工烦琐，加之辅料众多，粗茶淡饭的庄稼人很少有精力和物力制作这道美食，也只有在逢年过节或者家里来了重要客人时才会制作。

　　腊月二十九是做烙面的最佳时间，因为在这一天，每家都有煮肉后宝贵的肉汤和鲜香的肉块，这些都是烙面汤头的灵魂。

　　荞麦粉和小麦粉是制作烙面的最佳材料，但因为荞麦产量低，种植面积稀少，冬小麦粉烙面居多。

　　制饼环节的第一步便是打面糊，几十斤重的面糊需要搅拌均匀，释放气泡，这种力气活儿一定有我的用武之地。父亲摊煎饼，母亲烧柴火，直径将近一米的大铁锅要均匀加热，才能摊出薄厚均匀、火力适中的煎饼，因此燃料必须选用燃烧值低、易于掌控的小麦秸秆。

　　刚出锅的煎饼，要拿到室外搭在晾绳上降温，同时挥发部分水分，以增加煎饼的柔韧性。

就这样，屋内烟熏火燎，屋外煎饼飘香、麦香四溢，伴着远处传来的爆竹声，四处都弥漫着浓浓的年味。

煎饼凉透后就要收回去，既能保留麦香又不至于干裂。收回的煎饼要折叠成三寸宽的长条，整齐地码在一起，施以重物适度镇压即可进入切面环节。

利刀切丝，功夫在刀仗。关中女人擀面切面的功夫是衡量做饭水平的重要标志。切面是母亲的拿手好戏，宽面细面韭叶面样样都不在话下，即使盲切也可以与压面机媲美。切好的烙面整齐地码放在透气的竹筐里，盖上透气的棉布，随用随取，可以保存到元宵节。

"三十的饺子，初一的面。"关中以北很多地方初一早上必须吃面条，尤其"浇汤烙面"最佳，寓意福寿绵长、蒸蒸日上、年年长久。

"浇汤烙面"的灵魂是汤，一锅好汤，才能成就一碗好面。肥瘦相间的黑猪肉片、煮肉的汤，陕西特有的油辣子，刚刚采摘的花椒和小茴香，佐以酱油和醋一起煮沸，使各种佐料去除锐气，味道相辅相成，温和绵柔。撒上剁碎的葱花和韭菜叶子，一锅香味扑鼻的烙面汤头便呼之欲出。

浇汤环节类似于关中北部"羊肉泡馍"的做法，即将一小份面盛在碗中，反复用汤浇灌，让面条充分加热，最大限度地吸收汤汁。

"油汪汪，滚烫烫，面在汤里晃荡荡。"这是父亲对一碗优质浇汤烙面的评价标准，意思是汤头要真材实料，肉多汤多辣椒多，汤汁要高温滚沸，面少汤多，让每一根面条都浸润在浓浓的汤汁里，让每一根面条都热到极致。

在物资相对匮乏、人们普遍缺乏营养的年代，寒冬里，一碗色香味俱全，油汪汪、热腾腾的浇汤烙面是一种极致满足的享受，这不是每一个家庭都能奢望的。

作为孩子，初一过了就盼望初三，因为初三是母亲回娘家的日子。外公家是村里的大户人家，兄弟姊妹和子女众多，这样非常热闹的一天，早餐自然少不了浇汤烙面，更重要的是能吃到荞麦烙面。

当年我大学毕业，初到新疆，经济拮据，生活极为清苦，几年才能回老家一次。

你的口味，爱你的人会知道。第一次回老家，八月的西安热得像一个蒸笼，父母竟然给我做浇汤烙面欢迎我回家。看着他们挥汗如雨却笑容灿烂的样子，

回家的幸福感伴随着在外的辛酸瞬间席卷而来，我的泪水夺眶而出。

回新疆的前一天，我去看望外公外婆，看着老人哆哆嗦嗦、慌慌张张，激动得语无伦次的样子，我很心疼。

外婆和舅母固执地为我做烙面吃。外公抽着烟袋，外婆佝偻在锅台旁，舅妈一碗一碗地给我盛面。站在烟雾缭绕的厨房里，我一口气吃下好几碗。老人满目疼爱和幸福地看着我狼吞虎咽的样子，我的内心愧疚不已。

子欲养而亲不待。多年后，我虽说依然没有混出什么名堂，但足以买房购车养家糊口和孝敬老人了。然而，外公外婆和父亲已相继离世。

至此，那些梦牵魂绕的烙面再也没有了原有的味道，它成了我心底最痛的记忆。

一个成年男人的崩溃往往在一瞬间。我从来不相信这句话，坚信自己足够坚强，不会将自己的伤心传递给身边的人。

操持完父亲三周年的祭奠仪式，与舅舅一起给外公外婆上坟，跪在墓前，我如同在父亲的祭奠仪式上一样，纵使心如刀割，干枯空洞的眼睛依然没有一滴泪水。

一人一箱回到新疆，我将自己锁在空荡荡的屋子里，花了半天的时间制作烙面。然而，碗未到嘴边，我已彻底崩溃，把头埋在被子里失声痛哭。那一刻，我再也无法掩饰自己的悲痛和脆弱。

今年上半年，我去北京出差，见到了二十多年未见的同学，此刻他已是地道的北京人了，有房有户口有工作，也算混得不错。他告诉我，他的父母已经去世多年，已有十来年没有回过陕西老家了。我们去了一家地道的陕西面馆吃饭，喝着地道的北京二锅头，吃着家乡小菜，然而当大碗羊肉泡馍和浇汤烙面端到面前的那一刻，他激动得像个孩子，而我也已满眼泪花。

烙面对于我来讲已是一种精神层面的存在，但对于家乡以外的人来讲，它充其量只是一种小众的地方美食，与其说让我梦牵魂绕的是它的味道，还不如说我更珍惜承载在浇汤烙面里的那些温情记忆。

（原载2022年第10期《牡丹》）

母亲·树

伊犁的春天在千呼万唤中登上枝头，相隔千里的家乡早已是春暖花开。母亲兴冲冲地打来电话说："窗外的白玉兰开花了，满屋飘香。"我笑着问她哪里来的白玉兰，是不是又在窗外的绿地上偷偷栽树了？母亲答非所问，寒暄几句便挂断了电话。

母亲一生酷爱种树，在农村居住的时候，只要看到地上有长出的小树苗，她就会用带刺的酸枣枝围起来，生怕被过路的牲畜或者调皮的小孩给糟蹋了。如今即使居住在城市里，母亲种树的习惯也未曾改变。

小时候生活在农村，前后院合起来有一亩多地，郁郁葱葱地生长了上百棵树木，四季鸟语花香，果实累累，父亲远在外地工作，这片生机都是母亲的功劳。

"闲时人种树，困时树养人。"这是母亲的信仰，也是母亲灌输给我们最多的生存之道。

母亲出生在一个十几口人的大家庭里，大半个村子几乎就一个家族，民风淳朴，其乐融融。家族对砍伐树木非常谨慎，只有遇到天灾人祸、无法度日的时候，老人才允许砍伐树木，做成家具，换点钱财以渡难关。即使盖房修屋，也不允许砍伐生长得最好的树木。于是，家人只能到各家去搜罗闲置的椽子、檩子，相互支持。

记忆里，外婆家有很多树，棵棵都是几人才能合围的大树，尤其是国槐。大多数国槐树生长在崎岖的沟口，每棵树都有至少几十年的树龄，树冠庞大，树干粗壮笔直。国槐生长期长，木质密实坚硬，经济价值较高，但外公舍不得采伐，因为这种树的花蕾和种子都是宝贝，花蕾在中药中称槐米，果实称槐角，都是凉血止血、清肝泻火的上好药材。孩子们春天采槐米、夏天捉蝉蜕、秋天收槐角，自食其力，勤工俭学，还能贴补家用。

母亲钟爱树木，这源于她的生长环境，更源于她对自己家庭及孩子的爱。

为了植树，母亲会来回十几公里，翻山越岭，到独居在河川里的菜农家里去讨要品种优良的石榴树；她会给邻居家孩子免费做衣服、送水果，只为了移栽家人喜欢的玫瑰花；会跑到十几里远的植树点，捡拾别人遗弃的槐树残苗回家栽种……这样种树，母亲乐此不疲。

二十世纪七十年代，物资匮乏，母亲想尽办法在院子里栽种果树，以抚慰孩子们寡淡的味蕾。一亩多地的院子里长满苹果树、石榴树、枣树、核桃树、葡萄树、杏树和梨树。为了保证四季都有水果吃，秋季里，母亲会把收获的苹果、大枣沾上白酒包在塑料袋里，密封起来，锁进柜子，等待逢年过节食用，或者孝敬老人。每当母亲打开箱盖，那扑鼻而来的果香令人神往，让人陶醉，好多年都萦绕在我的记忆里，回味无穷。

母亲种树，更重要的是为家庭储备物资，以备不时之需。于是，门前的空地上栽满了槐树、泡桐树、椿树等高大乔木，院后的菜园四周更是密密麻麻长满洋槐、白杨和杏树，菜地中央则是两棵高大的柿子树，秋天里红彤彤的柿子挂满枝头，像两把熊熊燃烧的巨大火炬，非常抢眼。

到了九十年代，人们的温饱不成问题，但腰包还是瘪的。母亲第一个在种小麦的土地里栽上苹果树和泡桐树，而且一次性种植了五亩地，几乎把全家人的口粮地都搭了进去，这自然引来了众多人的不理解。然而，几年后丰厚的经济收入，让大家彻底转变了观念，影响了许多乡邻。

如今，母亲当年种下的小树苗都已长成参天大树，孩子们也成家立业，到不同的城市追逐梦想。母亲两鬓染霜，回到了父亲当年工作的城市安度晚年，老家只留下那些遮天蔽日的大树和落满灰尘的宅院。由于无人管理，那些成材的树木经常被人盗伐。村民建议母亲将树木变卖，既多一份收入，又少了牵挂，但母亲坚决反对。

"闲时人种树，困时树养人。"我能理解母亲的良苦用心，因为她考虑更多的是让后人乘凉，福泽子孙。

（原载2018年4月19日《新疆日报》）

乡愁·棍棍面

人的内心世界各不相同，但我一直坚信每个人都会有一个情感开关，只要你触动了那个点，再隐蔽的情感也会喷薄而出。

我和小宋都是地道的关中人，他寡言少语，少年老成。可只要和他聊到家乡的美食，他会瞬间切换到"话痨"模式，手舞足蹈像个孩子。

出差一个多月，虽说宾馆的饭菜不错，但总觉得少点什么。小宋更是如此，每逢休息日，他就会还原"吃货"本色，开着手机导航，沿街寻找家乡美食。11月的石河子已是寒风瑟瑟，小宋带着我穿梭四五条街，寻找他白天发现的美食。

也许是离开家乡太久了，当服务员端上一大碗棍棍面时，扑面而来的味道竟让我有点儿恍惚。

棍棍面是陕西省关中地区传统风味名吃。因其口感爽滑、劲道，面的横截面为圆形，像个小棍子，故名棍棍面。

"红嘴绿叶玉石板，金色鱼儿浮水面，釜中两沸即成餐。"古人三句话便把陕西扯面与棍棍面的原料、辅料和制作过程做了经典总结。由于棍棍面的做法简单、吃法随意，可以油泼、拌炸酱、浇臊子，很受关中人喜爱。

第一次接触棍棍面时也就十来岁，父亲回西安办事，把我交给在咸阳打工的舅舅照顾。第一次看到硕大的粗瓷大碗、筷子粗细的面条以及堪称精彩的制作过程。一群关中汉子光着膀子、端着大碗，酣畅淋漓吃饭的样子让人好生敬畏。一帮来自农村的西北汉子，虽然出身平凡，但个个顶天立地，靠挥洒自己的汗水，让一家老小体面地生活。相比那些衣食无忧、挥金如土的公子哥们，我更敬佩像舅舅这样自食其力的男人。于是，我学着他们的豪爽样子，挽起袖子，端起了盛满棍棍面的粗瓷大碗。

长大后又在咸阳上了大学，学校旁边便是秦都市场，街道两旁依然店铺林立，当年的法国梧桐更加遮天蔽日，把街道严严实实地罩在下面，原来的面食街更加热闹，食客如织。

大排档里的棍棍面馆非常多，配置大致相同，一口大黑锅，一面青石案板，一位技艺娴熟的拉面师傅，一位配菜煮面的徒弟，再加一位身兼收钱、唱菜、收拾桌椅数职于一身且热情大方的老板娘，就可以开门营业了。

为招揽更多的生意，拉面师傅会把拉面工作变成自己的技艺表演，面条时而在空中上下翻飞，时而在青石案板上翻转腾挪，发出清脆悦耳的声响，一个面团在他的手里一会儿工夫就变成了青丝一把，即使相隔两三米远，面条也能被准确地抛进沸腾的汤锅里。更神奇的是大锅可以同时煮几把面条，且每把面条都会很听话地各自聚成一团，在自己的区域里如蛟龙戏水，上下翻滚却不相互缠绕。

配菜师傅也要技艺了得，一手可以托十来个粗瓷大碗，麻利地捞面、过水、配菜、泼油，"滋啦"一声，辣椒、葱花和小麦的清香便迅速弥漫开来，撩拨着食客的味蕾。

"您的面来咧！"伴着老板娘银铃般的声音，一大碗香喷喷的棍棍面便摆到了面前。然后调以关中地产的食醋、酱油等调料，几头大蒜、一碗面汤，那个酣畅淋漓、口齿留香的感觉是语言无法描述的。

赴新疆工作已经快二十年了，能吃到棍棍面的机会很少，棍棍面的那个味道始终萦绕在我的记忆中。与其说想念棍棍面是一种味道，不如说那是一种记忆，一种乡愁，一种对过去时光的执念。

2013年回西安探亲，年初三，我执意要去咸阳的母校看看，父亲劝阻无果，很不情愿地送我到公交车站，并嘱咐我早点回家。到了咸阳后我才明白父亲为啥劝阻，当年学习、生活过的咸阳早已物是人非，母校搬到了新校区，当年的秦都市场成了高级商贸区，那条留下太多记忆的面食街也无处寻踪。对于我来讲，那个曾经生活、学习过的咸阳已成为一座陌生的城市。

到家下了公交车，父亲在鹅毛大雪中已等了很久，坐着父亲的助力车回家，推开房门，满桌的家乡菜与棍棍面的味道扑面而来。一瞬间，我的情绪难以控制，眼前一片模糊。

满堂盛宴，不如爸妈的一碗棍棍面。离家又是一年多了，虽说已步入不惑之年，一切似乎都可以安然若素，唯有家乡的那碗棍棍面时刻萦绕我心，让我无法泰然处之。

（原载2017年1月22日《兵团日报》）

乡愁·萝卜

出差一周，连续五天"白加黑"地工作，终于能有一个下午休息了。骑上共享单车，按照网上的美食攻略，我开始穿梭于开封的大街小巷寻找美食。

在河南大学南门附近的小巷子口，终于找到吃货们惦记的那家驴肉火烧店。小店门脸不大，装修复古，楼上楼下皆是实木结构，颇有几分民国时期建筑的味道。也许因为不是饭点，食客不多。我的脑海里浮现着电视剧《地下交通站》中的桥段，便情不自禁地学着剧中贾队长的腔调："哎，伙计，来份驴肉火烧，一碗驴杂，二两小烧。"

"好嘞，客官楼上请！"见多识广的老板娘嗓音甜美，笑脸相迎，话接得天衣无缝，顺畅自然。

我狼吞虎咽地将美食一扫而光，准备离开时，却被一种熟悉的味道吸引。小店的角落里，一个肥胖的男人，桌上一壶小酒，一碟小菜。熟悉的腌萝卜味儿，若隐若现地刺激着我的嗅觉，唤醒了太多记忆。忽然间有点儿想家。

他看着我，我看着他，谁也没有说话。他对着我举了举杯，邀我入座。就这样，一个河北人，一个兵团人，在中原开封的小酒馆里，一碟驴肉，几碟小菜，一小瓶开封府小烧，两个陌生人竟然坐在了一起。

二十世纪七十年代初，物资匮乏，母亲便会绞尽脑汁储备食材，丰富全家人的食谱，抚慰孩子们寡淡的味蕾。

元宵节刚过，小草还没有露头，母亲便开始在菜地里忙活了，也许因为萝卜白菜产量高，易管理，能储存，炒、煮、凉拌俱佳，所以自然而然成了菜园里的主角。

夏天晒干菜，母亲会将青白相间、香甜水润的胖萝卜切成条，穿上绳子，在阳光下暴晒，制成萝卜干。母亲说，夏天晒制的萝卜干品相和质地都是最好的，可以储存到冬天，拌少许猪油，煎炒烹炸，能与肉媲美。特别是腌制成咸菜，金黄质脆，甘香味美，是消食开胃的好菜。

秋天腌酸菜，母亲尤其擅长腌制萝卜，就连味苦难腌熟的萝卜缨子，母亲也能腌制出雪菜的味道。母亲将萝卜缨子轻轻过一下开水，然后压在大缸的下层，将萝卜放上层，分层腌制，佐以她亲自采摘的花椒、茴香和香叶，以大青石镇压，封上缸口，一个月时间便可成就一缸美味。至今，母亲制作的咸香清脆、酸脆爽口的腌菜依然是街坊邻居和他乡游子念念不忘的家乡味道。

冬储萝卜，是为了确保来年青黄不接的时候有菜吃，保证孩子们的维生素补给。母亲在菜地里挖一个坑，然后一层湿土一层萝卜埋起来，等到来年春天再挖出来，和刚刚采摘的萝卜一样新鲜。但也常常因为忘记埋萝卜的地点而满地找萝卜，那份乐趣至今难忘。

那个年代的冬天似乎尤为寒冷，在农村除了火炕的余温外，一切都是冰凉的。然而，我们却是温暖幸福的，因为每个早晨，我们都能吃上母亲烙的锅盔，喝到煮了几个小时的小米粥，就着母亲的腌酸菜，孩子们小小的身躯充满能量。

物以稀为贵，物资越是匮乏，人们对生活越是充满向往。对我而言，似乎过完元宵节就开始盼望下一个新年了，因为只有过年的时候才能有糖果和肉吃，才能穿上新衣服，才能收到压岁钱。现在想来，那种充满期望的日子竟然如此幸福。

我喜欢过年，还有一个原因是能吃到宰牲饭。

辛苦一年，不能凑合一天。关中人尤其重视过年，辛苦了一年的庄稼人也只有这几天才能奢侈一下，犒劳辛劳的身体，养精蓄锐，为来年祈福。

小年一过，大户人家便会陆续宰猪过年，丰富年夜饭。庄稼人的生活很清苦，平日里少有荤腥，于是，宰牲的人家，便会给家族里的老人和亲戚好友送碗宰牲饭，分享美食。

院子里支一口大锅，厨师会将还带着温度的头、蹄等各切一点儿放在大铁锅里煮浓汤，然后倒入青白相间的萝卜片，从枝头揪一把花椒和香叶，就这样无须奢华的调料和复杂烹制方法，一口大锅、几种鲜美朴素食材便可以烩就一锅全族人的美味。为了让大家都能分享到宰牲饭，厨师会尽量多放萝卜，常常一小碗宰牲饭里挑不出几片肉，更多的是萝卜和菜汤。但大人们都舍不得吃，会一人一口地给孩子们分食。那种带有温度的味道，即使现在想想，依然唇齿留香，回味无穷。

味道更多的时候是一种记忆，一种情感，一种对往事的眷恋。大学毕业，只身一人到兵团工作，偶尔也会惦念家乡味道，念叨母亲做的萝卜菜。

说者无心，听者有意。细心的妻子会照猫画虎，烹制与萝卜有关的美味，虽说没有母亲做菜的味道，但妻子的那份体贴让简单的萝卜有了更多的滋味。

工作中，我结识了一位性格孤僻的贫困户，现在是我要好的朋友。第一次到他家时，招待我的是一根萝卜、一碗茶水和两个馒头，而那顿饭我却吃得非常香。因为我的童年在农村，我也是吃着萝卜长大的普通人。就像他说的："我们是一路人，所以才能成为朋友。"

时至今日，我的酒柜上依然有小菜坛的一席之地。腌制一点儿小菜，给孩子过于油腻的饮食添点素味。

家中小聚，偶尔小酌几杯，大鱼大肉中间，自己腌制的萝卜虽说不是什么珍馐美味，但一定是最受朋友们欢迎的下酒菜。

年龄越大，越容易回忆，越易执着于某种味道。二十年关中生活，二十年新疆生活，如今，他乡已是故乡，故乡已成他乡，生活中很多执念，似乎早已被岁月稀释得云淡风轻，但偶尔也会因为一个物件、一段文字或者一种味道让往事重现。

一如我对萝卜的那份执念。

（原载2021年1月21日《兵团日报》）

那年元宵

元宵夜，伊宁市的天空中开满绚烂的礼花，女儿像小鸟一样，蹦蹦跳跳地在广场上燃放着烟花爆竹。元宵夜，大家都沉浸在节日的欢乐里。

手机屏幕一闪一闪，才发现有父母的未接电话。回拨过去，电话那边非常嘈杂，此刻古城西安正处在一片喧闹中。

父亲的电话在嘈杂的爆竹声中时断时续，然后就莫名其妙地挂断了。再次拨打过去，已无人接听。我能理解，在这个喧嚣的元宵夜，电话铃声可以忽略不计。

直到深夜，母亲打来电话，我久悬的心才算平静下来。父亲年事已高，体弱多病，难免让人担心。和母亲聊了很久，才知道父亲因为一个人燃放礼花，心情不太好，已经和衣休息了。

元宵夜，父亲不愿意出门，最后在母亲的再三催促下到指定的燃放点放礼花。看着别人家都是儿孙满堂、兴高采烈的样子，而自己却形单影只，父亲索性把礼花交给了保安燃放，自己远远地看着噼里啪啦的礼花，竟然触景生情，潸然泪下，匆匆回家，躺在床上再也不说话了。

母亲说："你爸没事，人老了就这样，睡一觉就好了，不要担心。"

父亲这样的心情我能理解，盼望了一年，孩子们若都从远方回家团聚，儿孙绕膝，家里虽然人满为患，父母亲却很享受这一年难得几次的天伦之乐。然而，有团聚就会有离别。当孩子们都回到各自的工作岗位后，留给老人的却是无尽的孤单和寂寞。

小初一，大十五。对关中人来讲，正月十五，是一个比新年更隆重、更热闹的日子。对庄稼人来讲，宁可穷一年，也要过好这一天，因为正月十五是一个承上启下的日子，过完十五，一年的生活就要开始了，必须有一个好彩头。

在关中，元宵节这一天，每家每户都会有好酒好肉、美味佳肴，而且来者有份。小孩子则挑着灯笼走家串户地讨要生肖馍馍和糖果，要的越多、品种越全，运气就会越好。谁家里来的孩子多，彩头便会越好，家族就会人丁兴旺、平安吉祥。正因如此，关中的元宵节显得更加热闹。

一家人一起过元宵节对我来讲已经是一种记忆，自从工作以后，就再也没有陪父母过一个元宵节。我的元宵节就这样留在了1998年的那个春节。

一大早从床上爬起来，发现桌上已经摆满了美味佳肴，这是父亲母亲一个晚上的功劳。今天要招待客人，更重要的是我过完这个元宵节就会远行新疆工作，回家的次数会越来越少。父亲说：工作了就会身不由己，到了新疆，这个孩子我们就送给公家了。那时的我不以为然。

吃完早饭，全家人便开始裱糊孔明灯，俗称天灯。父亲说：今年一定要放飞天灯，为家人祈福，为儿子祈福，希望儿子的新疆之行一路无忧。

一家人在父亲的指导下，剪裁纸张，捆扎骨架，裱糊图案。半天工夫，一个一人多高的天灯就做好了，引来了一帮大人小孩围观。

因为我要远行他乡工作，家人难免会有一丝顾虑和担心。但那一天大家都高高兴兴地，没人提及此事，全家人都尽量放下心中的纠结和担忧，生怕扫了大家过节的兴致。

天刚黑，孩子们便围在门口等着放飞天灯。我也迫不及待地把天灯搬到了门外，填满灯油，做好放飞前的准备工作。在我的记忆里，这样的活动已经好多年没有人玩了，父亲可谓用心良苦。

天灯慢慢地升起来，掠过头顶，灯光洒在父母斑白的头发和沧桑的脸颊上，我忽然觉得他们已不再年轻。当所有人都在合手许愿，发出一片欢呼声的时候，我却感到莫名的伤感，眼中噙满了泪水。我尽量把头抬得高高的，佯装看着远去的孔明灯，生怕大家看到我的泪水。余光中，我却能感觉到父亲母亲爱怜的目光。

一晃十几年过去了，一如父亲母亲当年说的那样，我真的没有能陪他们再过一个元宵节。

（原载2015年3月5日《伊犁日报》）

我站在除夕的家门口

回家过年，对于一个常年在外打拼、远离家乡的人来说，是一行多么温馨的字眼。离家十几年，我深深明白"子欲孝而亲不待"的道理，但每逢过年都因为这样或者那样的原因不能回家，今年也是如此。于是，我便早早寄钱回家，也算尽点孝道。

窗外星星点点的爆竹声和浓浓的年味从窗户的缝隙里飘进来，刺激着我复杂落寞的心情。已到年关，而我只能呆坐在电脑前无所事事，感觉不到一丝新年来临的喜悦。

"过年有没有新的打算？"大舅哥的QQ头像在不停闪烁。几年前，他辞职下海，到南方做生意，如今混得风生水起，大有成就。岳父、岳母和大舅哥一起居住在广州，我能感觉到，他们心情不错。

"能有什么打算啊，过年我和妻都要值班，何况现在是春运，一票难求。"我的回答有气无力。说实话，坐火车回去，十几天的假期，除去路上花费的时间，在家陪父母的时间实在少得可怜，更何况春节值班也难以脱身。

"父母年龄大了，一家人团聚一次不容易，回家过年是给老人家最好的礼物，想不想给老人制造惊喜呀？摁响门铃，就出现在爸妈的面前，他们会有多开心啊！"我能够感受到大舅哥希望我们回家过年的急切心情。

"那当然好啊，可……"说实话，我一脸难色。

"这样吧，我们一起努力，分工合作，我解决机票，你去安排工作，争取多一点假期，克服一下困难，给老人一个惊喜吧！哥等着你们的好消息。"大舅哥是一个雷厉风行、做事果断的人。

工作十几年，这期间我也曾星星点点地回家过多次，但过年回家却少，这也是我挥之不去的遗憾。想想摁响门铃，就可以出现在父母面前，这是一个多么好的创意，一件多么令人幸福、兴奋的事啊！

为了制造这个惊喜，我们都遵守这个约定，没有提前告诉双方的父母我们要回家过年的消息。

临行的前一天，我竟然收到了父亲从西安寄来的压岁钱。我似乎看到父母蹒跚在邮局里，为孩子邮寄压岁钱时孤单的身影。每年收到这份压岁钱的时候，我们心里都不是滋味，而今年却异常兴奋。打电话回去，父母还在不断安慰我们，不要挂念家里，安心在新疆工作。

由于假期较短，机票难买，为了让双方老人都能开心地过个好年，我们不得不兵分两路，妻子和孩子前往广州，陪岳父、岳母过年，我回西安陪父母过年。为了多陪老人几天，我们不得不这样选择。

晚上十一点了，西安正是夜深人静的时候，我们正在收拾回家的行李。这时，父亲打来电话，惊喜地说："家里的一盆君子兰开花了，这是多年来的第一次开花。"

"那是好兆头，家里会有喜事，会有奇迹发生。"我开心地告诉他。

"能有什么喜事啊，只要你们在外平安无事，就是最大的喜事了。"父亲喃喃地说，然后默默地挂了电话。

过去的十几个春节里，每年父母都会眼巴巴地把希望盼成失望，我能理解父亲默默挂断电话的心情。

再过一天，我们就会站在父母的面前，想着那份喜悦，激动得我们彻夜难眠，我看到了妻子和孩子眼中跳跃的幸福。

看见妻子和孩子在候机室偌大的玻璃窗上向我挥手，在高大的候机楼长长的影子下，她们显得那样孤单。孩子是独生子女，想想几十年以后，当我们孤独老去的时候，孩子要一个人面对这个世界。此刻，作为一个父亲，我的鼻子酸酸的，更理解远方父母亲的那份牵挂。

车子停在楼下，淡淡的灯光从父母的窗子里洒下来，照在我们身上，格外温暖。此刻，我已经站在了家门外。

这时，妻子也打来电话，她们也已经平安到家，电话那边也是一片欢笑。

就这样，除夕，我站在了家门口，摁响了门铃。

（原载2015年2月17日《伊犁晚报》）

回家过年是我的奢侈

又要过年了，又是一个无法回家的新年，心里总觉得空落落的。细数在外十几年，回家的次数屈指可数，回家过年已经成了我难以消费的"奢侈品"。

1998年，大学毕业，赴兵团工作，离家迢迢数千里，微薄工资无法支撑回家"庞大"的开销。幸好还有同学一峰相陪，一包花生米，一瓶烈酒，几盘凉菜，在他乡的万家灯火中，开始了自己在外的第一个除夕。

往年的除夕，是家族聚会时候，是燃爆竹、放天灯、给老人磕头拜年讨要压岁钱最开心热闹的时候，而那个春节却过得如此寂静，寂静得只有电视机在自说自唱，寂静得可以听到自己的心跳。

那台老掉牙的电视机图像格外模糊，但春晚主持人倒数数字迎接新年的声音却是那样的清晰，一下一下地揉搓着游子孤独的心，一种由衷的孤独与寂寞席卷而来。

狂欢是一群人的寂寞，寂寞是一个人的狂欢。新年来临的那一刻，我冲出宿舍，天空中已经开满了迎春的礼花，爆竹声和欢呼声响彻一片，我的耳边充斥着他乡迎春的喧嚣与快乐。

此刻，我的双眼溢满泪水。努力地做出一副快乐的姿势，仰望天空，不让泪水滑落下来。我不希望一峰看到自己难过的样子，毕竟这是欢乐的除夕夜。余光中，一峰也以同样的姿势站在那里。就这样，我们默不作声伫立在雪花飞舞的除夕夜里，直到烟花散尽，尘埃落定。

经历了1998年苦楚的春节，1999年早早地整理行囊回家过年。这也是我第一次回家。

火车穿山越岭，奔跑在一望无际的荒原上，窗外尽是冬天的荒凉与萧瑟。忽然觉得，此情此景，好似自己在外两年的真实写照。回家过年，更贴切地说，是一次身心的自我疗伤。

在外的日子，对家的思念一直萦绕在脑际，每每看到别人一家团聚，围坐在一起吃饭聊天，一起爬山野游，那种发自肺腑的羡慕难以言表。我知道自己时刻都在想家。

对面下铺躺着一个中年男人，西装革履，戴着耳机，音乐的声音虽然调得很小，但还是从耳机的缝隙中滑落出来，在安静车厢里回荡：

又是九月九＼重阳夜＼难聚首＼思乡的人儿＼飘流在外头＼ 又是九月九＼愁更愁＼情更忧＼ 回家的打算＼始终在心头……家中才有自由＼才有九月九＼亲人和朋友＼举起杯＼倒满酒＼饮尽这乡愁＼醉倒在家门口 ……

车过兰州，华丽的霓虹灯光穿过车窗，洒在中年男子脸上，我吃惊地发现，他的眼睛里闪耀着泪花。

近乡情更怯，不敢问来人。1044次列车拉着长笛声停靠在我朝思暮想的西安火车站，匆匆的人群像一群奔逃的沙丁鱼涌向出站口，自己被远远地甩在后面。拖着沉甸甸的行李箱，孤零零站在空荡荡的车站里，此刻，感到异常的冷。

一位白发苍苍的老人，扒在出站口高高的栏杆上，探着头焦急地向里面张望，那是父亲，那就是我朝思暮想的亲人。

"锋儿，锋儿"，经历了希望和失望，又一次看到了希望的父亲，边呼喊着我的名字边冲着我激动地挥着手。

病愈后的父亲消瘦了许多，已是两鬓苍白，往日笔挺的西装，此刻显得格外宽大。他摇摇晃晃站在栏杆旁，犹如一片孤叶，在寒风中摇曳。我眼前一片模糊。

我一个人回到了家，只是一个人，没有带回父母希望带回来的人，这是不争的事实，大家都不情愿看到，但谁都无能为力。于是，每一个人都在回避，回避我的爱情，回避父母的病情，回避任何会让人触景生情的事。

父亲的睡眠变得很少，每天都心情亢奋地熬到深夜，两眼时刻闪耀着喜悦的光芒。新疆和西安有两小时的时差，每天起床都会看到父亲，他早早收拾得干净利落，坐在客厅里等我起床，一起吃饭。说实话，我很享受这段在家的时间，这里有永远也听不够的乡音，有着聊不完的话题，过去那种只要父母一唠叨就心烦的浮躁早已不知所踪。

假期已满，当我故作潇洒地甩甩头发向父母亲告别时，我看到了妈妈眼中的泪花。"孩子，不要太为难自己，苦了就回来。"忽然间，一切的委屈和不如

意涌上心头。那一刻，才发现自己竟然也是那样的脆弱和不堪一击。在泪水还没有冲出眼框时，跨上了列车，火车还未离站，我已是泪流满面。

"上帝不会忘记奋斗不息的人。"以后的几年里，我倍加努力，顺理成章地有了心爱的妻子、可爱的孩子、足以代步的车子和宽敞明亮的居室，这一切无疑是对远方的父母亲最大的宽慰。条件好了，但每到逢年过节，父亲总是提早打来电话，坚决不让我们回家。"孩子还小，天冷，路远，时间短，票难买，不要在人最多的时候回来，暑假回来吧……"

可怜天下父母心，父母何尝不想一家人一起过个好年，但为了儿女们过得更好，父母一切都可以舍弃，这是一种大爱。

那以后过年回家，总是因为这样或者那样的原因，都未能如愿以偿。十二年在外风雨飘摇，和父母亲一起过年却只有一次，仅有一次。

回家过年，这个常人平常不过的事情，却成了我难以享受的"奢侈品"。

（原载2012年1月22日《兵团日报》）

小城小蒜

阳城是一座小巧精致的城市，这里生活节奏缓慢，少了大城市的喧嚣和焦虑，多了鲜有的质朴和宁静。第一次来到阳城，待了仅仅两天，便爱上了这座小县城。此刻要离开了，竟然有几分恋恋不舍，一个人避开熙熙攘攘的人群，站在马路牙子上等待回西安的班车。

"哎，小蒜，小蒜！这儿也有小蒜。"脚下一簇青绿从马路牙子缝隙里伸展出来，纤细挺拔，郁郁葱葱，让我兴奋得喊出声来。

对于旁边的旅客来讲，我的举动显得过于突兀和夸张，因为在这里，小蒜这种野菜遍地都是，没有什么值得大惊小怪的。殊不知对于我来讲，已经二十多年没有见过这小小的生灵了。

小蒜，又称野蒜，其外形像葱似韭，性味辛苦，有点儿辣气，是一种非常好的开胃野菜。二十世纪七十年代，物资匮乏，食物短缺，粗粮野菜是生活的主角，对于常年营养不良、口中索然无味的老百姓来讲，鲜香味重的小蒜是一种非常好的开胃菜。

"三月小蒜，香死老汉。"这是流行在陕西老百姓中的一句民谚，意思是三月小蒜的味道特别香，香得能把见多识广的老人迷醉。

渭北高原，每逢三月，春风一吹，满地都是绿油油的蒜苗，迎风挺立，格外诱人。大部分蔬菜才钻出地面，而小蒜已经可以食用了。这时候的小蒜苗鲜嫩，与蒜头一起食用，少了苦涩，多了鲜辣清香。随手揪几根小蒜苗，加上新鲜的蒲公英、群群蒿、辣辣菜等野菜的叶片，团在一起，直接食用，嚼到嘴里，酸甜苦辣，各味相辅，其味无穷，让人口舌生津，欲罢不能。时隔二十多年，这种味道依然萦绕在脑际，令人难忘。

"四月小蒜头，穷富家中留。"小蒜是老百姓家中不可或缺的野菜。四月的小蒜已经成熟，是采摘的黄金季节。这时候的小蒜苗已经干枯无法食用，小蒜头长成型，就像而立之年的男人，脱掉稚气，多了刚烈。成熟后的小蒜头性味

辛苦，辣气较重，野味十足。端上一碗油泼面，一口一个小蒜头，那种酣畅淋漓的感觉只有身在其中的人才能体味。

小蒜的食用方法多种多样，煎炒烹炸、凉拌、生食味各不同，是上乘的开胃野菜。上初中时住校，学校条件很差，没有食堂，只能够带干粮，整天白开水泡锅盔（烧饼），口中索然无味。此刻的小蒜便有了市场。周末呼朋唤友去挖小蒜，在清洌的泉水中洗干净，回家加上盐巴酱油醋等调料，装在罐头瓶里，一道开胃的小菜便准备停当了。时隔多年，回想起当年拧开瓶盖的那股香味，依然让人垂涎欲滴，那种味道即使尝尽山珍海味也难寻觅。

小时候特别喜欢去外婆家，因为去外婆家就可以和年龄相仿的舅舅一起玩耍，一起采摘槐花，挖药材。一次去采槐花，没走多远，便遇到了暴雨，我和外婆躲进山边一个西瓜地的窑洞里。十几分钟暴雨，致使山洪滚滚，山下原先一米多宽的小溪，瞬间变成了几十米宽的河流，混浊的河水夹杂着各类漂浮物像个怪兽一样奔腾而下，挡住了我们的去路。我们不得不深一脚浅一脚地回家，却在一片低洼地有了意外收获。因为雨水冲刷，大量的小蒜头从山上被冲下来，聚集在低洼处，白生生的一大片，我们收获了一大筐胖乎乎的小蒜头。

高中毕业便离开家乡，在外求学，很少回到家乡，特别是大学毕业赴兵团工作后，就再也没有见过这种让人充满回忆的野菜了。

有人说，味道其实就是一种记忆。的确，我再也寻找不到当年小蒜的味道，也许是因为那些关于小蒜的记忆是独有的，是无法复制的，就像今天的这座小城，它自然也会深深印在我的记忆里，无法替代。

前往西安的班车终于来了，拥挤的人群瞬间挤上车子，只留下我还在一步一回头地望着这座小城，回望着小城这簇郁郁葱葱的小蒜。

（原载2015年7月1日《伊犁垦区报》）

那些孤独的身影

一直以来，都非常喜欢朱自清的《背影》，站在作者的视角，品读父爱的无声与厚重。然而，在不知不觉中，我们已被时光推向远方，成为背影，成为亲人心中最柔软的地方。

一

小区中有一条林荫道，两边长满杏树、梨树和苹果树，枝繁叶茂，枝丫交错，争夺着上方的天空，经过多年的修剪和塑形，俨然成为一条悠长的林荫长廊。春天里，杏雨梨云，蜂飞蝶舞；秋天里，各色相间，红叶迎秋，是人们纳凉休闲的好去处。

午后，披着慵懒的阳光，急匆匆地走在上班的路上，经过长廊，习惯性地回头看看这道美丽的风景，却发现一位老人静静地坐在林荫道出口的长椅上。他头发斑白，衣着臃肿，穿着与这个季节不相符的棉衣，背靠在长椅上，头深深地向下勾着，整个身躯像一个字母"S"形。温暖的阳光下，老人睡得正香，手里却紧紧地攥着一根绳子，绳子的另一端是只雪白的京巴犬，它安静地趴在老人脚下，即使看到了不远处的我，也只是轻轻地抬起眼皮看着我，身体一动不动，生怕惊醒了熟睡的主人。

虽然无法看清老人的脸庞，但我清晰记得他每天牵着小狗独自蹒跚的身影。长廊周围是各色相间的秋叶，像无数个花环层层靠拢在一起，沿着铺满落叶的长廊伸向远方。阳光从秋叶的空隙里挤进来，斑驳地洒在老人和小狗身上，仿佛凝固成一幅浓墨重彩的油画。

大脑里忽然浮现出一幅画，我已无法想起那幅画的作者是谁，画的名字叫什么，但画中那位裹着厚厚毯子的俄罗斯老人，在鹅毛大雪中蜷缩在长椅上，等待亲人归来的画面依然清晰可见。虽然这两个场景截然不同，但都让人感到了相同的孤独和落寞。

二

一个月前，到库尔勒出差，周末闲暇，与朋友相约，避开城市的喧嚣和燥热，到绿草如茵、树木葱翠的天鹅河畔散步，享受一份难得的惬意。

美丽的天鹅河静悄悄地从身边流过，生怕惊醒了城市午休的人们，宽阔的滨河道上游人稀少，顺着花岗岩砌就的河道护栏逆流而上，走出好远，也没碰到几个游人。说实话，在城市里能有如此清新静谧的环境实属不易，甚至让我感到有些奢侈和浪费。

不远处一位老人，他身体前倾，坐在长椅上，旁边竖着一根拐杖，左手边放着一本未打开的书，书上放着一张照片，似乎是张全家福。老人聚精会神地凝望着河对岸。我和朋友都不约而同地放慢了脚步，寻着老人的目光眺望远方，对岸苍翠中一片楼宇，我们看不到其他东西。老人在看什么？他在想什么？无人知晓。

我们轻轻走过，走出好远，又情不自禁地回过头，老人依然凝望着远方，似乎我们从来就没有在他的视线里出现过。老人离我们越来越远，直到消失在苍翠中，在我们身后只剩下无数空荡荡的长椅，还有悠长悠长的花岗岩护栏。

"有没有生第二胎的想法？"朋友首先打破沉默，冷不丁地问了一句。

我理解他此刻的心情，当国家全面放开二孩政策的时候，我们这一代独生子女家庭里的老人就注定是孤独的，那些儿孙满堂、子孙绕膝的天伦之乐只能是一种奢望了。我们的父母这一辈如此，我们亦是如此，想到这里，竟生几分惆怅。

三

工作至今换了多部手机，但每换一次手机都不忘把一张照片拷贝在新手机里。那是十几年前我在西安偷偷拍下的，一直保留到现在。

照片像素不是很高，甚至有点模糊，照片里鳞次栉比的楼宇、整齐的路灯和车水马龙的街道，在霓虹灯的渲染下显得色彩斑斓，繁华热闹，唯有父亲坐在台阶上望着远方的背影显得昏暗模糊，寂寞孤独。

父母一生含辛茹苦，养育了三个孩子，然而当儿女们都成家立业，可以颐养天年、享受天伦之乐的时候，父母亲却坚持不愿意跟随任何一个孩子一起生活，依然居住在西安市郊的房子里。

逢年过节，我们都会从远方回家团聚，那时候儿孙绕膝，亲朋好友迎来送往，家里喜气洋洋，父母亲非常享受这样的生活。然而，有团聚就会有离别，当孩子们都回到各自的工作岗位后，留给老人的是无尽的孤单与寂寞。于是父亲经常去小区外广场，坐在花坛的台阶上，回忆儿孙们曾经留在这里的欢声笑语。

其实父亲何尝不知道儿女们忙于工作，不可能月月回家，但老人还是执拗地去看看，因为那已经成了他的一种习惯、一种寄托、一种期待。

四

记忆中，糖人师傅都是那样的神奇，一锅糖稀在他们手中总是变幻无穷，各种形象在他们的一捏一吹中充满生机，甚至连他周围的空气都充满喜悦和香甜。

然而一位老人颠覆了我多年对糖人师傅的一切记忆，他手上没有糖人师傅精湛的技艺，没有妙语连珠的口才，没有糖人师傅的灿烂笑容，甚至连一个做糖人的工作台都没有。他有一个佝偻背影，一副忧郁的表情，一辆自行车和一个盛放糖稀的小盆。他用竹片将糖稀挑起来缠绕在小木棍上，一元钱一个，卖给馋嘴的小孩吃，这种东西应该算不上是糖人，充其量也只能叫棒棒糖。

只要晚点回家，就一定能看见他披着月色，推着那辆破旧"永久牌"加重自行车，低头蹒跚而行。他走路很慢，总是心事重重，表情凝重，从不抬头。

按照规定，学校附近禁止摆摊设点，治安人员劝说老人，希望他能挪个地方。但过不了几天他又会回来，躲在电线杆后面继续卖他的棒棒糖。治安人员多次反映这件事，希望通知城管部门。但看着他衣衫褴褛、步履蹒跚的样子，我不忍去猜想他身后有多少辛酸的故事。

此刻，我能做的就是闭上自己的眼睛，不去打扰这位忧郁的老人，就像老人不敢抬头看这个世界一样，但我们都知道彼此的存在。

（原载2015年2月9日《伊犁垦区报》）

遥望长安

上火车前，给父亲打了个电话，想让老人家高兴一下，毕竟挂职结束后可以顺路回趟老家。父亲仔细地询问我的车次和车过西安的时间，我意识到，父亲想去车站。

父亲患有严重的心脑血管疾病和高血压，我不在家的十几年里，已经中风过两次，幸好医疗技术先进，总算有惊无险，但身体却大不如前。于是，我故意告诉父亲我乘坐的特快列车不靠站，让他不要去车站。电话那边父亲沉默了良久，挂断了电话。

火车行至西安站，已是华灯初上，世博园的灯塔点亮了西安的半边天空，车内的旅客一片喧嚷，争先恐后地下车，一览古城的风采。我没有下车，严格地讲，我不敢下车，这个站台上凝结了我太多的记忆，我害怕在这短暂的几分钟里，看到任何亲朋好友，不想再次重温那已经结痂的离别伤痛。然而，当车子离站的那一刻，我已经是泪流满面。

到了江苏，姐姐打来电话，说我该给父亲报个平安。原来，父亲骑着他的小电动车已经固执地在车站等了整整一天。我打通了电话，父亲却说：他只想看看那趟由新疆开往南京的列车。我哽咽着挂断了电话。

回到西安，尽情享受着回家的快乐。父亲的睡眠变得极少，每天都是晚睡早起，陪伴在我们身边；每天都要买回来一大包一大包的零食，其中面包最多。父亲说，那是我小时候最爱吃的。

虽然当下的事情说过就忘，但遥远的回忆，父亲却记忆犹新。我笑着说：我都多大了，还吃面包啊。父亲却说：你再大，还能比我大啊！屋子里面一阵欢笑。父亲说，已经很久没有享受这种儿孙绕膝、欢声笑语的天伦之乐了。

父母总是盼着我们长大，盼着儿女们成家立业，然而当我们远走他乡，成就梦想的时候，父亲却在不知不觉中渐渐老去。为了不给孩子们带来一丁点儿的不便，父母亲总是坚决地、近乎固执地不和任何一个孩子一起生活，哪怕是近在西安的儿女。家乡空荡荡的房子里只留下了孤单的父母，在那里守候着家门，守候着牵挂和回忆。

回到伊犁，姐姐发短信过来，说父亲的情绪低落，每天都去我们经常纳凉的那个广场，一坐就是大半天。我知道，孤独的父亲在回味我们留在那里的记忆。每一次离别，都是一次受伤，我们都需要一个自我疗伤的过程。

经常向父亲居住处的物业公司打电话，希望他们多去父亲的房子看看，检查一下水电煤气，看有没有什么要帮助的，或者哪怕是敲敲父亲的门也行。每次得到的都是类似的回话："先生，您就放心吧！我们会经常去的，刚才还看见您的父亲从这里出去了，只是老人家低着头，我们没有打招呼而已。"

是啊，儿女不在家的日子，父亲总是若有所思地低着头。我知道，父亲的心情沉重，他有着太多的牵挂。

子欲养而亲不待。此刻，父亲已不再年轻，而作为儿子的我却只能在这边陲小镇，在迢迢千里之外，遥望长安，祝福老人。

（原载2012年12月24日《兵团日报》，
2013年3月1日《新疆北屯报》转载）

经书岁月

那本经书，从南屋寺到爷爷，从爷爷到十一爷，到十一婆，到爸爸，到我，最后到寂玉，一路辗转，风尘百年。此刻，已褪去往日的荣光，静静地躺在樟木箱子里，如一位慈祥的老人，回味着百年的沧桑。

寂玉盘腿而坐，手握着那根被几代人摸索得光滑如玉的竹签，若有所思。他目不转睛地看着前方，是在看面前空无一物的墙壁，还是那个樟木箱子？或是在看冥冥中我们所看不到的东西？寂玉在看什么，我无从得知。

寂玉是我最要好的朋友，他痴爱一切与历史有关的东西，收藏颇丰，且只收不卖。他说，如果收了再卖，对不起先人。我将经书托付给他，绝对是送的，而不是卖的。因为，我也不想对不起先人。

也许是血脉相连，我有着挥之不去的禅道情结。至于爷爷当年为什么要冒着风险，将这份经卷保留下来，用一生的信任托付给李家十一爷，在和平的年代传给了后代，至今，我都无法参透其中的意义。也许有一天，等到我真正明白的时候，我会义无反顾地去继承孙辈、儿辈们应继承的东西。

腊月是家乡的"年"月，从月初家家便开始准备年货，杀猪宰羊、相互串门，请吃宰牲饭，迎来送去、热热闹闹，忙得不亦乐乎。

父亲刚从上海回来不久，年货已基本准备就绪，在稀稀拉拉的鞭炮声中，一家人围在一起，扎制过年要放飞的天灯。也就在这个腊月里，村里的大姓，李氏十一婆病危，并传话过来，要在临终之前，见一面我的父亲。十一婆郑重地将那个樟木箱子传给了父亲。

父亲在外闯荡半生，见多识广，家业也算丰厚，在村子里，是为数不多的几位受大家尊敬的人。可那一天，父亲，这位坚强的西北汉子，竟然老泪纵横、泣不成声，以祖上最高的礼节——二十四拜，行大礼，隆重地将那本饱含着爷爷气息，也许只有爷爷才能真正读懂的经卷请回了家。

父亲在上房为爷爷立了神位，供上好酒和爷爷爱抽的旱烟。用爷爷当年所用的竹签，一遍又一遍地翻阅着那份经书。父亲闭门不出，除了吃饭，我们能够接触父亲的便是从窗户里传出的时断时续、婉转低沉的箫声，或是唢呐声。

父亲的体内流淌着爷爷的血脉，虽然没有受过多少专业的教育，但他的学问造诣之深、人生境界之通达，是我们这些所谓高学历子女无法企及的。

这份经书凝结了太多爷爷的气息。父亲辞去了上海的工作，毅然回家。那份手工装裱的经书，父亲翻了多少遍？那支祖上传下来的唢呐吹了多少曲？经书上依然焦黑的墨迹、殷红的朱砂，是对已知天命之年的父亲最好的抚慰。

大年三十，是祭祖的日子。关中虽未落雪，但也寒风瑟瑟。和父亲站在爷爷的坟前，父亲跪在地上，一捧一捧地给坟培土。周围找不到一根杂草，依然青绿的麦地，不知什么时候被踩出了一条光亮的小道。这里经常有人来，我知道，那便是父亲。寒风吹动着父亲渐已宽大的西装，父亲已是两鬓斑白，高高的喉结一起一伏，似乎想要说什么？我静静等候着，然而，父亲什么都未说。最后，拍拍膝盖上的黄土，摸摸我的头说，儿子，回家。看着父亲已不再挺拔的背影，在晚霞的映照下，如一片红叶在风中摇曳，我的鼻子酸酸的……

爷爷是一位民间艺人，精通法事、工艺、音律、五书。德高望重，为人厚道，是方圆几百里的著名坛师，可谓风光一世。

父亲出生不久，奶奶便撒手人寰，为了父亲，爷爷含辛茹苦，一生未续。爷爷一生清贫寡欲，但一直珍藏着一些经卷、字画和书籍。然而，在那个混乱的年代里，爷爷是众矢之的，一夜间，老人家头发白了许多，在天还未亮的时候，在那疯狂的锣鼓还未敲响的时候，爷爷流着泪，将所有的藏品、字画和书卷一股脑儿地装进架子车，倒进了村头废弃的水窖里。

于是，赵家的子孙未受多大的牵连……

此刻，夜深人静，我坐在电脑前，坐在这个高科技主宰一切的今天，自认为早已淡漠的经书情结还是那样清晰可鉴。我是那样地想念我的父亲，想念我此生无缘谋面的爷爷，想念那份岁月沉淀出的经书情缘。

（原载2007年10月16日《伊犁晚报》）

父爱无形

父亲匆匆挂断了电话，此刻已是凌晨三时，正是夜深人静的时候。我能想到远在西安的父亲，半夜从梦中惊醒，徘徊在电话机旁，想听一听远在千里之外儿子的声音的那种焦虑不安的心情。

父亲是个标准的西北汉子，正直，执着，勤劳而倔强。大半生闯荡南北，四海为家。细细算来，父亲与我在一起生活的日子加起来也不会超过一年，我们彼此间少了亲切和从容，更多的是我对父亲的陌生与敬畏。

记得中学毕业后的那个喧嚣燥热的暑假，是我和父亲一起度过的第一个假期。可是，这个假期却在父亲无休止的加班中悄然结束。有天夜里，我和哥哥对坐在床上，默默地看着窗外灯火辉煌的城市夜景，盼望着楼道里响起父亲坚实有力的脚步声。然而，我们不得不在疲倦和委屈中依偎着睡去。半夜，在恍惚中我感到有双大手在抚摸我的额头，我意识到是父亲回来了。他弯下腰，亲了亲我的额头。他为我们盖好被子，然后坐在沙发上，抽着烟，默默地看着我们。隐约中，我听到父亲的叹息声，看见烟火星在黑暗里发出忽明忽暗的亮光，映衬着他疲倦而慈祥的脸。

父亲不善于表达情感，他总是将爱深埋在心底，让我们在严厉的教育中，在岁月的流转中艰难地体会。

翌日早上，当我和哥哥起床后发现，父亲早已离开。他为我们准备好了回家的行李，满是烟头的烟灰缸下压着一张他写的便条，上面写着他的留言。父亲是个建筑工程的项目负责人，昨晚因为工地上的吊车违规操作，砸伤了人，他不得不连夜赶去处理事故，所以来不及和我们道别。

临行前突然下起了雨，我和哥哥拖着行李缓缓走向车站。在我们的期盼中，始终未等来父亲。汽车渐渐驶出了车站，将这座忙碌而陌生的城市慢慢推出了我们的视线。

忽然，我们看到一个熟悉的身影，那是父亲。只见他弓着腰，奋力地蹬着自行车追赶着我们乘坐的汽车。他穿的衬衫已被雨水打湿，紧紧地贴在身上，雨水顺着他的发梢一直流到下巴。我们不顾一切地向父亲挥手，想让他看见。可是，雨越下越大，父亲体力不支渐渐慢了下来，我们不得不眼巴巴地看着他渐渐消失在雨幕中。现在想来，父亲为了让我们兄弟俩学会自立和坚强，可谓用心良苦，也似乎理解了父亲在工作和亲情间艰难取舍的矛盾心情。

对工作，父亲兢兢业业，废寝忘食，而这恰恰是我们最为担心的。1996年，父亲因为积劳成疾而入院治疗，后来不得不病退休养。全家人惊悸之余，也有几分欣慰——父亲总算可以安心休息了。

1998年我大学毕业后，决定来兵团工作。对此，亲朋好友一致反对，唯独父亲什么也没说。我记得，临行前的那一夜，我和他挤在一张床上，摊开一张中国地图，说了一夜的话。我们父子俩一根接一根地抽着烟，这是父亲第一次允许我抽烟，并第一次递烟给我。那一刻，我体会到他对我的依依不舍，对儿行千里的担忧和挂念。

第二天一大早，父亲莫名地大发肝火，摔碎了茶杯，并不顾众人劝阻，执意要送我，他说："我要看着你走。"等我上车后，父亲仍不愿离开，他站在月台上，执拗地拒绝了家人的搀扶。我知道，父亲是要告诉我，他的身体很好，让我无牵无挂地走。然而，当火车开动的时候，隔着车窗，我却看到父亲脸色苍白，牙关紧咬，倚着月台的立柱慢慢瘫倒在地，家人一阵慌乱，好不容易才将他扶起。我再也控制不住自己的感情，泪水夺眶而出。

与这些场景有关的记忆，我始终难以忘怀。

现在，我像父亲当年一样，远走他乡，追逐着梦想。可我知道，在故乡那略显空荡的老房子里，父母每天都会整理我曾用过的物品，叨念我当年的趣事……如今，也为人父的我才真正理解了父亲，读懂了离别时他的固执和沉默。正如台湾某作家所言，所谓父母，就是那不断对着背影既欣喜又悲伤，想追回拥抱又不敢声张的人。

（原载2013年7月10日《兵团日报》）

留下一片莓子给自己

周末的午后，北京天高云淡，阳光热烈，鲁迅文学院里鸟语花香，静谧优美，我在光影斑驳的小院里走走停停，享受难得的惬意时光。

两只喜鹊站在高大的泡桐树上，歪着脑袋看着紫藤长廊里专注的读书人、银杏树下漫步的思考者和小道上对着电话窃窃私语的思乡人。

树上莺声燕语，树下闲庭信步。

玉兰树影里一群麻雀叽叽喳喳，在草丛中抢食。走近一看，原来是一小片熟透了的野果，形似莓子，果型圆润，比莓子小，果色鲜红透亮，鲜嫩欲滴。在网上查了查，是蛇莓，也称"地莓"。

园丁大姐告诉我，这是一块特意为小动物留下的野果园，白天小鸟啄食，晚上刺猬、小猫会出来采食。鲁迅文学院里的校宠也过得如此惬意幸福，让人好生羡慕。

我轻轻地蹲下，麻雀们似乎对我的加入没有戒备，也没有多大兴趣，自顾自地在熟透的蛇莓中挑三拣四。我摘了一颗放在嘴里，酸甜可口，鲜嫩多汁，像极了家乡的莓子，美味极了。

麦子晒上场，坡上莓子黄。

六月，是关中麦子收割的季节，也是莓子成熟的季节。平日寂静祥和的麦田，此刻会热闹起来。这里少不了孩子们的身影，因为田埂和山坡上的莓子已开始成熟。快成熟的莓子色泽橙红，成熟的莓子深红鲜艳，熟透的莓子红得发紫，鲜嫩多汁，酸甜可口。

夏收是庄稼人的第一个收获季，人们会用第一斗新鲜的麦子磨面，炸麻花、炸油糕和油饼来庆祝丰收，慰劳自己，孝敬老人。

外婆所在的村子在乾县，两地相距也就十来里地，中间隔着一条山沟，沟底一条小河，涓涓溪流一路向西。河面上没有任何现代化设施，只能踩着石头或者蹚水过河，夏季的雨季水量增加，石头被淹没，也就难以渡河了。

20世纪70年代至80年代，人们还没有手机，信息传递基本靠吼。遇上河流涨水，我们就会站在山沟边向对面村子里的舅舅呼喊。山沟很宽很深，我们的声音在乡村的鸡鸣犬吠中显得很微弱，但几乎每次舅舅都会听到，这不仅是亲人之间的心灵感应，更是因为村子里只要有人听到，就会应一声，捎话给舅舅。趴在舅舅的背上渡河，是我对这条小河最温暖的记忆，一个村子几乎是一个家族，彼此相得无间，其乐融融。

去往外婆家的山沟里长满各种各样的树木，记忆最深的当然与嘴巴有关，如杏、桃、酸枣、桑葚、核桃、石榴等。去外婆家的过程是快乐的，一路上追野兔、掏鸟蛋、摘野果、挖草药，趣味无穷。山路虽然崎岖不平、陡峭难行，却是一条充满快乐和亲情的山间小路。

莓子之所以堪称野果中的珍品，是因为熟透的莓子颗粒饱满，酸甜可口。虽说漫山遍野随处可见，但保质期短，必须即采即食，稍一存放就会失去原有的味道。因此，莓子很少出现在城市的餐桌上，更显得珍贵。

因为有莓子的诱惑，去外婆家的时间便没了准信，时常因为采食莓子误了饭点，便偷吃妈妈送给外婆的点心和糖果。等点心和糖果到了外婆家，已经成了空盒，但外婆从来不生气，还开开心心地替我们保守秘密。

外公勤劳善良，天未亮就会下地干活儿。孩子们从床上爬起来，脸都不洗就坐到门墩上，眼巴巴地看着路口，等待外公回家。因为他有"哆啦A梦"一样神奇的口袋，里面总是鼓鼓囊囊地装着莓子、酸枣、核桃等各样野果。尤其是外公摘的莓子又大又甜，酸甜多汁。

我们都盼着长大，可长大就预示着分离。

大学毕业后我远赴新疆生产建设兵团，工作已有二十多年。作为这个时代的亲历者和见证者，无论是故乡陕西，还是现居的兵团都发生了巨大变化，人民的生活水平和幸福感日益提升。

因为工作忙碌，和家人团聚的机会越来越少，尤其是在兵团工作后，一年难得一见，外公外婆也相继离开人世。

作家乔叶说，故乡只有在离开后才能拥有。这一点我非常赞同，当年我远

离家乡到兵团工作，距离家乡越远，情感却越近。

在鲁迅文学院培训的这段日子，白天学习提升，晚上反思和修正自己，睡眠开始减少。休息在新疆的生物钟里，起床在鲁迅文学院的莺声燕语中，那种明明置身首都闹市，却总有一种置身自然的恍惚伴我起床，也因此每天多了两小时的时间去思考、创作，去想念家乡、思念亲人。

新疆的水果比陕西的水果更加丰富，可我怎么也吃不出像莓子一样的香甜。就如走过了那么多路，留在记忆里的依然是当年通往外婆家那条洒满欢声笑语的山间小道。

鲁迅文学院保留一块蛇莓地给生灵，只为向善而行。我留一片记忆给莓子，聊以慰藉，也为放生自己。

（原载于 2024 年 6 月 4 日"学习强国"平台）

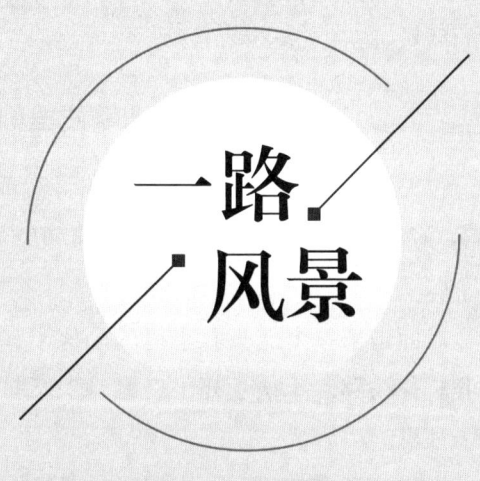

一路风景

我深信，能出现在我们生命里的人，多半都是有原因和使命的，绝非偶然，这个人一定会教会我们一些什么。一路相遇，那些善良的人们成了生命中最美好的风景。

地铁站里的小伙子

在长沙南站下车，换乘地铁四号线前往毛泽东文学院。少了向导的指引，面对导航系统中蜘蛛网一样的线路和摩肩接踵的人流，一会儿我便找不到方向了。

对面走来一个低头看手机的小伙子，他完全没有注意到我的存在。冷不丁被我拦住去路，小伙子吓了一跳，上下打量了我一番，略显紧张，然后羞涩地摘下耳机。

也许是语言障碍，也许周遭过于嘈杂，总之，他比画了半天，我仍一脸狐疑。小伙子无奈地笑了笑，决定亲自带我过去。

小伙子说，他是地道的南方人，但他向往北方。就这样我们一前一后，有一句没一句地聊着天，在纵横交错的交通系统中寻找站点。

电子支付快捷方便，但最大的缺点就是受制于网络，在长沙车站先进的购票系统前，我折腾了半天，却因为手机网络的问题，无法完成支付。

小伙子立即用自己的手机扫码付钱，完成购票。

当我塞现金给他时，他却连连摇手拒绝，匆匆离开时不忘叮嘱我下车站点，然后消失在长沙站川流不息的人群中。

买夜宵的大学生

五月的开封已经是烈日炎炎，躺在宾馆舒服的大床上，一觉睡到了晚上十点，醒来才发现学院领导发的信息，明早要上报材料，并发言。

写完材料已是凌晨，这个时候的开封已是深夜了。沿街找了半天，却没有找到一家正在营业的打字复印店。

"我知道一个地方，可以去自助打印系统上碰碰运气。"在河南大学门口的便利店里，一个买方便面的大学生告诉我。

他身着睡衣，脚穿着"人"字拖，头发蓬松，鼻梁上架着金丝眼镜，应该是刚从被窝里爬起来，买夜宵准备安慰一下消化系统。

在男生公寓楼大厅里，我们折腾了好半天，打印系统纹丝不动，小伙子急得满头大汗，打电话给已经就寝的女朋友，询问女生公寓中自助打印系统能否正常使用，并把文件传给他的女朋友。

我们站在女生公寓大门外焦急地等待，十几分钟后，当一个娇小的女孩怀抱文件、梦游一样从大门里走出来时，小伙子竟然激动得跳起来和我击掌庆祝。

公交车上的小姑娘

如果你想了解一座城市，最好的方式就是乘坐公交车，可以闲庭信步地到处走走。

在嘉峪关，坐当地公交车去护国寺，途经一片古建筑群，以为是留存的古长城，兴奋地询问身边的乘客。一回头却发现自己旁边坐着一个金发碧眼、棱角分明的外国小伙子，他也一脸茫然地看着我。

"还早着呢，这是美食街，是吃货们去的地方。"一个十七八岁穿着时尚的女孩告诉我，然后指着一把印有广告和地图的小扇子，帮我们辨认方位。

一路上小女孩成了我们的免费向导，给我们介绍嘉峪关的风土人情和风景美食，外国小伙子通过手机翻译软件也听得津津有味，看得出他非常喜欢这个热情漂亮的中国姑娘。小姑娘中途下车时，不忘把她的小扇子送给了我，并告诉我们：地图上标注的都是嘉峪关最美的风景。

外国小伙子竖着大拇指和我相视一笑，心里暖暖的。

路边的大哥

为了不影响工作，我把手机调至静音状态，下班时才发现有许多电话和信息。朋友发了信息和位置，已等待多时。

开着车急急忙忙赶到地图所指示的位置，转悠了半天，却没有看到店面，最终还是被导航误导进入一个小巷子，车子侧滑到雪窝里无法前行。

尝试多次后我束手无策，进退两难。这时，摩托车店里走过来一位身材魁梧、满脸胡须的大哥，看着我笨手笨脚、焦虑不安的样子，他二话没说就跪在雪窝里，给车轮胎下塞砖头和木板，并用铁锹清理积雪。

一切就绪后，他叫来店里修车的小伙子一起推车，即使轮胎掀起的积雪和泥巴溅了大哥一身，他也没有松手，在他们的帮助下，我的车驶出了小巷。

紧张的生活节奏需要我们放慢脚步，只有这样才能感受到身边那些不经意的风景，虽然都是一路上的小小经历，但都是真实的风景和感动。已进入不惑之年，虽仍有不惑，但这些年轻善良的生命教会了我很多，让人欣慰。

（原载2020年3月24日《兵团日报》）

伊犁不远

　　"现在的伊犁不远，可克达拉很近。"这是人民艺术创作院李爱甫书记在谈到新疆变化时很有温度的描述。

　　2021年6月，我在国家教育行政学院培训期间，受人民艺术创作院书记李爱甫邀请参加人民艺术创作院宋庄分院揭牌仪式，这期间与李书记拉家常，聊起新疆和生产建设兵团，曾在伊犁某部队服役的他有太多话想说。

　　"过去的伊犁太遥远了，回趟山东老家像极了逃荒，一半时间路上跑，一半时间在买票。不像现在，你早上还在可克达拉，晚上已到了北京。"李书记滔滔不绝，声情并茂。

　　当年与爱甫的相识也算奇缘，他阅读了我发表在《现代作家》上的文章，触动了他在伊犁的温情记忆，便费尽周折找到了我的联系方式，只因思想共鸣，两个相隔千里的陌生人顺理成章成为朋友。他口里的伊犁变化，我们是有共鸣的，因为我是参与者，也是见证者。

　　对于常年奔波在外的人来说，便捷的交通不仅是一种简单的出行方式，更是对时空距离的掌控和对未来美好生活的憧憬。二十多年里奔波于伊犁和咸阳之间，这种感受是刻骨铭心的。

　　1998年大学毕业赴兵团四师工作，乘坐简陋拥挤的绿皮火车一路向西奔赴伊犁，虽然不是春运，但车票的紧张和车况的简陋是突破预想的。座椅下、过道中、洗手台，甚至货架上都蜷缩着疲倦的旅客，车厢里空气混浊，烟雾缭绕，更严重的是小偷时隐时现，没有安全感。过了甘肃，我挂在窗边的外套便不知去向，仅凭一件薄衣熬过一天两夜，在第三天终于到达乌鲁木齐，这估计也是当年西安火车能到达的最远地方。此时的乌鲁木齐已是雪花飞舞，我蓬头垢面地在乌鲁木齐汽车站滞留了将近一天后，才登上了前往伊犁的大巴车。

　　从西安出发时还是秋高气爽，到了伊犁已经寒风瑟瑟，六天行程我们好像走过了四季。爱甫的老家在山东，虽说军人的经济条件和出行待遇相对要好一

些，但当年我们舟车劳顿像逃荒的行程是相似的。

那时候的伊犁还没有铁路，大雪封山、道路被毁是家常便饭，严重制约伊犁的经济发展和人员出行，加上当时经济拮据，火车票一票难求，坐飞机更是遥不可及，回家探亲变成了一件极为艰难的事情。

三五年回家一趟是常态，因为即便回了家，随之而来便是购买回程车票的苦恼。就像爱甫说的那样：回老家探亲更像逃荒，一半时间在路上，一半时间在买票。那时候收入水平较低，一次探亲会花光半年积蓄，车票紧缺和路途安全搅得全家人焦躁不安，少了团聚的喜悦。因此，我非常理解那些年无数兵团军垦老兵很少回家探亲，甚至很多终生都未再回老家的真正原因，毕竟那个年代的新疆太大、太遥远了。

2004年，精伊霍铁路开工建设，一条大动脉连通伊犁和乌鲁木齐，瞬间终结了伊犁出行受季节和天气禁锢的交通状况，美丽富饶伊犁迸发活力。伊犁各族人民精神振奋，喜悦的心情溢于言表，人们以各种形式表达着自己对这条铁路的期许和对美好生活的向往。

为了表达激动的心情，宣传党的好政策，激起孩子们对家乡的热爱，我组织了以"火车进伊犁"为主题的作文和绘画比赛。当年能走出伊犁的孩子凤毛麟角，对火车的认知也仅限于书本和电视，但孩子们对火车开进伊犁的憧憬和喜悦却是真真切切。

火车一响，黄金万两。铁路运输对社会信心和经济发展的提振是不言而喻的。从铺设路基那天开始，我几乎每周都会骑着摩托车，带着妻子和孩子去看工程进度，坐在未完工的铁轨上遥望家乡，期盼这条连通内地的铁路早日竣工，让伊犁人出行不再艰难。

2008年，期盼已久的精伊霍铁路终于竣工，当汽笛划过伊犁天空时，人们心中都充满喜悦。

伊宁市火车站通车当天，站前挤满了数万围观的群众，站在我旁边的是一位白发苍苍的老人，他操着浓重的上海口音与我聊天。老人在兵团工作了六十多年，几十年中只回过一趟上海老家。而今火车终于开进了伊犁，他最大的愿望就是有生之年坐着从伊犁出发的火车回趟老家。

"你看我还能不能再回去一次？"老人身体微微颤抖，深陷的眼眶里泛着光芒。

"能能能，您老身板硬朗着呢，还能再活60年。"虽然没有几个人能有第二个60年，但能在家门口坐上火车回老家，以解乡愁，了却夙愿，本就是一件大快人心之事。我激动得语无伦次，老人脸颊上挂满泪花。

2022年4月22日，随着中国南方航空CZ6681航班平稳降落昭苏天马机场，标志着伊犁昭苏机场正式投入运营，新疆第23个民用运输机场继续领跑全国。新疆的公路、铁路、桥梁、机场等交通项目建设蓬勃开展，伊犁大地上交通基础设施建设如火如荼，田野乡村处处可见架桥修路的施工场景，为各族人民铺就了一条条宽阔的康庄大道，架起了温暖的连心桥，为伊犁今后的发展打下坚实的基础。

如今，党的二十大已经胜利召开，回望祖国建设的伟大成就和翻天覆地的变化，作为参与者和见证者，我们心潮澎湃，当年那个遥远的伊犁已经幻化成美妙的文字沉淀在记忆里。如果把过去伊犁行比作细君公主出塞，即使贵为金枝玉叶也逃不过时空阻隔的宿命，只能遥望故土。今天的伊犁行，我更愿意将其比作一次说走就走的旅行，帅气真实，近在咫尺，俯仰之间可触伊犁，毕竟伊犁已不再遥远。

（原载2022年12月2日《作家文摘》）

惊心绿湖

七月的热，让伊犁焦躁得像一团火。受朋友相邀，驱车三百多公里到达位于美丽昭苏县的74团，只为躲避酷暑。

地处中哈边境线上的74团，背靠群山，木扎尔特河绕团而过，滋养着铺天盖地的油菜花。蓝天白云和群山森林像是被清洗过一样，色彩纯净得有些不真实。即使是盛夏时节，这里也格外凉爽，街面上行人不多，相较于快节奏的城市生活，这里的人们面色安详，步履从容，更会享受生活。

江哥是本地人，他说要带我们去一个神秘的地方，足以美得惊心动魄，让人乐不思蜀。于是客随主便，我们的行程就这样又多了一项内容。

昭苏昼夜温差大，一大早我竟然从梦中冻醒。江哥已准备好了徒步的必需品，带着我们向目的地进发。道路崎岖狭窄，加上前夜的一场大雨，更加湿滑。江哥的越野车在前面开路，远看像悬挂在崖壁上的甲壳虫，让行驶在后面的我们心惊肉跳。半小时后，在一片泥泞的草地上，我的车被卡在石头缝儿里，进退两难。老吴利落地招呼着几个小伙子愣是连人带车一起抬了出来，引来一片喝彩。

进入沟口，山路越发崎岖难行，我们不得不把车辆停放在牧民毡房附近的草场上，背包徒步进山。江哥向哈萨克族朋友借了一匹马，驮着水和食物在前面引路，孩子们像小马驹一样在前面撒欢打闹，奔跑嬉戏，队伍沿着萨依卡勒河继续前行。

徒步半小时后的第一次休息，大男孩小齐跑到林子里方便，竟然抱出来一块品相上乘的绿色石头。石痴老吴惊呼：绿湖遍地都是宝，小便冲着玉石跑。在欢笑中我们把石头藏在草丛里，做好标记，继续前行。

因为山洪的冲刷，山上滚下来许多石头散落在本就崎岖难行的山路上。早上是马群上山的时间，不断有马群聚集在身后，大家便会躲到巨石后面，给马群让出道儿来。一边是嘶鸣狂奔的马群，一边是陡峭的悬崖和水流湍急的萨依卡勒河，震耳欲聋的马蹄声和轰鸣的水声混在一起，气势磅礴，惊心动魄。一路上遭遇这样的情形不下六次，有时马蹄带起的泥浆都能飞溅到我们身上。

江哥告诉我们，这里民风纯朴，牧民是不需要上山放牧的，只要训练好头马即可，头马会按照主人的指令，带领好马群。

跨过三座木桥，走过漫长的牧道，终于到了山下，江哥带领大家涉过水潭，开始爬山。这里的山路是探险者踩出来的，是只容一人通过的羊肠小道。两边都是齐腰深的青草和参天的针叶林。没有了河水的轰鸣声，没有了惊悚的马蹄声，处处花香四溢、蜂飞蝶舞，优美宁静。但大家的体力已被消耗大半，无暇欣赏美景，队伍在喘息声中安静地前行。

又过了一个多小时后，队伍终于跨过最后一道山坡，一股凉风夹杂着水的味道扑面而来。神秘的绿湖瞬间揭开了面纱，跃入眼帘，队员们激动得欢呼雀跃，抛下行囊，奔向水边，嬉水、拍照。

江河湖海我见过很多，但像绿湖这样美得让人惊心的实属不多。绿汪汪的湖水，如一块碧绿通透的翡翠，透着幽幽的光芒，镶嵌在层次分明的群山和古树中。绿湖尚未开发，道路难行，所至者唯有当地牧民、巡逻的边防战士。就算在昭苏，也鲜有人知。少了人类的干预，才有了这块圣洁的处女地，干净清澈，安详宁静，不沾尘埃，让人敬畏。

此处的海拔高度已达到2400多米，如此高度我却没有丁点儿身体反应，也许因为这里本身就是一座天然氧吧。江哥告诉我们，昭苏绿湖，当地蒙古族人又叫"诺汗淖尔"，意为碧绿的湖，距哈萨克斯坦不足十公里，属高山堰塞湖，虽然水域面积不大，但深不可测。

这时几个驴友出现在山口，前面一匹健硕的黑马，驮着大包小包的行李由远而近。就在踏上山口的一瞬间，马背上的队旗遇风后猎猎作响，拍打着马背，黑马吓得一个激灵，嘶叫着挣脱缰绳，向着我们的方向狂奔，锅碗瓢盆和食物掉落一地，受惊的马在离我们不远的地方一个拐弯就消失在了丛林里，惊出我们一身冷汗。

惊愕之余，大家手忙脚乱地帮着捡拾散落在地上的物品。一个小孩拿着被马踩出大洞的铝锅，笑得前仰后合，一位老者安慰大家，这也许是天意，此处不宜生火做饭。

　　江哥告诉大家，马是有灵性的动物，它会自个儿返回放牧点。同时告诫孩子们不要进入原始森林，不要干扰这里的野生动物，那匹受惊的马或许就是嗅到了其他动物的味道。

　　下山的过程要比想象中轻松得多。幸运的是，那块绿色通透的石头依然在原地等候我们，被一群人轮换着扛到了放牧点。

　　此刻，这块绿石已经华丽转身，被打磨去了沧桑的外衣，光芒四射地倚在案头，与我一起回味绿湖那些步步惊心的美好记忆。

　　　　　　　　　　　　　　　　　　　　（原载2017年8月16日《伊犁垦区报》）

偶遇嘉峪关

出差中转，停留嘉峪关，换乘前往上海的火车，虽说15小时的停留会非常辛苦，但内心却有些小兴奋，毕竟嘉峪关途经数次，却从未驻足过。

嘉峪关的夏夜凉风习习，睡眼惺忪地赶到网签的宾馆，却被告知订单取消，早已客满。还好，相距不远的地方就有一家小旅馆，虽然条件较差，但老板态度谦和，单凭这份美好心情，我欣然入住。

"如果你想了解一座城市，就去坐公交车吧。"嘉峪关的早晨，阳光和蓝天干净得让人不忍直视。早餐时，热情的老板娘，语出惊人，富有哲理。

公交就像一座城市的动脉，通过它，你和城市会有最直观的接触。无需驾车游的全神贯注，少了团体游的身不由己，公交车上依窗而坐，漫无目的地旅行，会让你邂逅更多的惊喜。

"关山南北共争雄，云压缭垣雪压峰。黄昏宿燕归来晚，怨锁双扉鸣漠风。"像这样描写嘉峪关的优美诗句和传奇故事比比皆是，致使我每次途经这座曾经弯弓逐射、牛羊遍野、战旗猎猎的雄关要塞时都会肃然起敬，心驰神往。

4路公交车途经30多个站点，车程较长，乘客中有看报的、聊天的、闭目养神的，但"低头族"相对较少。大家面带笑容，悠闲自在，鲜有大都市疲倦的匆匆行色，少了焦躁和拥挤，彼此和颜悦色，没有半点违和感。

对面是一位穿着清凉浓妆艳抹的中年女人，操一口外地口音对着手机喋喋不休，全然不顾自己的手包占据着别人的座位，即使民工小哥一直站在旁边，她也没有半点拿起手包的意思。我努力地把注意力转移到窗外，可那只猩红的手包还是突兀地留在余光里。

步行街站停车，下车门中忽然跑上来一位蓬头垢面、举止怪异的流浪汉，他手握着一袋袜子以打电话的姿势自言自语，焦虑地扫视着车厢。随着中年女人的一声惊叫，所有喧嚣戛然而止，她迅速地拿起座椅上的手包，并趁势挽起民工小哥的胳膊，把民工小哥当成了一个人体屏障。

"神经病啊！"中年女人一连串夸张的动作也许吓到了流浪汉，他一脸嫌弃地瞪了一眼中年女人，转身下车，嘟嘟囔囔地扬长而去。车门再次关闭时，周遭异常寂静，冷气从头顶降下，我的后背开始瑟瑟发凉。

我开始避开眼前的女人，努力地望着窗外。

窗外的城市与大多数新城没有太大差异，街面上的游人不多，都是悠闲自在，走在自己的节奏里，没有被城市喧嚣浮华的节奏带偏。

"这是关城景区吧？"指着窗外的古建筑群，我急忙询问身边的人，才发现一位金发碧眼、棱角分明的外国小伙子坐在我的旁边，他也一脸懵懂地看着我。

"还早着呢，这是美食街，是吃货们去的地方。"一位穿着时尚的女孩热情地告诉我，然后指着一把印有广告和地图的小扇子，帮我们辨别方位。

相近的年龄总会有更多的共同语言。于是，外国小伙子和女孩用手机翻译软件开始聊天。两个年轻人，两部手机，扫码微信，全程无障碍交流，相聊甚欢。

忽然有一种奇怪的感觉，感觉一直在奔跑的自己，快追不上这个快进的时代了。十来年的英语学习就这样被一款简单手机软件轻松完胜，让人有点怀疑人生。

雄关广场站，小女孩下车时把小扇子送给了我，然后小鸟一样蹦蹦跳跳下了车，淹没在人群中，我和这个外国小伙儿相视一笑，心里暖暖的。

酒厂站下车，步行前往护国寺。和大多数景区一样，护国寺的两边有一些出售旅游纪念品的门店。走进一个门店，一位老者身着僧袍，手捻佛珠，与我相视一笑，然后心无旁骛地阅卷诵经，全程再无任何交流。小店内的商品明码标价，自助挑选，扫码付钱，一气呵成，少了讨价还价，公平合理，与大多数旅游区强拉硬扯的营销方式形成强烈反差，这也是对佛门净土的尊重吧。

"天下第一雄关"的关城就在不远的地方，我们近在咫尺，可我驻留嘉峪关的时间却已消耗殆尽，索性搭一辆出租车绕城参观，踩着点进站上车，依依不舍地离开了这座让我心心念念牵挂的城市。

虽说因不能与这座小城长相厮守而有些遗憾，也因此酝酿出一份美好的念想。于是，掬一捧嘉峪关的云烟，写一篇文字记录美好，只愿再次重逢。

（原载2020年第2期《伊犁河》）

狼　寨

初春，我们一行十人在杨教授的带领下，深入秦岭深山采风，为毕业论文搜集素材。半月的长途跋涉，队员们早已疲惫不堪。按地图所示，此处没有任何村落，于是，教授便鼓励大家，翻过前面的山头，就地修整。队伍在沉重的喘息声中缓缓前行。

"看，多美呀！"大家被一个女生的惊呼声吓了一跳，循声望去，前面，山势险峻，层峦叠嶂，青山绿水，并有隐约的狗叫和人声。古老的木屋，被弯弯曲曲的栅栏环绕着，好一个世外桃园。在一阵快门的按动声中，我们走进了这个地图上没有标示的小山寨——狼寨，走进狼寨鲜为人知的故事。

牛二，如果活到现在，应该有一百多岁了。和往常一样，在朝霞抹红山尖的那一刻，牛二便背起竹篓出门打草。翻过几个山头，牛二的背篓里已装满青草。太阳已爬上山脊，天慢慢热起来。牛二起身回家，忽然听到不远处的石缝里传出"吱吱"的叫声。出于好奇，牛二寻声而去，想看个究竟，原来是两只小狼崽。母狼出去觅食，小家伙毛茸茸、胖墩墩，可爱极了。牛二看看四周，没有动静，抓起两只狼崽放进背篓里，飞也似的跑回家。由于颠簸、恐惧，加上过度的挤压，一只狼崽头朝下窒息而死，另一只也奄奄一息。牛二没有意识到一场大难将因此临头，反倒将那只死去的狼崽剥皮晾晒于屋前。

太阳西落，人们在大山的臂膀中，释放着一天的劳累进入梦乡。忽然，人们被一种近乎轰鸣的声音惊醒。窗外，夜色中，成百上千匹狼将整个寨子围得水泄不通。它们咆哮着，引颈长嗥，用爪子刨挖着地面，一时间尘土飞扬，沙沙作响。人们惊呆了，不知灾难因何而来。无数双发着蓝光、寒气逼人的眼睛和门缝里的人们对视着。一分钟，两分钟……五分钟，空气如铁锤锻打过一样，憋得人喘不过气来。人们不知所措。

突然，在头狼的嗥叫声中，狼群骚动起来，向牛二的屋子冲去，狼头将门板撞得山响。大地颤抖，人们操起家伙、点起火把准备驱赶狼群。然而一切都

晚了。牛二家的门板被撞翻在地，群狼如洪水般泻入，牛二的惨叫声响彻山谷。瞬间，人们被嘴角滴着牛二鲜血的狼群再次团团围住，几户人家二十几号人与成百上千匹狼对峙着，空气中充满血腥气，稍有不慎，鲜血便会染红整个山寨。死神近在咫尺。

这时，一只母狼叼着奄奄一息的狼崽走出狼群，将狼崽放在人们脚下。火光中人们惊讶地发现，小狼崽的眼睑已被针线紧紧地缝上，满身血迹。人们如梦初醒。老人们无力地放下木棒，屈膝跪下，全寨人屈膝跪下，以最古老的方式乞求宽恕。母狼仰天哀嗥，群狼阵阵哀鸣，人们在等待着狼群的判决。然而，狼群在母狼的哀嗥声中渐渐平静下来，在其带领下缓缓离去。山寨死一般寂静，人们长跪不起。

几天后，人们在村外发现了死去的母狼，嘴里还衔着那只早已腐臭的狼崽。纯朴的山里人就地将拯救了整个山寨的、充满灵性的母狼和狼崽厚葬，并虔诚地祭拜，祈求狼寨永远平安……

走出狼寨，队员们一路无语，生怕惊动了长眠于此的狼寨人的创伤和希冀。在教授的带领下，队员们打开相机，抽出胶片，扔进万丈深崖。但愿，我们还给了狼寨一份单纯和宁静。

（原载2003年7月9日《伊犁垦区报》）

"桑美"天涯

一路辗转，到了广州。虽说对沿海地区的热带风暴早有耳闻，但毕竟未曾经历，倒是对"桑美"热带风暴有几许期盼，期盼它所带来的雨水和清凉，期盼它快来快去，不要太多影响下面的旅游行程。

可在湿热的天气里，我们愣是驻留两天，犹抱琵琶半遮面的"桑美"依然不见踪影。

索性登上了前往海南的飞机，继续下一站行程。经过一个多小时的飞行，下午五点多抵达海口。此刻的新疆还是艳阳高照，而海南已是傍晚。

走出舱门，美兰国际机场的热浪瞬间袭来，虽说潮湿的、略带着咸味的空气让人有些喘不过气来，但椰林、棕榈树、灌木丛和东南亚风格建筑群让人流连忘返。

一脸荞麦色的导游小姐说："桑美"已伴我们而来，大海已经心潮澎湃了。

未到酒店，导游小姐就一再要求，一切行动听从指挥，晚上绝对要关紧门窗，防止"桑美"的突袭。

生在关中平原，工作在大西北，哪里经历过热带风暴，于是激动得不能入睡，站在二十多层的酒店客房里，眼巴巴地瞅着窗外灯红酒绿的世界，盼望着"桑美"早些到来，如果亲历热带风暴所带来的震撼，也算我海南之行的意外收获吧。

一觉起来，已是早晨6点多，这里已是朝霞满天，而此刻的新疆，应是睡意正浓的时候。站在窗前，忽然发现大街上，昨天还亭亭玉立的椰子树已经东倒西歪。

"桑美"已经来了？"桑美"已经走了？我迫不及待地问服务员。

答案是肯定的，"桑美"热情地拥抱海口，匆匆而过。

我遗憾地推开窗户，责怪这见鬼的四星级酒店，隔音设施实在太好，让我错过了"桑美"。

虽说海口不是"桑美"的风暴中心，但从留下的一片狼藉足以让人想象"桑美"的强度。

从"红色娘子军"纪念园到可以触摸到亚洲经济的博鳌论坛，感受当年"红色娘子军"的英雄气概和人杰地灵博鳌圣地，我们唏嘘、惊叹；从万泉河漂流到三江入海口踩沙踏浪，体验极限的刺激和返璞归真的放松。

晚上，到兴隆侨乡观看"红艺人"演出，在可容纳五千多观众的大厅里，品尝着咖啡、椰奶，感受"双面佳丽"的妩媚和"不是女人胜似女人"的激情，终于放下平日的矜持，大家一起尖叫着、跳跃着，口哨声和喧嚣声一浪高过一浪，几近疯狂。

火爆的氛围给我们带来了久违的激情和难得的放松。虽然演播室外大雨瓢泼，但刺激的兴隆之行，几乎让我忘了"桑美"的存在。

到了三亚，品味"东方夏威夷"的浪漫，由于"桑美"的亲吻使亚龙湾更加妩媚动人，在素有"天下第一湾"亚龙湾海滨浴场，南海的细浪层层叠叠撩拨着那颗蠢蠢欲动的心。

虽然自己不会游泳，但面对满沙滩的比基尼和清凉泳装，盛情难却，我这个旱鸭子也迫不及待地宽衣解带，活蹦乱跳地下海了，胡乱地扑腾着，最后愣是被漂亮的导游和一群互不相识的美眉，折腾得喝水又湿身，有气无力地被抬上沙滩。

于是将身体埋在柔软的细沙里，喝着原生的椰汁，欣赏着具有热带风情的美人美景，这是一份平日里难得的惬意！

"桑美"到来，三亚温柔得像一个初恋的少女，一会儿阳光，一会儿云雨。牵着妻子的手，冒着"桑美"洒下的温柔细雨，我们终于爬上"鹿回头"，聆听黎族青年和下凡仙女的爱情传说；到天之涯和海之角走上一遭，对着高高耸立的"天涯"石、"海角"石和南天一柱，我们依偎着，聆听着大海的声音和彼此的心跳，"海沽石烂、永不变心"，天涯海角见证着我们的爱情。

"苗寨的新娘，三亚的司机，东山岭的和尚，兴隆的鸡，一定要禁得住诱惑啊！"漂亮的导游告诫大家。

东山岭上祥云缭绕，山势迤逦苍郁；左丘右陵相互环抱，面对万顷碧浪，大小洞天尽收眼底，确是"椰风海韵碧连天，琼崖尽是春"的无限风光，又有几人能禁得住诱惑？面对如此美景，我放弃了抵抗。

一趟东山岭下来，鼓鼓的钱包空空如也！幸好后面的大象馆、鳄鱼馆和异国风情园等多个景点不太花钱。毕竟，和憨态可掬的动物们对话，总是少费了好多心思。

四天的海南之行不知不觉地结束了，踏上归程，望着弦窗外渐行渐远的海岸线，竟有几分依依不舍。

虽说与"桑美"擦肩而过，却和温柔妩媚的海南撞了个满怀，心情在旅，不虚此行。

（原载2010年8月16日的"中国散文网"）

给心情放假，趁着假期，携妻女开始了我们的魅力之旅。

细细算来，已有五六年没有出过远门了，行走在日新月异的城市里，方觉自己的两耳不闻和与世隔绝。

一个多月的密集旅行，连续的高温酷暑，几乎让人无处可藏，终于到了我们朝思暮想的避暑胜地——海南。当地浓郁的热带风情和旅游特色使人应接不暇、流连忘返。三亚美丽的亚龙湾海滨浴场，湛蓝的海水，婀娜的椰子树，缠绵的沙滩，海面上到处都是嬉戏的人群。身着泳衣的游人，躺在温柔的沙滩上尽情享受着阳光，感受着清凉的海风，海天一色中我们几乎忘记了自己的存在。

就在我尽情享受着这份难得的惬意时，一种奇特的、穿越时空的感觉扑面而来，自己好像是那身穿盔甲、手持长矛的武士，走在车水马龙的现代化都市里，那样的惹眼，甚至格格不入。这种奇怪的感觉，似乎就在我心灵深处的某个角落，在一个多月的旅行中时隐时现，使本来快乐的旅行多了一丝莫名的失落和惆怅。

此刻，我不得不思考这种感觉的根源，不想让这种感觉再影响我下一站的心情。

记得在美丽的西安，走在这个生我养我、曾经熟悉得不能再熟悉的城市里，玉祥门、书院门、大雁塔和厚厚的古城墙，都在书写着我对这座城市的无尽眷恋和美好回忆。可就在久违的101路公交车上，我几乎怒吼着将一个年轻人拖起来，只因为他没有给那位头发斑白、步履蹒跚的老人让座；只因为老人的无意碰撞，他竟然出言不逊；总之，我愤怒地将他拽起来给老人让座。

然而，在我们争执的过程中，车上却异常地寂静和默然，在这群人中我没有看到自己行为的同行者，从老人混浊怯懦的眼睛里，我第一次看到了自己像堂·吉诃德一样奇怪的影子。仅仅五年而已，这座城市让我如此陌生。

从海口飞往广州，在三千多米的高空，飞翔在云朵和云朵之间。平日里，那些高傲的摩天大楼和豪华别墅，此刻竟也是那样的渺小和微不足道。

当美丽的空中小姐送来热腾腾的咖啡时，当右边的小孩子嚷着说，这架飞机设施陈旧、飞行稳定性低、服务质量差时，我才恍然明白，自己已三十多岁了，竟是第一次乘坐飞机，第一次面对空姐，第一次享受连那个孩子都感到腻味了的待遇。

邻座那位头发染得银白、穿着清凉的女郎，竟在读那本曾经让我匪夷所思的《堂·吉诃德》。

端坐在这两个鲜活前卫的生命中间，忽然感觉自己似乎就是那威风凛凛的堂·吉诃德，带着忠实的桑丘在穿越时空。这是我第二次有这种奇怪的感觉。

走在松软的沙滩上，海水带着美丽的贝壳抚慰着脚踝，平日舒适的皮鞋，此刻竟也一无是处，索性脱下来，提在手上。

这时，妻子悄然贴在我耳边告诉我：“好像就我们的穿着有点儿不妥。”一句话竟然使我不知所措，偌大的海滩，满目比基尼和清凉泳装，竟然只有我们几个人穿着笔挺，一本正经的样子。就好像身着泳装，行走在人头攒动的大街上一样，感觉别扭和不合时宜。

我们很快脱去外衣，露出了泳衣泳裤。我承认，自己是一个保守和矜持的人，工作至今，竟没游过几次泳，也许，压根儿自己就是旱鸭子，不怎么会游泳，更别说在人头攒动的地方宽衣解带了。

当我们把羞涩的身体交给清凉的大海、温柔的沙滩和美丽的海底世界时，竟然是那样的舒心和兴奋。

虽然是第一次和大海亲密接触，虽然是第一次观看泰国人妖表演，虽然是第一次抚摸鳄鱼的嘴唇，虽然是第一次吃西餐……但我都能愉快地去体验，我知道自己在倔强地抵抗着那个曾是我自卑、怯懦、旁视和忧郁的堂·吉诃德，以及他强势的影子。

但说句心里话，自己也曾是那样地欣赏这位另类的浪漫骑士，敬佩他就算在虚幻的自我世界里，也能突破世俗、侠骨柔情、横刀立马，而我们这些生活在现实中的正常人，又能怎样呢？

在繁华雍容的大上海，在干净快捷的地铁里，我学着冷眼去看人们争抢座位时一马当先和不屈不挠的样子，学着不去评价和指责不平的人和事，学着去

接受自己的卑微和无奈。可是，我却无法旁视身边的老人，七八个站口都过去了，却依然颤巍巍地站着，那些时尚的男女依然坐着，依然在呢喃细语，依然地无动于衷。我无法让给老人让座，因为我也站着。当我再次想去说服别人，为老人讨个座位时，我似乎又看到了堂·吉诃德那奇怪的影子，看到了饶舌蠢笨的桑丘正对着我狰狞而笑。于是，我收起自己已抬起的手，努力地闭上已张开的嘴巴。

我把自己的旅行箱轻轻地推给老人，示意她坐下。然而老人却满面狐疑地看着我，双手揣紧口袋婉言拒绝。堂·吉诃德那奇怪的影子又一次呼啸而过。

一次长途旅行，一路美景，一路风尘，回到了亲切的"花果山"，回到平静如水却自得其乐的工作岗位，享受着自己平凡中的幸福。回味着美好的旅行，偶尔也会想起伴我而行的堂·吉诃德。

（原载2012年9月2日《伊犁广播电视报》）

石 缘

听说我要出差学习，朋友老吴高兴得拍手叫好，并承诺说在我离开团场前为我送行，弄得我一头雾水。一追问才知道，他希望我到了南京后，给他买一些纯正的雨花石。

有了老吴的重托，学习期间，我认真地留意了一下当地的各种石头，尤其是观赏石，不知不觉中增加了不少知识。这才发现小小的石头里大有玄机，把玩鉴赏，投资收藏，竟也其乐无穷。

学习结束，背一大包各色石头回到家。一帮朋友小聚，饮着小酒品鉴奇石，好不逍遥自在。

回到单位不到一周，朋友老单打电话说想来团场玩儿，看看老朋友，顺便呼吸一下农场新鲜的空气。

有朋自远方来，不亦乐乎！但怎样度过一个有意义又让人难忘的周末呢？大家的意见不太一致。

"去山里捡玛瑙石，大家看怎么样？"姜还是老的辣，枫叶最年长，德高望重，他的建议大家一拍即合。

山路难行，我不得不把小车放在沟口，换骑摩托车向深山挺进。也许是习惯了城里的汽车，走惯了宽敞的柏油马路，坐着摩托车，颠簸在崎岖的山路上的老单，显得有点儿紧张。

枫叶对玛瑙石情有独钟，这条山沟里，他是熟客，来过多少次，也许连他自己都记不清了。他在前面为我们带路，走走停停等待着后面跌跌撞撞的我们。

一直以为自己的车技还算不错，可行驶在这样的路上，严格地讲，不是路，只是牧羊人走出来的小道，无论是车子的动力还是自己的车技都显得力不从心。

在一个陡峭坡道上，我的车子侧滑翻倒在草丛里，飞速旋转的轮胎，扬起高高的尘土。幸好有惊无险，我和老单跌坐在软绵绵的尘土里，看着彼此灰头土脸的样子，忍俊不禁。

在这样的羊肠小道上行车，摔跤是正常不过的事情，但对我和久居城市的老单来讲是第一次，从来没有经历过，注定让人难忘。

终于到了目的地，那是一条山洪冲出来的河道，多年的洪水冲刷，两边的山包被直直地切割下去，各种各样的石头镶嵌在河床上，像美味的切糕。

枫叶告诉我们，这条干河里有玛瑙、石英、化石等各种各样的石头，可以考验大家有没有眼力，有没有运气捡一两块回去。

枫叶一边说，一边从后备箱里往外拿挖石头的装备，几个年轻人已经迫不及待地跑到了前面，希望找到他所说的石头。

"不要走得太快，好东西不一定在前面，注意脚底下。"枫叶一改往日的斯文，扯着嗓子对着我们大喊。

久居办公室，每天面对着电脑，身体好像都僵化了，忽然间走进大自然，呼吸着新鲜的空气，享受着灿烂的阳光，那个兴奋不言而喻，大家你一言我一语，山谷里回荡着我们的欢声笑语。

"我们捡的不是石头，捡拾的是快乐。"老单不愧是诗人，随便的一句话都充满诗意。

在这群人里面，只有我和老单对玛瑙石略知一二，但捡了一大堆的石头，竟然没有一个是他们所说的玛瑙石。枫叶、疏桐、娟子和混混他们都小有收获，捡了不少的小颗粒玛瑙。我一无所获，很快便没了兴趣，索性爬到河道上面，俯瞰群山，对着连绵起伏的山谷和下面捡拾快乐的人群呼唤，自娱自乐，也算有事可做。

九月的太阳晒得人汗流浃背，从山上下来，发现老单在高高的土丘下面躲避阳光，一边啃着黄瓜，一边摆弄着面前的石头。

"这里原本就是石头的家，你说是我们捡石头，还是石头在挑拣我们？"老单眉飞色舞地问我，感觉得到他的心情不错。

对于这些小小的鹅卵石，我们的生命只不过是一涌潮汐，短暂到可以忽略不计。老单就是老单，这句话问得太经典。

我们不远处有两摊积水，一摊水几近干涸，黑压压的蝌蚪拼命地在泥水中挣扎，虽然另一潭水近在眼前，但这个距离对蝌蚪来说，永远都无法逾越。

于是，我用双手和砾石在地上挖了一条浅浅的沟，将两潭水连接起来，浑浊的泥水流进了下面的水坑，小蝌蚪们迅速活跃起来，我也激动得手舞足蹈。

　　虽然我知道，这潭水也熬不了几天就会干涸，但我起码可以让这些小生命活过今天。一场大雨，它们就可以顺流而下，进入大河，享受生命本该有的快乐。我渴望这样的奇迹，因为生命中充满奇迹。

　　上面的水坑很快便流干了，水坑里露出了许多石头，一块红彤彤的石头引起了我的注意，洗去泥巴，竟然全身通红透亮，好看极了。我猜这也许就是那传说中的玛瑙。

　　不出所料，这块石头让大家一阵惊呼，那是一块体积较大、品相上乘的玛瑙石。

　　就这样，我在不经意间捡到了一块很好的玛瑙石。

　　世界上很多事情就是这样，总有渊源，讲究缘分。不在乎你是否寻遍千山万水，踏破铁鞋，说不定那份奇迹就在身边。

　　枫叶大呼，这是石缘。

　　从那一天起，我彻底爱上了石头。我相信与每一块石头相遇都是一种缘分。我们在相互挑拣着对方，享受着那份相知的快乐。

（原载2016年7月27日《兵团日报》）

一瓶没有归宿的绿茶

　　外出学习已近半月了，炎炎酷暑蒸得我心烦意乱，索性离开会议室，走在懒洋洋的大街上，享受着这份难得的自由和清闲。

　　"大哥，来份冰点西瓜，解解暑吧。"一间虽小但华丽典雅的冰点屋，一股扑面而来带着淡淡香水味的冷气，一位热情的服务小姐，在这个炎热干燥的季节里，我好像没有任何理由拒绝这一切。

　　走进"清凉屋"，忽然觉得自己有些落伍了，不知从什么时候起，西瓜已堂而皇之地从地摊走入了殿堂，卖瓜的村姑也出落成了窈窕淑女。柴可夫斯基优美的乐曲在凉爽的冷气中回荡，冰屋温馨典雅的装修，恬静宁谧的空间，在这烦躁的季节里，真的是里外两重天。我不得不惊叹这座城市变化太快了。

　　"先生，您需要哪一款冰点？"服务小姐花瓣似的脸笑容可掬，比那西瓜瓤还要灿烂和诱人，让我无法拒绝。

　　"随便吧。"从小到大，只听说过西瓜论个、论块、论斤卖，今天却冷不丁地论"款"卖，自己也搞不懂怎么吃了，望着花样繁多的样品，我竟无所适从，便故作镇定地说。

　　店里压根儿没有多少顾客，和喧嚣的街市相比宁静了许多。我暗暗在想：也许是物以稀为贵吧，自己第一次来这个地方，千万别做出什么与自己身份不相符的事情，毕竟自己还算个有品位的人。

　　品尝着已被去了籽、剥了皮、形状怪异的西瓜冰点，听着低沉冷峻的天鹅湖曲，虽说没有光着膀子、坐在地摊上啃西瓜的酣畅淋漓，没有了西瓜的原汁原味，但在这难得的凉爽和清静中，我感到少有的放松。

　　"姑娘，给口水喝吧。"这时，一位老人颤巍巍探进头来，从老人破旧的衣衫、粗糙的拐杖、凌乱斑白的头发和身后大大小小的包袱来看，她是位风尘仆仆赶路的乡下人，或许是一位沿街乞讨的老人。

　　"出去，出去，这里不是你喝水的地方。"刚才还笑容可掬的姑娘，此刻却判若两人，阳光穿过蓝色玻璃照射在她怒气冲冲的脸上，显得那样刺目和狰狞。

我看了看周围的几个人，他们依然在呢喃细语，依然面无表情地品尝着自己面前华丽的食物。

虽说自己已有好几年没到过这座城市，虽说自己被这变化的西瓜已搞得晕三倒四，觉得好像落伍了许多，但给他人一杯水也算是落伍的话，这世界将是怎样的可怕？我没有从这个有"品位"的店里和有"品位"的人中找到答案。

我已经站起来的双腿，好像被无形的大手摁着，不知不觉中将沉重的躯体放回到沙发里，就像心理残缺的人不喜欢别人说自己残缺一样，我更怕周围的时尚男女说自己是乡下人，我保持了沉默。

老人难为情地走了，穿着清凉的店员絮絮叨叨地擦拭着刚才老人踩过的地方。我感觉后背发凉，如果自己走出去，这个美丽的店员会不会也去擦拭自己走过的地方。

我忽然想起了远在家乡年迈的双亲，想起了风烛残年的外公外婆。想到自己已有近五年没有回家探亲了，鼻子有点酸酸的。对着赏心悦目的冰点，我已难以下咽，柴可夫斯基的天鹅湖曲也显得凄凉和寂静，我异乎寻常地感觉到了一种空旷和悲凉，这种感觉实在叫人不大好受，我要来一瓶绿茶，急匆匆地结完账，毅然逃离了这个不属于自己的地方。

当我再次回到这个燥热的大街上时，那位衣衫褴褛的老人已不知去向，没有了踪影。

此刻，我已不再期望去追赶潮流，唯一的愿望便是能找到那位老人，使紧抓在手中的那瓶绿茶找到归宿，使自己的双手不再沉重。

（原载 2010 年 10 月 14 日《兵团日报》）

珞珈山的狐狸

　　朴素的伊犁杏花开得正艳，沸沸扬扬的武汉大学樱花早已偃旗息鼓，喧嚣落幕。走进武汉大学，耳濡目染中我的偏见便开始迅速消减，直至烟消云散。武汉大学环绕东湖水，坐拥一座山，中西合璧的宫殿式古建筑群和浓厚的治学氛围处处流淌着厚重的文化气息。像这样开放包容、人与自然和谐共生的大学在全国也是凤毛麟角，就像珞珈山那只自如行走于闹市的火狐狸一样寥若晨星，难得一见。

　　狐狸机警多疑，常人难得一见，而这只火狐狸却能隐于大学周边，独恋珞珈山，让人充满好奇。也许是读多了蒲松龄那些缠绵悱恻的故事，也许是听多了关于狐狸的美丽童话，总之，作为一个行色匆匆的外乡人，我期待与这只神秘的火狐狸有一次美丽的邂逅。

　　第二个工作日的午休，与朋友相约去珞珈山走走，顺路参观一下十八栋名人故居。五月的武汉比较清凉温润，春雨后的珞珈山郁郁葱葱，我们撑着伞吃力地在珞珈山中行走，好友兴致勃勃地参观着十八栋名人故居，欣赏着珞珈山的美景，而我总是心不在焉，在遮天蔽日的树丛中寻找着那只传说中的狐狸。一个多小时里，也曾有鸟飞松鼠跳的惊喜，但始终未见那只传说中的火狐狸。虽然明白任何一次偶遇都需要太多的机缘巧合，但我还是有点落寞地回到宾馆。

　　武汉与伊犁有两个多小时的时差，早晨6点，各种鸟鸣便把我从酣睡中叫醒。沿着珞珈山的木质栈道一路左顾右盼，直至山顶，还是没有看到火狐狸的影子。

　　回程至山腰，忽觉旁边草丛有动物穿过，草叶沙沙作响，瞬间，我的心脏都要跳到嗓子眼儿了，虽然呼吸急促，但我还是尽量放慢脚步，生怕惊动了它。草丛中的响动呈环形在我周边移动，并逐渐缩小，直至在距离我五六米远的地方停下来。

　　是它！就是它！草丛中露出细长的嘴巴和毛茸茸的脑袋，它红黄相间，毛色鲜亮，佯装不停地嗅着地面，但我能够清晰地感觉到它眼睛里的余光。这时，一名晨跑的红衣女子飘然而过，机警的火狐狸瞬间钻入草丛，不知所踪。

那是一只野生的火狐狸，但不知为什么，我没有半点儿害怕，却有一种莫名的亲近感，就像期盼已久的老朋友一样。于是，平复心情，一步一回头地下山，行至转弯处，忽然发现身后的香樟树后有一个毛茸茸的脑袋在晃动。

是它！就是那只火狐狸！它隐藏在树干后面，只露出半个脑袋，晃动着鼻子向我的方向偷偷张望。忽然间，我满心自责：应该给它带点吃的。

第四天早晨，我如约而至，在昨天遇到它的地方等候。它像久违的朋友一样，从草丛中一点一点地挪出来，我手忙脚乱地撕开火腿肠，生怕它再次离开我的视野。就这样，我和这只神秘的火狐狸相距只有一个火腿肠的距离，我甚至能感觉到它的鼻息，它小心地吃着火腿肠，眼睛时不时地落在我的身上，甚至有瞬间的交流，但它依然很机警，我有任何动作，它都会瞬间跑远。这个时节，应该是换毛的季节，但这只火狐狸毛色鲜亮，干净可人。我拿起手机给它拍照，这个有灵性的小家伙好像立刻明白了我的意思，跳上景观石回头看着我，任我近距离拍摄。

第五天早晨，我上气不接下气地跑到山腰，远远看见看山的老大爷蹲在地上给狐狸喂食。阳光从香樟树的缝隙里洒下来，洒在老人和狐狸的身上，如同一幅唯美油画。就这样，山与水，人与动物和谐统一，如同仙境。看山老人告诉我，这只火狐狸名叫珞珞，是他给起的名字，平时很少出现。吃饱后的珞珞，将剩下的火腿藏在草丛里，然后静静趴在地上，看着我和看山老人聊天，时不时打滚卖萌，好生可爱。

第六天，是我在武汉大学的最后一天，寻遍珞珈山，也没有看到珞珞的踪影，于是我把所有的火腿肠都留给了看山老人。老人理解我的心情，他安慰我说："万物皆有缘，一周时间里，能与珞珞谋面三次，已是非常幸运之人了，毕竟珞珞也很忙。"

老人的这句话，让我心情愉悦，我瞬间释然，毕竟我是幸运的。

飞机挣脱大地的束缚爬上万米高空，回望江城，回望珞珈山，我竟然有千般不舍。

（原载2020年第2期《伊犁河》）

那人·那狗·那旅馆

　　到拜什墩农场学校巡考，住在路边家庭式经营的小旅馆里，虽然条件较差，但少了酒店里程式化的服务和苍白的客套，倒显得舒适和随意。

　　晚饭后，我头顶满天星斗，在静谧的街道上散步，享受农场清凉舒爽的晚风。一个毛茸茸的圆球在身边滚动，定睛一看，竟然是一只胖嘟嘟的小狗，一袭咖啡色的绒毛，玻璃球似的大眼睛忽闪忽闪地望着我，可爱极了。我慢慢蹲下来，坐在马路牙子上，生怕惊吓到它。小家伙开始一点一点地把它胖嘟嘟的身体向我跟前挪动，直至站在我的脚上，两只毛茸茸的小爪子趴在我的手上，摇晃着大脑袋，嘴里发出欢快的叫声。

　　三年前一个风雪交加的夜晚，一只骨瘦如柴的流浪狗蜷缩在旅馆门口，善良的老板娘给它喂食，并在廊檐下用一只破沙发和一堆棉絮为它安了个家，于是这只狗就再也没有离开过，后来就有了这只可爱的小东西。这时我突然发现，狗妈妈正机警地盯着我，生怕我伤害了它的宝宝。

　　"这些养宠物狗的人都怎么了？兴趣来了养一养，厌烦了就将它们抛弃，成为流浪狗，一点儿责任心都没有，这不是造孽吗？"老板娘一声叹息竟然和我的心情出奇地合拍。

　　小家伙特别调皮，精力旺盛，不停地在我们周围嬉戏、跳跃，它对任何东西都充满好奇心，我的鞋子和公文包，甚至一个空瓶子都能成为它的玩具，累了就把小脑袋藏在我的拖鞋里打盹儿，饿了就跑出去，跳到沙发上，吮吸几口奶水，虽然狗妈妈的奶水已近干枯，但还是任由小家伙贪婪地吸吮。

　　随后的几天，小家伙像一块棉花糖似地黏在我脚后跟上，每次回旅馆，它都会活蹦乱跳地从车来车往的马路上冲过来迎接我，而每一次我都会担心地替它捏一把汗；每次离开旅馆时，小家伙也都要跟出好远，看着我消失在人群里。

　　三天后，我要送第一阶段的试卷回市里。小家伙看着我们大包小包地往车上装东西，还以为我们要走了，就一直缠着我，绊在我的脚下，几乎让我不能行走。临行前，小家伙想爬上车，就使劲地在地上跳跃，却怎么也爬不上车，最后只能把小爪子趴在车门上，冲我汪汪直叫，两只大眼睛乞求般地望着我，眼角竟然湿漉漉的，小家伙委屈的样子让我的心里一下子就软了。朋友说：这只狗和我有缘，喜欢的话就带回去养。说实话，我也很喜欢这个有灵性的小家伙。因为这里的工作还有四天才结束，送完卷子，下午还得返回，于是我们便毅然启动了车子，把小家伙远远抛在了后面。

再次回到旅馆，已是傍晚，下了车，让我意外的是没有小家伙来迎接我，借着斑驳的路灯，我发现廊檐下的沙发上是空的，但转念一想，小狗出去玩耍也很正常。于是回到旅馆洗漱休息，一觉到天亮。早上爬起来，我心里想着小狗，急忙来到门口，沙发上依然空空如也。急匆匆地跑到值班室打听小狗的下落，老板娘却早早地去了市里，值班室只有和我一样睡眼惺忪的老人在答非所问，我的心里开始有种莫名的担心。

回到农场的第一天没有看到小家伙，第二天还是没有见到它，我开始变得焦虑，吃完饭就在街头转悠，希望能看到小家伙的影子。第三天早上终于看到了狗妈妈，它满身泥垢，肚子干瘪着躺在旅馆门前的水泥地上，一动不动，即使鸣笛的车辆经过，它也只是慢腾腾、懒洋洋地挪个地方，然后继续睡觉，对我们放在旁边的食物也置之不理。这时我才注意到，它已经是一只垂暮之年的老狗，身体很虚弱，有时趴在旅馆前的树荫下睡觉，有时望着对面悠长的公路，似乎在期盼着什么。小家伙哪儿去了，我们不得而知，我只能在心里默默地祈祷它平安无事。

离开农场时，狗妈妈依然在闭目养神。也许是小狗不在了，它无须再提防我们这些难以揣测的人类；也许，我们这些人对它来说本就只是路人而已。

时光如水，很多的人和事都已淡出了我们的视野，唯有这段往事还清晰地保留在我的记忆里。

（原载2016年5月11日《伊犁垦区报》）

又见喜鹊

第一代军垦人栽种下的白杨树，已经长成了两人才能合围的参天大树，即使六层高的教学楼也要仰望树梢，几十棵白杨树"一"字排开遮蔽着酷暑，让暑假的校园格外宁谧清凉。我一个人慵懒地深陷在沙发里望着窗外，打发寂寥的值班时光。

"扑棱棱"，一只黑白相间的鸟儿从高高的白杨树上飞下来，落在窗前的梧桐树上。定睛一看，竟然是一只喜鹊，真的是一只喜鹊，它正歪着脑袋向着我的窗户里张望，我激动得有点儿喘不过气来，生怕惊动了这只可爱珍惜的精灵。更惊奇的是在高大的白杨树杈上不知什么时候多了一个鸟窝，上面还有一只喜鹊，正在冲着我的方向鸣叫，我猜想，那里面一定孕育着新的生命。

离此次看到喜鹊最近的一次是在茅山观光车上，翻看手机时发现一只喜鹊被拍进了照片，黑白相间的身影从三天门和老子雕像中间穿过，定格在老子神像的额头上。这种偶然让我异常惊喜，竟然喊出声来，引来一帮朋友围观。

"喜上眉梢，老板，你有喜了。"幽默的导游小姐一句话让沉闷的车厢里瞬间充满了笑声。因为像素的问题，我不能百分之百地确定照片里的小鸟一定是喜鹊，但我相信茅山上一定有喜鹊，因为喜鹊这种生灵对环境的要求异常苛刻，茅山这样人杰地灵、环境良好的地方怎么会缺席这种小精灵呢？

还有一次看见喜鹊是在阳城。阳城是山西省的一个小县城，与陕西也就一河之隔，我却从来没有去过，说实话，有点向往。休假期间，总算梦想成真，从西安出发，七个多小时到达阳城。由于乘坐的是过路车辆，我被撂在了通往阳城的匝道口，一个人步行前往半公里外的收费站等待出租车。匝道两边高大的树木，密密麻麻，层层叠叠，托着满天星斗。凉风习习，虫鸣鸟叫，虽说深夜两点，才在路边的一个家庭旅馆里安顿下来，但这样清新静谧的环境让人舒心。

"嘎嘎，嘎嘎嘎"，久违的喜鹊声敲击着我的耳膜，睁开双眼，意识却有些恍惚，不能清晰地判断是现实还是梦境，因为好多年没有在野外见过喜鹊了，喜鹊的声音早已成了记忆。又是一串清脆的喜鹊叫声，我"腾"地一下从床上站起来，趴在小旅馆的窗户上寻找喜鹊。

这是一座二层小楼，窗外生长着一棵香椿树，不算高大，但很茂盛，晨风里飘着幽幽的香气。三四米远的地方，一只黑白相间的喜鹊站在树枝上，也许是我打扰到了它，停止了鸣叫，迟疑片刻便"扑棱棱"地飞走了。

"喜鹊枝头叫，定有喜事到。"这是流传在关中地区的一句俗语。喜鹊是一种象征吉祥的鸟儿，是报喜的信使，朴素的庄稼人坚信这种鸟儿会带来好运，尤其喜欢喜鹊光顾，如果喜鹊在谁家的枝头安了家，那更是一件非常幸运和荣耀的事情。时至今日，关中人的门帘、枕头、箱子、餐具等器物上还能找到喜鹊的图案。

小时候，物资匮乏，希望日子过得好一些。然而，当经济发展了，手头富裕了，我们却失去了很多，就像喜鹊不知不觉已离开我们多年，成为一种记忆，一段时间里，我们似乎只有在影视作品和图片中才能看到它。记得在给学生示范喜鹊的绘画技法时，有学生问我：喜鹊为啥绝迹了？我却不知道怎么回答。

今年第一次见到喜鹊是在春天的伊犁，朋友在四师六十六团场十七连队有套闲置的老房子，是我们这帮石头爱好者的工作室，毗邻乡间公路，靠近伊犁河，两边是参天茂密的白杨树，周围是一望无边的稻田和此起彼伏的蛙鸣声，环境优美得像世外桃源。我们会经常聚到这里打磨石头，制作根雕，打牌小聚，品品小酒。

那是一个傍晚，我把打磨好的石头搬到车上，关闭后备箱的一瞬间，惊起一对飞鸟，它们盘旋一圈又飞回来落在离我不足三米远的树枝上，打量着我这个不速之客。是喜鹊，我揉揉自己的眼睛，的确是喜鹊。我努力平复着激动的心情，静静地，我看着它们，它们也看着我，就这样彼此对望着，生怕惊吓了对方。

又见喜鹊，而且一年之内，竟然四次看到了喜鹊。说实话，我是幸运的，喜鹊也是幸运的，毕竟我们还没有走得太远。

（原载2015年1月7日《伊犁垦区报》）

感受幸福

温暖的记忆

难得一个可以休息的周末，柔软的阳光穿过偌大的窗户，洒在郁郁葱葱的植物上。伊犁已是寒冬，而小屋子里温暖如春，我慵懒地陷在沙发里，一边喝着陈年的普洱茶，一边翻看着积攒了一周的报纸。

一则关于兵团四师原师长、师市关工委主任谢幕森逝世的讣告，让我从沙发上弹跳起来，手中的茶盏也落在地板上，碎了一地。

谢师长，我们的年龄相差一倍，他在机关，我在基层，似乎是两条永远都不会相交的轨道，却因他读过我的文章，我聆听过他的讲座和他近乎传奇的事迹，为了相同事业而有了交集，刻骨铭心。

2006年，单位组织了一次关于传统教育的大型报告会，我作为主持人，拿着谢师长厚重的简历，第一次近距离地见到了谢师长，聆听他的讲座，激动不已。

报告会期间我给谢师长的茶杯里换了三次热水，但谢师长滴水未喝。两个小时的演讲，已是古稀之年的谢师长一直保持站立的姿势演讲，我一直站在主席台侧面的准备室里，生怕老人身体不适。由于谢师长知识渊博，口才极佳，加之平易近人的长者之风让整个报告厅掌声不断，使本来一个多小时的报告延长到两个小时。

会后与谢师长聊天才知道，他为了保证演讲不受影响，从报告会前的一小时开始就不喝水，避免因上厕所而中断演讲，这就是谢师长的工作态度。

从那一年开始，学校每年都会邀请谢师长做关于爱国主义、传统文化和民族团结等主题的报告会，这一坚持就是十年。谢师长从不推辞，随叫随到，分文不取，即使到了饭点，拌面便是谢师长标配，他不允许大家破了这个规矩，每一次他都要郑重强调，基层经费紧张，把钱省下来用到孩子身上。

2014年，为推行基层关工委工作的先进经验，谢师长带领全师的关工委工作者在我团召开现场会，学校工作自然是谢师长重点关心的内容。当谢师长带领着五十余人的参观团走进大厅，我作为此项工作的汇报人，面对众多领导和流动的人群，竟然有点儿乱了头绪。倒是谢师长拉着我的手把大家聚拢在一起，为所有的来宾介绍，缓解了我的紧张情绪，让随后议程自然流畅，一气呵成。

在我的心理咨询室里，谢师长停住了脚步，当谈到"心理疏导与未成年人犯罪"话题时，谢师长非常感兴趣，他认真记录和询问了很多问题，使代表团在此停留了二十多分钟。现场会结束时，谢师长力推我们的做法和经验，并将我撰写的课题推荐给兵团关工委。

2015年，四师和伊犁州关工委开展交流活动，谢师长特意邀请我参加，针对预防未成年人犯罪和六点半学校等实际问题，我们实地参观学习了伊宁市第十八中学及三个代表性的社区。会餐间隙，谢师长坐在我的身边，慈父一般拍着我的肩膀说：我能感觉到，你一路的感受是和我们不一样的，基层工作很辛苦，但工作不能马虎，回去后一定要好好干，基层的事还要拜托你们。

谢师长身在伊犁，我的父亲远在西安，相聚迢迢千里，两人的动作和语气却是那样的相似，一瞬间心里软软的。

2016年，兵团召开关工委工作会议，作为基层代表，我与谢师长一起参加。

会场上，83岁的谢师长，精神矍铄，思路清晰，自然是话题的中心。虽然每天都忙碌得不亦乐乎，但谢师长每天晚饭后，都会出去走走。谢师长说，这样既可以锻炼身体，更可以整理一天的心情。

九月的乌鲁木齐早已褪去了夏日的燥热，凉爽怡人。距离宾馆不远的地方有一个小广场，是广场舞爱好者和大爷大妈们聚居的地方，在欢快的乐曲中我们都会不约而同地停下来。

谢师长总一脸专注地看着跳舞的人群，而我被地摊上的小玩意儿吸引，不知不觉走出去了二三十米，一回头才发现，谢师长依然站在原地，身后是高大的路灯，皎洁的灯光下，谢老已是两鬓苍苍，相比往年清瘦了许多。从领导岗位上离休多年的谢师长，本该是儿孙绕膝，颐养天年，而他却没有，依然奔走在关心下一代工作的岗位上，为兵团事业后继有人尽心尽力。一瞬间，我的心似乎被什么撞了一下，隐隐作痛。

我离开家乡，到兵团工作将近二十年，父母远在西安，回家的次数屈指可数，陪父母出去散步的机会当然更少了，因此陪着谢师长散步让我感觉格外温

暖和美好。

第二天晚上，我正在房间里整理发言稿，接到谢师长的电话，询问我是否有时间来房间帮个忙，于是我便和同行的小沙急匆匆地到了他的房间。

"这些水果和月饼都是我孙女和朋友送来的，请你们来帮我个忙，把它们都消灭掉，咱们也提前过个中秋节。"谢师长如此平易近人，细致入微的关怀让我们瞬间少了陌生，多了亲近，于是便大快朵颐，临走谢师长还大包小包地让我们带给同室的朋友享用。

2017年7月，我在值班维稳的岗位接到了谢师长的电话，拉了几句家常后，我向谢师长汇报了这几年《弟子规》推行情况，并想以此将传统文化和军垦文化融合，打造自己独特的校园文化。谢师长一下来了精神，他要立刻给我引荐一位专家，为我们牵线搭桥，助推传统文化在团场学校中生根发芽。

传统文化是中国文化的根，这样的机会我们当然求之不得，于是我加班加点地完善方案，希望能争得这样的机会。第三天，谢师长便邀请全国传统示范基地的负责人陈建华一行四人来校考察指导工作，谢师长雷厉风行的工作作风让与会者惊叹不已。

终生奉献军垦业，垂老犹唱讲台歌。

谢师长退休后24年，行程数万公里，深入基层学校、部队和乡村宣讲爱国主义和兵团精神近三百余场，听众达六万余人次，他像一台永不停歇的播种机，将兵团精神和老兵精神，播撒进军垦后代、部队官兵和青少年的心田。

2017年12月1日，我们尊敬的老师长谢睦森与世长辞，享年84岁。谢师长虽然离开了我们和他热爱的事业，但他的精神永驻，他的事业薪火相传。

（原载2018年1月3日《伊犁晚报》）

生命十五天

车子在伊犁河边漫无目的地行驶着，女儿坐在后座上，怀抱着精致的木盒，表情凝重。盒子里是与我们朝夕相处了十五天的小狗缘缘，此刻它早已停止了呼吸。女儿一路上没说一句话，只是低着头用手指头抠着盒子上的胶带，我能理解女儿想多看一眼小狗的心情。

十五天前的一大早，我和朋友站在宾馆门前等待妻子和女儿一起出去吃饭，却发现她们抱着一个纸盒子出现在我们跟前。盒子里面是一只小狗，比人的拳头大不了多少，眼睛还没有睁开，毛色光亮，黑白相间，看样子出生最多一两天。原来，这只小狗是前一天出生的，狗妈妈是一只流浪的哈巴狗，在学校操场的乒乓球台子下面产下了四只小狗。本是假期，学校原本没有学生，但因为有一个英语培训班，校园里有几十个学生。

孩子们很快发现了这一窝可爱的小狗，他们把自己的零食放在狗窝旁，女儿便是其中的一个。然而这种温馨的场景只持续了半天，当孩子们再次来到狗窝旁时，他们惊呆了。那只流浪狗妈妈已经停止了呼吸，地上有一摊血，四只嗷嗷待哺的小狗还趴在狗妈妈的肚子上寻找奶水。孩子们抹着眼泪把小狗带回了家，女儿也带回来了一只。

妻子是医务工作者，她一直坚决反对孩子养宠物，这是她的底线。女儿深知这一点，于是她把小狗藏在楼道里，给妈妈制造了一次和小狗的相遇。妻子默不作声地给可怜的小狗喂水喝，女儿一脸恳求地看着我，她希望我收留这只小狗。虽然知道这样大的小狗很难成活，但我别无选择，否则这只小狗很快会被伤害或者饿死。女儿激动得跳着蹦着欢呼着，这是我看到女儿最高兴的一次。

妻子和女儿给小狗买了奶嘴和牛奶，安顿好了狗窝，并给它起了一个名字叫缘缘。

缘缘走进我们的生活，女儿一下子长大了好多，主动承担了喂养小狗的任务，给小狗喂奶、冲奶粉、给奶瓶消毒、清洗衬布、清理排泄物，每件事都做

得很认真。小狗虽然还没有睁开眼睛，但只要一听到女儿的脚步声，小家伙就会晃着小脑袋，朝着女儿的方向爬行。

缘缘只有半个巴掌大，但很能吃，基本上三个小时就要喂一次，特别是晚上要起来两三次。不管多么瞌睡，女儿都会起来，跟在我后面，一起给缘缘喂奶。我舍不得女儿熬夜，但女儿总是坚持，哪怕是起来坐在我跟前打盹儿。

在女儿的精心照顾下，缘缘长得很快，像一个毛茸茸的线团，在箱子里爬来爬去，房子里天天都是女儿铜铃般的笑声和小狗欢快的叫声。

一天晚上，窗外雷声大作，下了一夜的雨。也许是被雷声吓着了，缘缘叫了一夜。早上起来，缘缘还是一个劲地叫，并且不吃东西，起初我们以为是牛奶出了问题，更换牛奶，它还是不喝。于是给它打豆浆，放白糖，不管我们怎么做，缘缘还是进食很少，女儿拿着奶瓶急得团团转。

团场没有宠物医院，我和妻子商量准备观察一上午，如果没有好转，下午去伊宁市。女儿给缘缘铺上厚厚的衣物，缘缘躺在上面昏昏欲睡。下午三点，当我们再次打开盒子的时候，缘缘已经停止了呼吸。

妻子和孩子都被这突如其来的变故惊呆了，木然地站在那里。良久，女儿找来一个精致的木盒子，我们一起给里面铺上厚厚的布料，把缘缘轻轻地放在里面，把它的小奶壶也放在里面，并盖上盖子。当我用胶带封上盖子的那一刻，女儿的脸憋得红红的，但她没有落泪。

车子停在路边，一家人把缘缘埋在高大的白杨树下。女儿一声不吭，第一个回到了车上，坐在后排，她把帽檐压得很低，身体微微地颤抖，泪水从下巴上一滴一滴滑落到衣服上。妻子依依不舍地站在白杨树下，高大的白杨树直插云霄，妻子站在下面显得特别孤独。

一家人，一个在地上，两个在车里，就这样默不作声，空气沉重得像块石头压得我喘不过气来。我不能表现出伤心的心情，但希望孩子能哭出声来。

此刻，孩子和妻子似乎已进入梦乡。本以为一个只有十五天的生命，就这样尘埃落定，然而当我独自写下有关缘缘的文字时，竟然潸然泪下。

（原载2013年11月7日《兵团日报》）

紫静菲尔

那是三年前的一个下午，槐花正肆意地弥散着香味，温暖的阳光纵容着午后的思绪，在这种让人浮想联翩的味道中涤荡飘浮。整天淹没在文山书海中，这已是久违的、不能过多奢求的惬意了。然而这种惬意很快就因为一个叫紫静菲尔的女孩烟消云散。

从事政教工作，已习惯了人与人之间的矛盾和冲突，毕竟天天面对的是一群荷尔蒙过剩的初生牛犊，缺少冲撞才是不正常的。

走进办公室，便发现了一张字条，"老师，我是紫静菲尔，我已犯了很多错误，想和您谈谈，原谅我的这种方式吧，加我的QQ……"署名是紫静菲尔。我努力地翻腾着大脑的内存，却怎么也搜索不到与这个奇怪名字有关的信息。

"对不起，老师，我无法走出自己的心理障碍，矛盾、不安和无助一直伴随着我，今天才和您联系！"一个星期后，终于在QQ上收到了这个叫紫静菲尔的信息。

"嗯，可以理解，需要我的帮助吗？"每天要面对成百上千的学生，紫静菲尔却让我本来就紧张的时间多了许多等待，但我还是耐心地想和这个神秘的孩子谈谈。

"别问我是谁，我可能是个坏女孩，我经常打架、逃课，我会用最狠毒的语言伤害、恐吓他们，可他们都是我的同学。"紫静菲尔打字的速度很快，应该是经常上网的人。

"你……很诚实。"我的心里一阵阵抽搐。

"不是的，因为明天我就不上学了，所以今天才选择告诉您，这将是我第五次换学校了……"

原来，紫静菲尔出生在相对贫苦的家庭，父母靠打工维系着这个贫苦却还幸福的家庭，可不到五年的时间，父亲、继父相继意外死亡，使这个本来就脆弱不堪的家庭更是雪上加霜。母亲虽然起早贪黑地打工养家糊口，却难以支撑起这个负债累累、感情支离破碎的家，不得不外嫁他乡。于是，紫静菲尔不得不在外公的资助下上学。

"我打他们，是不想看到他们用怜悯的目光来看我。我不可怜，我不是弱者，我没有依靠他们生活，凭什么忍受他们的怜悯，为什么？为什么……"我似乎能感受到紫静菲尔的歇斯底里和痛苦的表情。

"孩子，我在听。"夜已很深，周围寂静得几乎感觉不到自己的存在，对着这些痛苦的符号，我能听到心灵被撕碎的声音，沉思了半天，才沉重地敲出几个字来。也许现在，我该做的、能做的已不是劝慰和责难，而是倾听和理解，让这个孩子将一切情绪宣泄出来，让这个本该阳光四溢的少女挣扎着走出自己的阴霾。

"……"我用自己的心灵在认真倾听着。她确实活得很难，要承受来自外界的种种压力，更要面对自己内心的困惑。在她苦苦的挣扎中，我能感觉到自己的理解和劝慰，正在悄悄融化她心灵的积雪。

"密密麻麻的高楼大厦／找不到我的家／在人来人往的拥挤街道／浪迹天涯／我身上背着重重的壳／努力往上爬／却永永远远……／给我一个小小的家／蜗牛的家／能挡风遮雨的地方／不必太大……"郑智化低沉沙哑的声音通过耳麦敲击着我的耳膜，伴着清脆的键盘敲击声回荡在寂静的夜空。紫静菲尔说："这是我最爱听的歌，以前以为自己就是那只背着重重的壳的蜗牛，现在好像不是了，因为那样您就成了蜗牛的老师啦，呵呵。"

凌晨三点的钟声已敲过，我们不知不觉已聊了四个小时。紫静菲尔的文字中终于露出了笑容，她答应继续上学，并说会好好地调整心态，面对生活，再不会以过激的行为来宣泄和证明自己，如果有解不开的结，还会找我。当看到紫静菲尔发过来笑容满面的QQ表情时，我激动得竟然笑出声来。按照紫静菲尔的要求，我删去了我们聊天的一切记录，包括她的QQ号码。

在以后的日子里，洋槐花依然自开自放，依然暗香四溢，但我再也没收到那个神秘的女孩——紫静菲尔的只言片语。

直到那天，一个女生像小鸟一样飞进了办公室，叽叽喳喳一阵后，冷不丁地说自己是蜗牛，已快乐地爬上了南方某所象牙塔，并对我说："临别了，'无须临风洒泪，无须对月长嘘'，只想请您吃饭。"我婉言谢绝了。末了，小女孩撂下一本纪念册，快乐地摇晃着脑袋，叽叽喳喳地走了。

看着她清纯可爱的背影，我忽然想起了久违的紫静菲尔。

（原载2007年4月26日《新疆法制报》）

擦肩而过

外出学习一个多月，忙于手头上的工作，无暇管理博客和处理信件。时逢周末，终于有一天时间能自己支配。索性到办公室上上网，处理一下邮件，也顺便打发一下无聊的日子。

"老师，今天我去了您的咨询室，只想见见您。不知为什么，最近又整夜整夜地睡不着，白天无法正常上课，这种没有睡眠的日子，让我快要疯掉了，我在煎熬……您又出差了吗？等您回来。"这封邮件的署名让我心头一震，岚岚，一个让我放心不下的孩子。在我离开单位到江苏挂职后的一个多月里，她已经发了四封邮件，而我却全然不知。

岚岚是两年前进入我视野的。她眉清目秀，聪明可爱，是这群刚刚进入中学的孩子中的一员。第一次接触心理健康的团体辅导，学生们个个精神抖擞、兴趣盎然，整个活动现场气氛异常热烈。下课后，仍有许多学生问长问短，不愿离开。回到办公室，已经是两点多，教学楼静悄悄的，只有我疲惫的脚步声。这时，岚岚默默地走了进来，也没有打招呼，她低着头，脸色黯淡，双手不停地揉搓着，一脸委屈地站在门口。

虽然已是饥肠辘辘，但我还是回到椅子上。从事多年心理辅导和咨询工作，经验告诉我，这个孩子急需帮助。

一个多小时里，岚岚只是在诉说自己的不快和对他人的不满，我只能不时地给她的杯子里续水，倾听着她的诉说。直至上课的铃声响了，岚岚才猛然停下来看着我，我知道铃声对孩子来说就是结束。

停顿片刻，我只说了一句：孩子，我能理解你。这时，岚岚已是泪流满面，泣不成声。

岚岚生活在一个离异家庭，父亲有严重的家暴和嗜酒倾向，母亲不得不远走他乡，只留下岚岚和孤苦伶仃的外婆一起生活。

"老师，您的咨询室已经一个星期没有开门了，您的博客好久没有更新了，

我很害怕，我的情绪变得难以控制，总想伤害自己，我想休学……"这是岚岚的第二封邮件。

那是一周后的下午，岚岚被老师领到办公室。原因又是三天没有回家了，宁可睡在花园里的石凳上，她都不愿意回家，并且有吸烟、早恋和打架的现象。外婆找到学校，两人竟然在大厅里大吵起来，言语激烈，口无遮拦，前来劝架的同学和老师都遭到了辱骂，场面比较混乱。

咨询室里，两人开始相互指责。外婆控诉岚岚的种种"不孝"，自己孤苦伶仃，含辛茹苦，孙女却如此不争气，行为古怪。而岚岚的解释似乎也有道理，她每天把自己关在屋子里，是不愿意面对喋喋不休的外婆。而外婆为了不让孙女走弯路，便不停地唠叨，甚至谩骂。为了躲避外婆的指责和谩骂，岚岚一回家就把自己关在一间房里，故意做出一些过激的事情来和外婆抗争。岚岚手腕上的道道划伤，都在诉说着心中的痛楚。两个相依为命的人，深陷在这个恶性循环里，彼此折磨。

我把所有的原因和产生的结果写在字条上，围成一个圆圈，这就是他们现在所处的那个泥沼。我让孩子拿掉其中的任何一张字条，看看这个循环是否可以断裂。外婆和岚岚如梦初醒，两人脸上明显多了笑容。看着祖孙两人离开的背影，我忽然有种奇怪的感觉，总觉得这样的结局似乎来得过于快捷。

"我的那个不负责任的爸爸又回来了，他是个彻头彻尾的酒鬼，他把对妈妈的狠全发泄到了我们身上，我想离开这里，到四川去找妈妈……"岚岚的第三封邮件让我非常担心。

记得那是半年前的一个下午，学生还在上课，班级的门被敲得山响，一个男人晃晃悠悠地出现在门口，他是岚岚的父亲，来开家长会。

学生们笑得前仰后合，因为家长会在三天前已经开过了。

岚岚的脸色惨白，就像一张白纸，她使出全身的力气把父亲向外推。

楼道里，父亲的声音嗡嗡作响，其他班的老师也伸出头来向这边看。岚岚矮小瘦弱的身躯紧紧推着强壮的父亲向前走，我永远忘不了岚岚那双绝望、无助和乞求的眼睛，让刚刚到现场的我心痛。

"明天我就走了，这个家我无法待下去，我已经联系上了妈妈，走之前和您告别，谢谢老师对我的宽容和帮助，我永远敬重您，以后我会回来看您……"

这是岚岚留给我的最后一封邮件。

　　赶紧打电话给她的班主任老师，岚岚真的走了，听说回四川老家找妈妈去了，没有给任何人留下联系方式，也许孩子真的想安静一下。

　　就这样，因为我的出差，与这个孩子擦肩而过。读完信件，忽然有种揪心的疼痛，偌大的办公楼，此刻寂静得让人害怕，我为自己这一个月没有更新博客，没有及时处理信件而自责。

　　"孩子呀不哭，因为还有梦，清澈的眼眸我知道你在盼望什么。孩子呀不哭，因为有我同路，一样的花朵，幼小心灵不该承受这失学的痛楚。我要化为一道彩虹，照亮你的天空，带你走进希望的路途……"《孩子不哭》这首来自网络的歌曲，肆意地在空气中流淌，我终于知道了为什么这么多人喜欢这首歌。

　　于是，我把《孩子不哭》这首歌设成博客背景音乐，希望岚岚能够明白我的心意，绽放笑容，人生如意。

（原载2012年9月6日《伊犁日报》）

一次艰难的心理辅导

　　若凌是被母亲拽着胳膊走进辅导室的，她头发蓬松，衣服前卫时尚，一张苍白稚气的脸，一双充满挑衅的眼睛倔强地躲在五颜六色的刘海儿后面，耳朵上七八个耳钉"一"字排开，在辅导室里闪闪发光，格外刺眼。

　　若凌的母亲，烦琐的首饰和服装掩盖不了她苍白无助的表情，她几乎是在哭诉：若凌又一个多星期没有回家了，又一个多月不和她说话了。若凌逃学、打架、上网、和不良少年一起厮混……这个娇小的女人再也无法陈述下去了，双手捂着脸痛哭起来，瘦弱的身躯深陷在宽大的沙发里，剧烈地抖动着。我知道，现在对这个可怜的母亲最好的安慰，便是让她尽情宣泄和释放。

　　若凌一脸漠然地斜视着这一切，好像在欣赏一件与自己无任何关联的事件，面无表情。虽说自己从事心理辅导工作几年来，经历过很多千奇百怪的事情，对此也见怪不怪了。可是面对这对曾谋面的母女，我却有一种无法言表的感觉。职业的敏感告诉我，这将是一个艰难并且棘手的辅导过程。

　　"别演戏了，我是一摊烂泥，我们都是贱命，你也不是救世主，都省省心吧！"忽然，若凌猝不及防地站起来，指着母亲叫喊着，转身要走。她的母亲几乎是从沙发上跳起来，紧紧地抱住女儿的胳膊，跪到地上，哭诉着求她留下。然而，若凌却怒目圆睁，直视着我们。

　　"让她走吧。"面对若凌的冷漠和无理，虽然我已经愤怒到了极点，但还是压低嗓音，让她母亲放手，我知道她即使留下来，在这种激进的情绪中，对辅导工作也是于事无补，何况走也是她应有的权利。

　　若凌稍有迟疑，决然而去。

　　若凌出生在一个破碎的家庭。三年前，她的世界里便没有了父爱，母亲一直从事娱乐服务工作，至今未嫁。在和若凌母亲的近一个小时谈话里，我感觉到了这对本该相依为命的母女，却在无休止地伤害着对方，其中必有缘由。根据这种状态，常规的心理辅导已不能发挥多大的作用，于是在给若凌母亲一些建议后，让她留下了若凌的QQ和手机号，因为若凌几乎整天泡在网吧里。

网上一搜索，"血泪"竟然是花季少女的网名，斟酌了半天，我给自己注册了一个网名———孤星。呵呵，《孤星血泪》，一部多么厚重的小说。也许是网名的缘故，若凌对我这个"陌生人"并未有多大戒心。在以后近一个星期的日子里，我们在网上谈狄更斯、匹普、爱丝黛拉，谈人生……总之，谈青年人喜欢谈的人和事。我认真倾听这个年轻人发自内心的哭诉，渐渐地她主动谈到他的家人、朋友和心中深深的伤痛。从她的QQ空间里，我读到了尽是对父亲的思念、母亲的依恋，以及自己矛盾不堪的心语。

若凌着实让我惊叹不已，她读过很多书，文字是那样的流畅和优美，性格是那样的朴实无华，和我见到的若凌判若两人。我能感觉到，她冷漠外表下的细腻和脆弱。

心理辅导最要命的就是头痛治头，脚痛治脚。此刻，我似乎已经能够隐隐感觉到这对母女相互伤害的真正原因，看到了那些所谓道德和品质问题下面的隐情。

"'我们可以接受生活的苦痛，命运的悲哀，但我们无法接受，也无法理解的是我们的怪僻和莫名其妙的邪恶或伤害，包括我们自己。'———《孤星血泪》。孩子，相信狄更斯小说中的这句话你早已读过，我把这段话写给你，希望你思考一个问题：我们是以怎样的方式来表达对亲人深深的爱呢？我能理解你所做的一切，也相信你会读懂我们的一片苦心，正视自己的心理问题吧。孩子，来见见我。"这是我给她的最后一次留言。

"我在哭，其实两天前我已经隐隐地感觉到了您是谁，谢谢您……"漫长焦急的等待后，我终于收到了她的回复。

通过这个神奇的网络，在以后的辅导中，我们终于建立了和谐的辅导关系，若凌也终于找到了自我。她告诉我很多辛酸的故事，也使我进一步找到了她迷失的原因。"寡妇门前是非多"，她是在这句话中长大的，因此她更为敏感和过激，她敏感着母亲工作方式的"不当"，敏感着母亲对父爱的"背叛"，敏感着这个已经伤痕累累的家正在支离破碎。从父亲去世的那天起，一个乖孩子不听话了，而这种不听话，也正是她仅有的能够"惩罚"母亲的唯一方式。她会在需要时毫不犹豫地刺痛母亲，以宣泄心中对母爱的依恋和对母亲行为的憎恶。

而她的这根针又使母亲心中最神圣的希望化为泡影。一个看不到希望的人，行为会是怎样的绝望，母亲的行为让若凌更加愤怒。她们的行为在不知不觉中激化矛盾，使爱在这种怪圈中恶性循环，彼此伤害。当我把这一切告诉母女俩时，她们竟然瞠目结舌。

　　病来如山倒，病去如抽丝。不久，这对母女重归于好，若凌重新回到学校，她的母亲也辞去了原来的工作，经营起一个生意还算不错的小商店，并一再告诉我，希望我用文字写出她们的故事，去唤醒更多迷失的人，找回迷失的爱。

（原载2012年10月12日《新疆北屯报》，

2012年12月4日《兵团日报》转载）

 # 一个矿区孩子的大学梦

"又到'十一'了，这是一个难忘的日子，两年前的今天，我拿着国家贫困大学生助学金来大学报到，虽说迟到了半个月，但正是这半个月让我感受到了国家的温暖和社会的关怀。两年过去了，像您说的那样：国家不会忘记我们。奖学金、贫困生补助和勤工俭学资金已经完全够用，请老师放心，我的大学生活过得很好。国庆将至，蕾蕾在重庆祝福国家繁荣昌盛，祝愿我敬爱的老师身体健康，工作愉快！"看完蕾蕾发来的短信，我长长地嘘了口气，毕竟这是一条让人非常安心的短信。

当年我大学毕业后，从陕西到兵团工作，被分配到一个偏僻的教学点任教。那里条件很差，经常没电，一年中大半年没水，特别是冬天，只有靠融化积雪和买水来度日。那时候的收入微薄，根本无力支撑每年回家的费用，于是三年里没有回过一次家。当得知父亲因脑梗住进医院，自己在遥远的新疆却无能为力，那种愧疚和自责难以言表。中秋节，喝了很多酒，回到漆黑空旷的只住着一个人的校园，忽然有种被遗弃的感觉，一切的不如意和委屈袭上心头，支撑了三年的心理防线被泪水彻底冲垮。跑到水房，打开水龙头，让"哗哗"的水声掩盖自己的哭泣声。

"孩子，快起来，不要冻坏了，一切都会好起来的，国家不会忘记你们。"门卫老龚叔不知何时已经站在我的跟前，把我扶回宿舍。如今，那些青涩的日子早已如过眼云烟，但老龚叔的这句话始终让我记忆犹新，也让我受益匪浅。

蕾蕾是在那个冬天进入我的视野的。她是我走上工作岗位后的第一批学生，也是一个让人放心不下的孩子。

一天中午，我从外面吃饭回来，经过教室，觉得里面有人，于是推门而入，看到蕾蕾蹲在大大的火炉旁边，烤着黑乎乎的小手，脸被煤烟熏得黑黑的，炉子上烤着一个饼子，这就是她的中午饭。我把她带到办公室，让她洗手洗脸，拿了一包榨菜和一瓶水给她，看着她津津有味地嚼着饼子的样子，忽然感觉鼻

子酸酸的。

蕾蕾出生在一个不幸的家庭，1996年全家人从四川到新疆打工，第二年父亲便不幸死于矿难。说实话，蕾蕾已经记不清父亲的模样，毕竟那时候她还小，父亲起早贪黑，留给她的似乎只是一个黑乎乎的影子。蕾蕾上三年级的时候，母亲又患上了严重的心脏病，日子过得举步维艰。

蕾蕾居住在山上的矿区，为了节约车费，每天中午都不回家。

从那以后，我隔三岔五地给她带一点儿饭菜，每天都让她到办公室洗脸洗手，毕竟在山上，水对于她们来讲显得异常金贵。

蕾蕾有着较好的绘画天赋，我就时不时给她买一些绘画材料，告诉她这是学校发的；代她缴纳一些参赛费用，告诉她贫困生参赛是免费的。我以自己的方式去帮助她，而不伤害她的自尊心。蕾蕾也不负众望，在各类竞赛中屡获殊荣，并顺利地考入一所中学。说来也巧，我也在当年被调到了蕾蕾就读的学校，主管德育和贫困生工作，对蕾蕾和我来讲，可谓是件喜事。

不让一个孩子因贫困失学，这是国家惠民的好政策，尤其是近些年，国家对贫困生的资助力度越来越大，很多社会公益资助也进入校园，解除了众多贫困学生的后顾之忧。蕾蕾就是其中一个受益者，有了国家的补助，她可以安心上学。

高考结束，不出所料，蕾蕾想放弃上大学的机会，因为妈妈的病情日益加重，家庭经济举步维艰，虽然矿区给予了一定的帮助，但一定数额的大学学费，对这家人来讲是一个天文数字。于是，我再一次到了矿区，在低矮的土坯房里找到了这对相依为命的母女。

"我们是打工的，国家也没有忘记我们……"当我把国家对贫困大学生资助的表格拿给她们时，母女俩泣不成声。

是啊，"一切都会好起来的，国家不会忘记我们"，老龚叔的这句话，给了当年困境中的我无限动力和帮助。现在我把这句话又送给了蕾蕾，送给像蕾蕾一样享受着国家资助的贫困大学生，希望他们心存感激，在祖国的怀抱里健康成长。

（原载2012年9月6日《兵团日报》）

# 生命尽头的白杨树

有一天，我收到好友寄来的一张用白杨树叶粘贴而成的贺卡，感到惊喜又觉得意外。惊喜的是许久未曾联系的朋友依然在惦念着我，而意外的是这张小小的贺卡又勾起了我的回忆。我不得不承认，那棵似乎已经远去的白杨树，还生长在我生命的某个角落。

其实，我原本不太喜欢白杨树，它过于高大，高大得甚至有点儿形单影只。对于漂泊异乡的我来说，见到它难免会心生些许同病相怜的孤单之感。因此，我不愿过多地去关注它。

然而，青葱岁月里的一段经历却让我对白杨树有了别样的认识。

记得那时，春的气息和毕业前的躁动在大学校园中弥漫。为了避开干扰，平心静气地完成毕业设计，工业设计系的很多同学都在郊区农村租房作为临时的工作室，我也是其中的一个。

一栋栋陈旧的老屋，处处流露出二十世纪五六十年代的建筑风格，也许因为这里即将拆迁，偌大的村子显得萧瑟破败。年过花甲的房东告诉我们，年轻人都到城里淘金去了，有钱人也搬进了新居，留下来的都是些恋故的人，或是风烛残年无所依靠的老人。

村子里的白杨树，在隆隆的马达声中一个接一个地倒下，我心头为之一惊。伴随着村子里涌进来越来越多的施工人员，原本茂盛繁密的白杨树越来越少，窗外的天空也变得越来越空旷。

有一天，我被一阵吵嚷声吸引，循声望去，只见一位头发斑白的老奶奶抱着一棵白杨树，颤颤巍巍地哭诉着，央求施工队不要砍掉这棵树。

原来，这棵树是老奶奶的丈夫栽种的，它和老奶奶的儿子一起成长，此刻已是两人才能合围的参天大树。几年前，就在这棵白杨树下，老奶奶的儿子被一个醉鬼刺穿了心脏，再也没能站起来。老奶奶青年丧夫，老年又丧子，垂暮之年，这棵白杨树便成了她唯一的心灵寄托。

也许，在其他白杨树还没有倒下去的时候，这棵白杨树并不是那样高大和挺拔，然而此刻，它却是老奶奶仅有的依靠。

"求求你们，别把它砍了，我已是没有几天活头儿的人了，我什么都没有了，就只有它了，千万别把它砍了……"说话间，老奶奶已是泣不成声。

看着散落满地的树叶和嘈杂的人群，我实在不忍想象，当这棵白杨树轰然倒下时，老奶奶会怎样。

晚上，我怎么也睡不着，白天的场景始终挥之不去。窗外月光如洗，我不由自主地向那棵白杨走去，可我不敢抬头，生怕自己看不到那棵白杨树。于是一路祈祷，祈求那棵树还没有倒下。

"哗哗哗"，微风中我分明听到了树叶欢快的声音，挺直的树干在皎洁的月色中显得更加伟岸。灯光从老奶奶房屋的窗户里投射出来，洒在白杨树干上，白灿灿的，格外醒目，我长长地舒了口气。

这时小屋的门"吱吱哑哑"地开了，老奶奶端着半盆水颤颤巍巍地走向了那棵白杨树……随后的一个月里，我几乎每天都会去看看那棵白杨树。无论刮风下雨，还是烈日当头，我几乎都会看到老人蹒跚的背影，她总是抚摸着光滑的树干，凝望天空，陷入沉思。

最终，我的毕业设计顺利完成了。我给这个设计起名为《最后的白杨》，而这个名字也给我的设计加分不少。后来，我离开了学校，离开了那座让人牵挂的城市，回到了兵团，开始新的生活。

但是，无论我身在何地，每每想起过去，都会忆起那位老人和那棵白杨树，是他们教会了我珍惜生活，善待亲人，也让我懂得了真情、真心的可贵和可敬。

（原载2013年1月9日《兵团日报》）

石 痛

五年前体检，医生就告诉我肾脏上有块结石，很小但不可爱！

伊犁河谷山清水秀，但水质较硬，肾结石发病率较高，早已习以为常，加之它个头小，又如此安静，我们和谐共处，相安无事，以至于都快忘记了它的存在。

一年前陪母亲看医生，遇到一位高大的壮小伙子，他拍打着急诊科的玻璃门，哀求医生给他注射镇痛剂。看着他大汗淋漓、面目扭曲、痛苦不堪的样子，我一脸狐疑。

"肾结石不是什么大病，但疼起来会要人命。"医生的话让我心头一紧，不由自主地摸了摸后腰，祈祷肾脏里的结石安分守己，不要顽皮。

这次经历改变了我对肾结石的认知。回家后立即更换净水设备，改善饮水质量，希望延缓结石生长。妻子更担心我饮浓茶、不运动的习惯，每天晚餐后督促我锻炼。

"老爸，别锻炼了！别把那粒'珍珠'震落了，待我长发及腰时，您用它给我做耳环！"女儿看着我不情愿又不得不服从的样子，乐得合不拢嘴，仍不忘调侃几句。

人到中年后，孩子的话比领导的话好使，因此每天下班回家后，仍然以各种姿势陷在沙发里看电视刷新闻，毕竟这块石头还不足以影响我的生活。

去苏州出差，在木渎古街上，朋友邀请我"活蚌取珠"。这种类似于开盲盒的营销方法非常吸引外地游客，一百块钱六只河蚌，自选自开，现场取珠。

我触摸到深嵌在河蚌肉体里密集的珍珠时，惊喜万分，然而，当朋友撕开还在蠕动的河蚌躯体时，我的兴奋戛然而止，最终放弃。这绝非悲天悯人多愁善感的矫情，而是我真切地触摸到了深嵌在河蚌肉体里的疼痛。

"九月金风降，三秋明月光。但得阳澄蟹，不看菊花香。""海上生明月，天涯共此时。"太多美好的诗句让"中秋"这个节日显得更加温情。在外多年，思乡之情感同身受。于是，每年中秋节都会邀请一些外地朋友到家里做客，吃肉

喝酒分月饼，酒足饭饱不想家。今年也不例外，与一帮年轻人分享阳澄湖大闸蟹和本地小龙虾，大家推杯换盏，格外尽兴。

朋友散尽，我的肚子开始不舒服，而妻子和同桌人都正常如初，我固执地认为只是普通的肠胃不适，口服几粒氟哌酸就万事大吉，而妻子却表情复杂，坚决让我去医院就诊。不断加重的腹痛让我辗转反侧，彻夜难眠，在与疼痛抗争了一夜后缴械投降。

急诊科里，妻子换了身衣服便成了我的接诊护士。我最终还是落到了她手上，成为她的病人。

在科学诊断面前，我笃定的食物中毒的结论和往日不愿锻炼的"奇谈怪论"被医生批得体无完肤，我无地自容。

那块与我和平相处静默了五年的石头，最终还是活泛起来，它挣脱了肾脏的束缚，卡在了尿道狭窄处，循环系统被彻底堵塞，身体开始以剧烈疼痛的方式向大脑求救。

"不听老婆话，早晚拉拉垮。"没想到这也是第一条医嘱。老医生跷起二郎腿，身子使劲地靠在椅子上，躲在厚重的老花镜和宽大的口罩后面，一副语重心长、谆谆告诫的样子。一旁准备给我输液的妻子却扬扬得意。

主治医生建议我做微创手术，我断然拒绝，就像当天笃定食物中毒一样地坚定坚决，但内心无限虚弱，我不得不寄希望于身体自救，击退这颗顽石。

为了给紧张的工作和卡在弯道处的石头赢得时间，我每天不得不靠一种叫"左旋千金藤啶碱"的镇痛药来缓解疼痛，药物强烈的副作用使人无法进食，四公斤的体重消耗，也未换来一丝缓解。在惨痛的教训面前，我坦然接受了妻子的建议，转院碎石。

趴在冰凉的手术台上，冲击波穿过身体，击中了那块本想全身而退的顽石。此刻，对于那块进退两难的石头来讲，粉身碎骨更是一种重生。

手术室外的手机铃声时断时续，没完没了。医生看出了我的焦虑，一脸不屑地说："不要命了吗？地球离了谁都照样转，没了好身体，啥也不是你的！"

"对！"玻璃门外的妻子无缝衔接道，言简意赅，倒是惊得医生一个机灵。

医生护士相视一笑，我也瞬间释然。

作为一名心理学工作者，我更能懂得人的烦躁和焦虑绝大多数不是来自外界，而是发自内心的道理。

关掉手机，世界一下变得安静祥和。积累多日的疲惫瞬间袭来，一会儿我便昏昏睡去。

再次打开手机，来电最多的是远在西安的母亲。她说这几天总是莫名心慌，心神不定，不放心远在西北的我们，反复叮咛我们吃好、穿暖，照顾好自己。

母子连心，这也许就是所谓的心灵感应和量子力学。人到中年，更能体会父母不易，他们把一生都献给了家庭和孩子。他们老了，儿女就是生命的全部。然而为人子女的我们眼里却充斥了太多的东西，无暇顾及已渐老去的他们。

我用夸张的语气给母亲回了电话，告诉她不要瞎操心，生活美好，一切平安。

一块结石让我还在继续剧烈疼痛，体会到生命的脆弱，但无论如何都不能让母亲担心。

碎石后，虽然没有想象中的立竿见影，疼痛仍持续，但生活总算有了希望。繁杂冗长的工作之余，听妻子的安排，每天上千次地跳跃配合治疗，坚决与这块已是强弩之末的顽石对抗。

病来如山倒，病去如抽丝。当堰塞湖被打开缺口，当拥堵的公路被清障后的那种鱼贯而出、畅快淋漓的舒畅感不经意中来临，那块被卡在弯道处的石头终于消失不见。

"痛则不通、通则不痛"这一中医理论，在一瞬间得到完美诠释。随着石头的排出，弥漫在身体里的万千疼痛和烦恼随之消失，世界瞬间美好。

如果说，疼痛只是身体面临危机时的求救方式，那么磨难则是精神的顿悟和个体重生的过程。我相信，曾经的痛苦和不堪一定能教会我们点儿什么。一如我和那块顽石抗争，它留给我的不只是疼痛的记忆，还有对健康和亲情的珍惜。

如今，那场与一粒顽石的战争早已烟消云散，云淡风轻，生活依然美好，我依然会在深夜敲击键盘，依然会发表一些奇谈怪论与妻子负隅顽抗，依然会赖在沙发里刷新闻，但妻子的唠叨和递过来的热水我已不再抵抗。

（原载2021年第11期《金山》）

母亲来到了伊犁

上帝不能亲自到每一家，所以它便创造了母亲。

——题记

"儿子，妈已经到咸阳站了，明天就到你们那了，记着接站，别把你老妈给丢了。"母亲迫不及待地打电话给我。

"没——没事，丢了再——再找个后妈。"也许是母亲的心情影响了我，激动得竟开起了玩笑。

记得刚工作的那几年，一切都很辛苦，到头来，除了疲惫不堪的躯体，便只有空空行囊。苍白高大的自尊，不容远方的亲友们知晓我的狼狈，于是"很好、非常好、开心得很——"传遍亲朋好友之间。虽说是善意的谎言，但每当站在梦想与现实之间，审视自己的灵魂，总是羞愧不已。

母亲打电话说，耳听为虚，眼见为实，她一定要到伊犁来，看个究竟，才可安心。可十六年的寒窗，到头来却无方寸栖身之所。一万个理由也不能让母亲为我的窘境而伤心。

于是，便迅速打道回府，到了西安，阻止了母亲的伊犁之行，知子莫过父母，我的掩饰其实已经告诉了母亲一切。

假期已满，当我故作潇洒地甩甩头发向父母亲告别时，我看到了母亲眼中的泪花。"孩子，不要太为难自己……"那一刻，一切的不如意涌上心头，才发现自己是那样的脆弱和不堪一击，在泪水还没有冲出眼眶时，跨上了列车，车子还未离站，自己已是泪流满面。

"上帝不会忘记奋斗不息的人。"这是母亲一生的信条，也是我的信条。也许受这种精神的影响，以后的几年里，我顺理成章地有了心爱的妻子、可爱的孩子和宽敞的房子，这一切无疑是对远方母亲最大的宽慰。

在西方，流传着这样一句谚语："上帝不能亲自到每一家，所以它便创造了母亲。"我的母亲永远证明着这句话。

当孩子悄无声息地来到这个世界时，母亲的反应让我们不知所措，她毅然撇下体弱多病的父亲，不顾我们的再三劝阻，大包小包、风风火火地来到了伊犁。母亲的到来真是雪中送炭，着实让我们踏实和轻松了许多，做饭洗衣看护孩子，大大小小，事无巨细，一年下来，把孩子、媳妇喂得白白胖胖的，我的腰围也大了许多。我说这是母亲的功劳，母亲却说，这是伊犁的水土养人。

母亲已近花甲之年，但身体看起来还不错，这对于我们子女是最大的安慰。可身为白衣天使的妻子，也许是职业习惯，总是动员母亲做个全身体检，一辈子勤俭节约的母亲怎么会答应花这份"冤枉钱"，经过几个月的公关，最后，母亲愣是被妻子带到了医院，从头到脚，里里外外，一一检查。

两天后，从妻子的表情中，我感觉到母亲的身体不容乐观。

母亲被推进了手术室，在进入手术室的一瞬，母亲回头看了看妻子、孩子和我，这是出生于庞大家族的母亲在遥远的伊犁能看到的所有亲人，掩饰不住的无助和担心刺痛着我的心。那天是五一劳动节，是劳动人民的节日。

从手术室出来，刀口的疼痛使母亲脸色苍白，手脚冰凉，虚弱得几乎不能说话，然而，她还是挣扎着说了一句话："孩子，妈给你们添乱了，快都上班去吧。"母亲啊母亲，这就是我的母亲，一个为爱而生，为了子女早已忘却了自己的心跳和呼吸的平凡的女人。

母爱对人性的震撼和抚慰，是世界上任何精神和物质都不能替代的。也许因为同为女人，妻子总是能找到安慰母亲的方法，嘘寒问暖、做饭洗衣、擦澡喂饭，而每每这时，做儿子的我，总是木讷地杵在病床前，纵是心有千般，却不知如何做起，看着这两个将生命和爱都融入了自己一生的女人，感激和庆幸不言而喻。

千里迢迢，一边是儿子、儿媳和孙女，一边是体弱多病的老伴和其他子女，母亲矛盾的心情可想而知。时常可以看到母亲站在门口，看着一辆辆飞驰而过的汽车发呆，这种心境，也许只有身处异乡的人才能真正明白，我知道母亲想家了。

当我把飞机票递给母亲看时，母亲却沉默不语。出发那天，车子在门口等了半天，母亲就是迟迟不走，抱着还在熟睡中的孩子亲了又亲，泪如泉涌。回

头哽咽着对妻子说：孩子，去把机票退了，妈不回去了。妻泪水涟涟地看着我，我知道，母亲必须回家，美丽的西安才是她的家，那里有她割舍不下的亲情和牵挂。

飞机已融入蓝天，妻子泣不成声，我木然地站在候机室的大玻璃前，忽然觉得自己没有落泪。母亲此行，给我们留下了一种精神，教会了我们"父母"的真正含义。

车窗外的天水一色，夜色正浓，赛里木湖的气息扑面而来，我却激动得无法入睡，因为，母亲又要到伊犁了。

（原载2012年4月29日《兵团日报》）

感受幸福

沐浴着深秋暖暖的阳光，满眼色彩斑斓的秋叶，坐在楼下的长椅上，惬意地享受这份大自然赐予的幸福。

"拿到了，驾照拿到了，明天我就可以开着自己的车上下班啦！"妻子开着车由远而近，停在我跟前，激动得语无伦次。

这是一个好消息，应该替她高兴，毕竟她可以名正言顺地驾车出行。

这是收获丰收的季节，是喜悦的季节。今年的十一月注定是一个不平凡的月份。对于国家来说，党的十八大召开了，总结回顾，继往开来，丰收中充满希望，这是国家大事，值得庆祝。对于自己的小家来说，收入增加，新买的楼房竣工，顺利地拿到了钥匙。如今妻子又顺利地拿到驾照，幸福的事情扎堆而来，真是喜事连连。

幸福不是用来炫耀的，也不是用来比较的，而是用来感受的。幸福往往与收入和身份没有太多的关系。

记得当年大学毕业，被分配至一个偏僻的连队学校工作，条件艰苦，除了一个旅行包，自己一无所有。由于是从内地分配到团场的，单位利用安家费给我购买了一辆自行车和一些生活用品。现在看来这些东西真的算不了什么，但在当时却是雪中送炭，解决了我很多困难。更何况这种待遇也不是每个人都有的，所以倍加珍惜。

每天骑着车子，带着女朋友，陶醉在两边都是白杨树的乡村小路上，那种简单的幸福，是坐在高级轿车里的人不一定拥有的。

那时候单位条件简陋，冬天没有暖气，半年没水，极不方便，我搬到了距离单位三公里以外的团部居住，每天来回六公里，道路复杂。特别是冬天，冰天雪地，极不方便，每次看着别人骑着摩托车从身边呼啸而过，那种羡慕难以言表。但当时收入微薄，摩托车对我来讲只是一个梦想而已。

2002年11月，我们准备结婚的前一天，妻子神秘地把我叫到身边，说要让

我陪她到市里去买件东西。走进摩托车专卖店时，我惊呆了，因为如果买了车，我们的婚礼就会因为资金不足而显得紧张，可是妻子主意已定，坚决将我们筹办婚礼的一半资金拿出来，为我买了一辆当时很不错的力帆125摩托车。幸福就这样突然降临，成就了我的梦想，我深深感受到了妻子浓浓的爱。

骑着崭新的摩托车上下班，让一起工作的几个年轻人很是羡慕，我知道他们更羡慕的是我有这样漂亮贤惠的妻子。

妻子是名医务工作者，加班和值夜班是经常的事情。孩子小，在家要人陪，自己就不能去接，总为妻子担心。然而妻子每次都说："没事的，照顾好孩子就好。"平时一个人在家都要开着灯睡觉的女人，每天半夜三更骑着自行车走漆黑的夜路，我能理解妻子的感受！于是下决心给妻子买一辆有照明设备的电动车。

2004年年底，我用攒了将近一年的稿费为妻子买了辆电动车，当那辆崭新漂亮的电动车摆在妻子面前时，一如当年妻子给我买摩托车时的情景一样，我看到了妻子眼中幸福的泪花。

"孝敬老人，多行善事，上帝会加倍补偿的。"这句话妻子经常挂在嘴边，也一直落实在行动上，只要是孝敬老人的事情，她从来都是身先士卒，哪怕让自己过得拮据一些，也从不吝啬。

天道酬勤，因为党的好政策，因为两人的和睦相处和努力拼搏，我们顺理成章地拥有了自己的房子和车子，并为双方的老人也购买了房屋，让老人们老有所养，老有所居，享受天伦之乐。说实话这才是为人儿女的大幸福。

有时幸福只是一种感觉，是一种发自内心的满足和成就感，要用心感受，更要心存感激。此刻，全国人民都在庆贺党的十八大召开，在这不平凡的日子里，写下自己平凡生活的点点滴滴，只因为那些心存感激的幸福。

（原载2014年9月28日《兵团日报》）

妻子出差的日子

女儿枕在我的胳膊上，听着她均匀的呼吸，我难以入睡。

今天是妻子出差的第14天。得知妻子要出差数天，女儿便开始纠缠，央求妈妈不要扔下她，或者干脆带上她一起出差。说实话，女儿已经五岁了，从出生到现在，双方老人都不在身边，孩子几乎没有离开过我们。我能够理解她此刻的心情。

当我郑重地告诉孩子，妈妈不能不去出差，也不能带着孩子去出差，这是无法改变的事实时，孩子眼中噙满泪花并开始沉默。

下午下班回来，打开房门，着实让我们感动不已，女儿已经为妈妈收拾好了出差用的物品，牙刷、毛巾、拖鞋、水杯等一应俱全。也许是我每次出差妻子为我准备东西时，女儿耳濡目染。

我和妻子坐在空旷的候车室里，女儿站在外面不进来，半个小时都没有到妈妈身边来。我想，这样也好，省得临走时哭哭啼啼，难分难舍。"妈妈，车来了！"当女儿急匆匆地跑进来，我才忽然意识到，女儿怕妈妈误了车，一直站在候车室外面为妈妈等车。

车子载着妻子走了，女儿没有哭闹。也许是因为我早早告诉孩子，不准哭闹，否则妈妈旅途会很伤心。女儿真的没有哭，只是向移动的车子招手，但我看到了女儿眼中噙着的泪花。

回家的路上，女儿一声不吭，只顾低着头走路。夕阳照在她幼小的身体上，身后拖着长长的影子，走在高大的白杨树下显得格外孤单。

晚上，女儿要枕着我的胳膊睡觉，女儿说平时就是这样枕着妈妈的胳膊听故事。我给女儿讲着故事，她却若有所思，一声不吭地望着天花板。

"爸爸，我想妈妈了，我想哭。"女儿忽然告诉我。

"哭吧，想妈妈就哭吧，爸爸不会笑话你。"我心里酸酸的，可是女儿眼圈红红的，泪水在眼眶里打转，但终究没有哭出声来。

妻子不在的日子，我竭尽所能地为女儿做事情，给孩子讲故事，买零食，想着办法不让她感觉孤单。无论我怎么样去做，都无法找到女儿平日里那种从心底迸发出来的笑容。我真切地感受到，父爱和母爱这两种不同角色的爱都是无法替代的。

早上女儿还没有起床，我接到单位紧急电话，便急匆匆地赶了过去，一头扎进会场，送走检查团的领导，已经是下午四点多了。这时才发现有几个未接电话，连忙打电话回家。

"爸爸，下班了吗？回来时带些吃的，雯雯饿！"女儿清脆的声音让我猛然回过神来，女儿一个人在家，还没有吃早饭。

"对不起，宝贝儿，爸爸单位有事，把宝贝儿忘了。"我把车子开得飞快赶回家，看着女儿狼吞虎咽地吃着买回来的饭菜，愧疚得没有丁点儿食欲。

"没事的，爸爸忙，我不告诉妈妈。"女儿天真的样子使我心头酸酸的。

自己负责的口子，事情很多，而且经常加班。女儿一个人在家写作业、画画、看电视，把自己的生活安排得有声有色，父女两个倒是相安无事。

"宝贝儿，看电视，写作业，还是睡觉，都不要打搅爸爸啊，爸爸今天有一个重要的材料要写。"单位要申报一个国家级的荣誉，这样的材料是不能有半点儿疏漏，我不得不告诉孩子。

写文章是一种享受，而写材料却是一种非常枯燥和耗时的事情，好不容易赶完材料，伸个懒腰，发现已经凌晨三点了。窗外风雨交加，电视还在自顾自地播放着节目，女儿蜷缩在沙发上酣然入梦。女儿躺在沙发上等待着爸爸休息。这份感动是我以前没有体会到的。

在很多时候，应酬也是一种工作，在职场摸爬滚打的人都能理解。举杯方盛情难却，虽然自己再三推脱，几个回合下来还是一如既往地被客人搀着送回了家。为了不打搅熟睡的孩子，自己便躺在沙发上睡到半夜，忽然觉得自己耳边热乎乎的，睁眼一看，孩子端着一杯蜂蜜水蹲在我跟前，我抱着孩子，眼泪夺眶而出。

"想让一个男人侠骨柔肠，上帝就会赐给他一个女儿。"这句话，我感慨万千。

（原载2011年11月20日《兵团日报》）

小冲动下的幸福生活

回想起来，自己和车的故事基本上都是在小冲动下幸福地开始的。

说实话，身在团场，有辆摩托车，方便快捷，足以代步，也就不觉得没有汽车，对自己的生活有多大影响。然而一次出差，让我深深感觉到没有汽车所带来的不便。

到了镇江，挂职的单位热情接待我们，常州的同学更是关心备至，打电话过来，执意要提供车辆，让我们几个北方人在南方的日子里有车代步。然而，没有驾照，不会开车，在朋友面前很没面子，自己也感到很尴尬，类似这样的事在出差的日子里发生了几次后，便有了考驾照的冲动。

顺利拿到了驾照，已是人近中年的我又多了一项技能，也算是小冲动下的一件幸事。

那年，临近年关，多年未见的朋友出差至伊宁市，打电话过来，想见一面。

本应该是"有朋自远方来，不亦乐乎"，然而天公不作美，鹅毛大雪始终没有停下来的意思，厚厚的积雪让路上的车辆极少。我们在风雪中等了将近半个小时，竟然没有一辆空车。女儿的眼睫毛和衣服上结满冰花，冻得手脚冰凉，让人心疼。

"买车！买车！买车！赶紧买车！别再受这份儿罪了！"妻子一连重复了几遍，我和女儿看着她冲动的样子，相视一笑，心里一阵窃喜。

宴会结束，便去车市，拿回一大叠的广告单，一家人对着电脑开始认真研究。从对车一知半解，到半个月后的了如指掌，真惊叹小冲动下的神奇力量。

半个月后，终于有了属于自己的爱车。虽说因为购车时追高的冲动，让车的配置提高了好多，让预算超出了许多。现在想来，真的要感谢当时的小冲动，让我的爱车多了更多的舒适和安全，少了一些遗憾。

每当和朋友谈起买车经历，妻子总是羞涩一笑："冲动，冲动。"

雷厉风行用于评价自己不太准确，但自己着实是那种说干就干，有点儿小

冲动的人，妻子也是这样。记得当年刚刚工作，因为离单位较远，道路复杂，骑着自行车极不方便，当时最大的愿望就是有辆摩托车。微薄的收入，在当时也只能是一个梦想而已。

然而这个梦想，却因为妻子的小冲动实现了，她毅然将我们筹办婚礼的资金拿出一半，买了一辆当时很不错的摩托车，虽说婚礼略显简单了一些，我却感受到了妻子深深的爱。

妻子是名医务工作者，加班和值夜班是经常不过的事情。孩子小在家要人陪，自己就不能去接，总为妻子担心。然而妻子每次都说："没事的，照顾好孩子就好。"平时一个人在家都要开着灯睡觉的女人，半夜三更骑着自行车走夜路却不害怕，谁信啊！我知道妻子不想让我担心。

终于到了年底，用了将近一年的稿费为妻子买辆电动车，当那辆崭新漂亮的电动车摆在妻子面前时，我看到了妻子眼中充满着幸福的泪花。

生活不能总是波澜不惊。有些时候更需要一些小冲动，以及因为小冲动而忽然降临的感动和幸福，这样才会让我们的生活充满情趣。

（原载2012年4月17日《兵团日报》）

友谊源远流长

人近中年，对于"圣诞节"这个舶来的节日，已没有太多兴趣，更别说向往圣诞老人、驯鹿和那些传说中的礼物了。

2011年圣诞节，一个风雪连天的星期天，我索性赖在暖洋洋的被窝里做着美梦。

"您是赵先生吧？镇江的朋友托我给您带了点儿东西。"一遍又一遍的门铃声，把我从被窝里拽了出来，一男子身着红色的滑雪衫，全身落满雪花，像圣诞老人一样抱着礼盒站在门口。

忽然间有种游离于梦境与现实之间的幻觉，毕竟今天是圣诞节，是一个传说中会有圣诞老人出现的日子。

"太神奇了，我看到了圣诞老人，收到了圣诞礼物！"云里雾里的我愣了半天，才给在镇江挂职时结识的好友们打去电话。

此前，作为一名教育工作者，从来没有想过，挂职和自己会有多大联系，更不会想到去江苏挂职。然而，就像圣诞节的礼物一样，我和"挂职"这件事就这样撞了个满怀。

2011年4月，我和兄弟学校的几个领导一起被分配到了镇江市著名的江南学校挂职学习。

初到镇江，真正领略了江南人的盛情和细致，我们的学习和生活被安排得丰富多彩、细致入微。校长龚双明是一个睿智魁梧的南方人，镇江市名校长，他近乎传奇的经历和工作业绩让人折服，他的名字在当地更是家喻户晓，在镇江市他是名人。

记得一个周末，携一帮好友去北固山游玩，寻访三国遗迹。不巧的是景区休园，不对外开放。我们磨破嘴皮也无济于事。然而当我们提到江南学校，提到龚校长和赵影宁时，管理员脸上有了笑容。我们顺利地进入了园区，就像那位管理员以自己孩子能在江南学校读书为荣一样，我们身为江南学校的挂职干

部，以有龚校长和赵影宁这样的朋友而自豪。

龚校长担任了很多社会职务，每天有大量的工作，来去匆匆。即使这样，工作之余他都会抽出时间来陪伴我们，带我们出去了解江南的风土人情，或者喝茶聊天拉家常，那种自然儒雅的长者风范，让人如沐春风。什么是管理？如何做好管理？龚校长更是言传身教，从不吝惜，毫无保留地将自己多年的丰富经验一股脑儿地传授给我们。利用自己的社会关系安排我们到友邻学校参观学习和经验交流，大胆地让我们参与学校管理。说实话，这一点我们是幸运的，是好多挂职干部所羡慕的，毕竟我们学到了很多东西。

赵影宁是江南学校的德育处主任，一个身材娇小、兰心蕙质、精明干练的江南女子。说来很巧，我们竟然是同样职务、同样的专业、同样的年龄，甚至连两代前的老家竟然也是同一个地方。作为学校中层领导，事务性的工作很多，她每天都是忙忙碌碌、行色匆匆。办公室的同事们亲切地叫她快乐的"影子"，她也欣然接受。

适逢镇江市创建全国文明城市，作为镇江市的名校，江南学校是其中一分子，更是责无旁贷。创建活动是一个系统工程，全校上下总动员，学校德育处首当其冲地担当了许多工作，我也顺理成章地参与其中，还好自己从事多年办公室工作，做起来还算得心应手。

"影子"是总负责人，她有着超强的亲和力和工作能力，每天大家都紧密地团结在她的身边，听从调遣。然而她却很少要求我们去做什么，尽可能地自己承担，我们都明白她的良苦用心，这也是我最过意不去的。这个娇小的女人，身体里却有着如此强大的能量，每天加班加点，让人心疼。于是，团队里所有人都无怨言地做好手头上的工作，替她多分担一些，大家一起哭过，一起笑过，一起忙碌着……

"遥知兄弟登高处，遍插茱萸少一人。"端午节放假一天，也是我们工作初显成效的日子。"影子"、楠楠、怀忠、菲菲等一大帮兄弟姐妹一起过节，确切地讲是为我们这些异乡人过节。没有想到的是，出差在外的龚校长和几名学校领导也"空降"到宴会现场，带给大家更多惊喜。我们一起喝酒，一起唱歌，一起跳舞，毋庸置疑，这是记忆中最难忘的一次端午节。

幸福的时候总觉得时间很短暂，当我已习惯了这样的生活时，挂职工作也接近尾声，临行前的一天晚上，学校领导班子三十多个人围坐一起为我们饯行。满桌佳肴却勾不起丁点儿食欲。"影子"端起了酒杯，一语未出，已是泣不成声。那一刻太多的人眼中噙满泪水，我也是泪流满面。一如她说的那样，两个月的朝夕相处的工作状态，大家已经习惯了彼此像兄弟姐妹一样地工作与生活。

"别难过，今天的分别只是一个开始，我们还要送教到新疆，咱们新疆伊犁见，我们的友谊会源远流长！"龚校长一句话让大家破涕为笑。

是啊，我们的友谊一定会源远流长。

（原载2012年8月28日《伊犁晚报》）

背着书包的梦想

步入大学校门不到半年，那种刚刚进入大学时激动的心情已荡然无存。面对着大把的空余时间，遥望未来的四年生活，我的心开始躁动不安起来。

和大多数学生一样，我渴望去了解、尝试以前从未接触的东西，去走自己想走的路。我更期望通过自己的努力和奋斗，赢得别人的尊重和赞许。这就是我的梦想，背着书包时的青春梦想。而大学时代许许多多的社会实践，就成了那扇让梦想照进现实的窗口。

为了保证放学后和节假日有更多的时间进行家教活动，我每天不得不迎着太阳起床，披着星月回家。也许是自己的勤恳和认真打动了别人，我的家教生源很多，收入自然也不少。有时候自己忙不过来，还会把家教工作分给别的同学去做。这让同学们都很羡慕和钦佩，而我在同学中也有了一定的威望。那种被认可和被崇拜的幸福感，让我觉得自己的梦想并不遥远。

在那个荷尔蒙过剩的年龄，年轻人对一件做久了的事情难免会产生倦怠。于是，第二年暑假，我便不再做家教，而是和朋友一起尝试经营餐馆。从餐馆选址、装修、办理各种手续，到聘请厨师、招聘服务员，事无巨细，我都参与其中。对于我来说，辛苦忙碌的工作让我能更近地触及心中的梦想。

我自己学的专业就是美术设计，所以在店面的装潢上就当仁不让，竭尽全力将自己所学展示出来。最后，餐馆被装修得浪漫华贵，获得了同学和朋友的赞誉。

开门营业，生平第一次有人叫我"老板"，心里美滋滋的。

我的朋友晚上休息、白天经营餐馆，而我是白天上课、晚上上班。虽然经常因为睡眠不足，累得昏天黑地，但那种新鲜感和成就感让我们都很受用，彼此的配合都很默契。

可是，好景不长，虽然"老板"的称呼听起来很顺耳，可是餐馆要经营下去，就得看收入、利润。尽管我们苦心经营，但无奈能力有限。年底结算，除去各种开销、成本，我们手里的资金已经所剩无几。一年后，我们不得不面对关门停业的结果，那天的"最后一顿晚餐"，我和朋友都喝得酩酊大醉，挥泪惜别。可是，我们始终坚信，梦想不会就此终结。

现在想来，也许正是那种无谓的高雅和浪漫，才让我们混淆了对顾客的合理定位，让很多囊中羞涩的学生对我们的餐馆望而却步。回想那一年的种种经历，我忽然懂得了许多。如果说在这之前，我还在为自己能独立工作而感到欣喜和骄傲的话，那么餐馆的关门停业，就像是当头棒喝，把我从虚幻的梦境里唤醒，让我意识到自己的不足和欠缺，让我明白了梦想和梦幻之间的区别。

大学的四年里，我做过家教、搞过装潢、开过餐馆、当过小工、干过推销、卖过报纸、发过传单，在不同的角色中锻炼自己的能力，磨炼自己的意志，在成败和疲惫中品尝人生的酸甜苦辣。那些背着书包时的梦想也变得愈加闪亮，指引我一路向前。

日子如流水，转眼间，大学生活过去了十来年，我像所有人一样回到了团场，工作、娶妻、生子。闲暇之余，品味当年背着书包时的梦想，总是令我心潮澎湃，感慨良多。

我知道，即便是失败，那些梦想和为了梦想曾风雨兼程不放弃、不服输的奋斗经历，都是我人生中的宝贵财富，让我一生受用。

（原载2012年12月17日《兵团日报》）

师妹菁菁

"有个仙女下凡来，她凡事不按理出牌……古灵精怪，她就是古灵精怪……"艾伦甜美的歌声轻轻地抚慰着耳膜，那种熟悉的感觉撞击着心弦，使我忽然想起了那久违的朋友——菁菁，一个同样古灵精怪、清新可人的孩子王。

工作不久，给自己的博客起了一个看似浪漫的名字——行者。开博的第一天，就有署名为"唐僧四个徒弟"的博友跟帖。"猴哥好"，就三个字，真是惜墨如金，又让我莫名其妙，自己什么时候成了猴哥，唐僧又是什么时候收了第四个徒弟，于是赶紧跟帖，问个究竟。师妹菁菁就是这样走进了我的生活，

记得实习的第一节课，菁菁被安排到一年级上课，课题是《男孩女孩》。对于读高等师范的菁菁来讲，这是一次挑战，因为在小学生的课堂上，你永远不知道将会发生什么。为了锻炼孩子们的想象力和观察能力，提高学习兴趣，菁菁可谓伶牙俐齿、有备而来，引导孩子们从头发、衣服、动作等方面来说明男孩和女孩的形象区别，拓展学生的绘画思路。可就在这时发生了一件让她措手不及的事情。"报告老师，我还鸡倒（知道）男孩和女孩有什么不同。"一个胖乎乎的小男孩举手并站了起来。"那你就告诉小朋友们吧。"菁菁感到很惊奇，起码这个孩子敢于发表自己的见解。"老西（老师），男孩有鸡鸡，女孩摸（没）有小鸡鸡。"小男孩虽然吐字不清，但语出惊人，课堂顿时炸开了锅。毕竟是童言无忌，何况人家说的也没错，小毛孩当头一棒，菁菁不知所措。

菁菁多才多艺，尤其是她奇思妙想的文笔和一手绝妙的绘画让人赞叹不已，因此，经常会有高校请她去上课，在小圈子里还算是小有名气。一天，她发来短信说："猴哥呀！我是不是老了？怎么就跟不上这帮年轻人的步子了？"一段文字让我丈二和尚摸不着头脑。"我让学生默写静物，启发他们到生活中去寻找几何体的原型。两天后，有个小丫头居然画个内裤出来吓我。"菁菁打字的速度就像她说话一样，快得让人手忙脚乱。也难怪，这帮幼师班的小黄毛丫头，自己私底下画画也就罢了，还拿出来吓唬人，忒不像话。"呵呵，这帮熊孩子，明

天画几个诡异的东西也吓吓他们。"发完短信，我有点后悔，要真的把人家吓着了，那可就是十足的馊主意了。

"苍天啊！我们全军覆没！昨晚我半宿没休息。画的几幅可怕的鬼骷髅，把我吓得不敢睡觉，谁知课堂上，却全部被她们收藏了。"隔日菁菁又发来短信。我晕，现在的孩子到底在想什么，连骷髅画也入藏，也许，我们真的是有代沟了。

愚人节，和菁菁在网上相遇，她发给我一幅速写，让我看看像什么？我左看右看，上看下看，怎么看都是棵没有叶子的老榆树。菁菁却说："你从树根往上看，像极了一个女人的身体。总之，一个女人，一个头朝下被种在地上的女人！那是棵妖榆，就长在办公室旁，每次经过时，都会后背发凉，哎！真的比较怪异的哦！"乍一看，还真像。这时，办公室的门"吱呀"一声被人推开，吓我一大跳。这个古灵精怪的丫头，一幅画让我后背凉飕飕的。"怕了吧，那个被种在地上的女人就是得罪我们'葵花派'的下场！葵花点穴手可比排山倒海厉害哦！"这小丫头真是《武林外传》看多了，才留下这后遗症，见谁都想点，让我哭笑不得。

记得在网上集体研修的那段日子里，彼此都是开着视频学习。她告诉我，已经两天没有好好睡觉了，因为睡觉做梦忒累，读她奇怪的梦中故事，我都快崩溃了。"组织上派我和猴哥前往印度，做地下工作……"故事还没看完，视频对面的菁菁已双目低垂，于是我抓紧机会拍了她几张实在不太优美的睡姿，发到了她的屏幕上。"啊！救命啊！毁容啊！我的形象全毁在师哥的手上啦！"耳麦那边忽然一嗓子，吓得我差点没从椅子上掉下去，我知道，是照片惹的祸。

"古灵精怪，她就是古灵精怪，淘气就是她的招牌……"就像这歌词一样，不是师妹的师妹菁菁就是这样一个总是异想天开、随性而精彩、古灵精怪的孩子王。

（原载2012年3月16日《伊犁晚报》）

快乐在手中

　　初见李文，那是大学一年级的第二天，教室里没有一张熟悉的面孔，也许是刚进入大学的懵懂，也许是彼此的生疏，教室里出奇的寂静。因为是第一次上英语课，师生尚未谋面，些许都在酝酿着自己的故事。

　　教室门开启的一瞬间，眼前一亮，一个集青春、前卫、时尚、美丽等美好词句于一身的女教师，手拿讲义，飘然而至，高雅得让你不能有丁点儿杂念。好似藏者觅到千年极品时的心跳，真是"妙不可言，美不胜收"——这是当时我们系那个让人眼晕的"系花"给李文老师的鉴定，真可谓恰如其分。

　　朱唇轻启、妙语连珠、暗香四溢，好一位伶牙俐齿的老师。我们这些所谓的高才生习惯了中英文相结合的"肉夹馍"式的教学方式，一下变成了满堂外国语言，没有丁点儿国语。也许是我们的英语过于"地方话"，也许是她的英语过于外国话，我们愣是无法沟通，虽说一节课"鸟语花香"，如银铃落地，让我们这些愣头青好生敬佩，但那种云里雾里不着地的感觉，着实使我们的自信心落到了最低点。

　　"Do you understand？"下课铃声一响，李文老师潇洒地来了一句，大家总算真切地听明白了一句，机不可失，失不再来，全班异口同声地说："No！"而李文老师却胸有成竹地婉然一笑，撂下一句"Thanks，goodbye"便飘然而去。寂静几分钟，教室一片哗然。

　　"李文，女，汉族，二十九岁，留美硕士学位……"不到一天，李文的个人材料便"大白于天下"。现在想来，当时的那个精神头，如果放在学习英语上，什么四级、六级和托福都不在话下，手到擒来。

　　忽然有一天，一件事引起了大家的公愤——李文的男友没有任何征兆地出现了，黄发卷毛、高鼻梁、瘦得活像英文字母"I"，这是李文几年留学生活的副产品。男生们百思不得其解，好端端的一个中国美女眼睁睁地便宜了外国人。"保家卫国，匹夫有责。是可忍，孰不可忍？"男生的铮铮铁骨却被女生们打得七零八散："你们等着打光棍吧，我们也嫁洋鬼子！"怎么听，都觉得酸溜溜的。

也许是沾染了国外过多的气息，李文总是那样的个性张扬、活力四射。她会在领导重复着那些不着边的报告时夸张地打哈欠；会将自己的稿费和津贴义无反顾地让我们大饱口福；会把课堂变成快乐的PARTY；会因为我们中间一个感人的故事而泪流满面；会换下漂亮的时装和我们一起去扫大街、发传单、做义工，让我们深入生活……这就是李文，她的人格魅力至今还在某些地方深深地影响着我们的为人处事。

"做人，只要拥有独立的人格和自由的灵魂，快乐就在手中。"这是李文的信条，也是她给我们这些艺术生最受用的东西。大学四年里，这位美女教师和我们一起大笑、一起哭泣、一起挑灯夜战、一起挥洒豪情、一起风风火火。因为有了李文和她的快乐英语，我们少了青春年少时那种挣扎向上时的寂寞与无奈，少了酸涩的空虚与无畏，我们快乐地生活，快乐地学习，快乐地成长。

记得毕业离校的前一天，我们坐在草坪上，周围点着好多蜡烛，那是李文点的，她说这是离别前的浪漫，大家喝着啤酒，弹着吉他，唱着忧伤的歌，明天便要各奔天涯。李文说，我们是她的关门弟子，送走了我们后，她就要去美国，成家立业做母亲，生一大堆孩子。

一曲忧伤的祝酒歌后，女生早已泣不成声，男生虽故作坚强，但也泪流满面，李文和外国男友感动得与每个人握别、拥抱。和李文的外国男友拥抱时，感受到那瘦精精的"钢筋铁骨"，当时真为李文捏把汗——这家伙能为李文撑起一片天空吗？

从那以后，再未听到过关于李文的只言片语。她生了多少孩子？过得怎么样？我无从得知，但我坚信李文生活得一定很好，因为快乐就在她手中！

（原载2007年11月22日《伊犁晚报》）

没有走远的记忆

夜深人静，我站在偌大的玻璃窗前，没有睡意。窗外，风雪连天，一切的喧嚣似乎都被掩盖在厚厚的积雪下面，尘埃落定。然而那些似乎已经尘封的往事，却在这样一个冷清的冬日夜晚涌上心头。

徐老师，是一位和蔼可亲，和善慈祥，温文尔雅，一身书卷气息的老人。严格地讲，和徐老师并非同事。自己刚刚工作的时候，她老人家已经退休十来年。和老人家的交往也只是偶尔碰面，点头寒暄而已。

刚刚工作，被分配在一个连队办学点，几百人的学校，学校里没有电视，没有电脑，没有任何娱乐设施，只有一张床和简单的生活用品，一间破旧的房子，条件简陋得让人难以置信。

作为学校里唯一的外地教师，一个人住在空荡荡的校园里，每逢夜晚，那种安静得连一点儿声响和光亮都没有的滋味让人恐惧。就这样开始了我大学毕业后的生活。

距家遥遥千里，思乡之情溢于言表。还好与朋友同事们关系融洽，隔三岔五地会被请到家中做客，改善改善生活。尤其是逢年过节，反而过得比较充实。

徐老师就住在朋友老龚家的隔壁，每次到龚叔家里去玩，时常会看到徐老师忙碌的身影，隔着矮矮的院墙打个招呼，徐老师总是那样温文尔雅，温润谦和。

一九九九年的那个冬天，是我在新疆度过的第一个冬天。单位没有暖气，使用的是那种用铁桶做成的火炉，由于不怎么会使用，常常弄得宿舍里到处都是煤烟和灰尘，自己也狼狈不堪。

那个冬天总是隔三岔五地下雪，厚厚的积雪把地面覆盖得严严实实。那是最寒冷的冬天，也是我的事业和爱情经营惨淡的一个冬天。

二〇〇〇年元旦前夕，天气格外寒冷，辛苦了一年的人们，谁也不愿出门，人们会守在火炉前，看电视、打麻将、玩纸牌、喝酒聊天，以此来消磨时光。

这个元旦对我来说和别的日子没有什么区别，一如既往地蜷缩在宿舍里睡觉，打算以这样的方式度过元旦。

中午，朋友老龚神秘兮兮地跑过来，说要带我去赴宴，提前过节。虽然我不知道去谁家，为什么去，但还是很高兴地答应了，毕竟可以不用一个人过这个孤单的节日，何况还可以改善一下生活。

跟在老龚后面，踩着厚厚的积雪，绕过好几个巷子，来到了一套老房子里。郑老师、高老师和徐老师三位退休老人已经早早地等在那里，面对一大桌诱人的饭菜，面对几位善良的老太太，那个元旦过得很温暖。更重要的是在那顿饭中我认识了一个人，一位白衣天使，一位让我至此不再孤单飘摇的人，她便是我现在善良贤惠的妻子。

这顿饭让三位老太太兴奋不已，毕竟她们撮合成了一件美事。

光阴荏苒，忙碌的时候，时间总是过得很快。随后的几年里，郑老师和高老师相继移居北京和广州，我也被调到了新的单位任职。新的岗位，新的环境，工作开始一天比一天地忙碌起来。原来的那所学校也被撤并，被改造成了一片居民区，只有徐老师还守在那栋六十年代建造的老房子里，守候着自己体弱多病的老伴。

娶妻生子，忙碌的工作和家庭琐事几乎掩盖了关于那所学校所有的记忆。闲暇之余，带着孩子去踏青，也会偶尔去看看徐老师，去看看她那座老房子，去看看那所已经成为居民区的办学点，回味那里曾经的眼泪和欢笑。

特别是最近几年，关于老人家的消息越来越少。听邻居说，她身体不太好，经常到城里的女儿家去住，毕竟有人照料，这让我放心了很多。

去年的夏天，我带着妻子和女儿去爬山，回来的路上，碰到了徐老师。老人家坐在树荫下的马路牙子上，头发斑白，若有所思地看着来往的汽车。我心里猛然抽搐了一下，老人家也看到了我，艰难地站了起来，我一阵急刹车，从自行车上跳了下来。几年不见，徐老师苍老多了。

旁边是一小片已经快要绝迹的橡树林。徐老师说，家里太闷，这里凉快，她出来乘乘凉。于是，我便和她坐在马路牙子上拉家常，徐老师问长问短，不断叮嘱我，要干好工作，要照顾好家庭，要教育好孩子，等等，像是在叮嘱自己的孩子一样。

一阵风吹过，头顶的橡树叶哗哗作响，橡树叶飘落下来，漂在渠水中，女儿兴高采烈地嬉水追逐着树叶，玩得很开心。老人家爱怜地看着妻子、孩子和我，那种幸福真真切切地写在她布满皱纹的脸颊上。

我的心里软软的，此刻远在西安的亦是风烛残年的父母双亲，又何尝不是这样需要子孙绕膝，需要儿女关怀呢？感觉鼻子酸酸的，索性背过身去，我不想让徐老师看到我难过的样子。

今年年初去南方挂职学习。在外的日子里，难免想家。夜深人静的时候总会有太多的牵挂，也不知为什么，那所简陋的学校，那排矮矮的老房子，那里曾经的朋友和同事，那些似乎已经淡忘了的往事，会时常跃入脑海，变得越来越清晰。有时候真的怀疑自己，是不是老了，开始回忆过去。

从南方挂职回来，手头上积累了太多的事情，每天都是高速运转。那是2011年9月29日，一如既往地趴在电脑前写着材料，忽然接到领导打过来电话，询问原来教学点的情况。说实话，原来教学点对新的领导班子来说真的很生疏。领导询问那里是否有一名姓徐的退休教师，她去世了。我的心头一震，一种不祥之兆迎面而来，我祈祷千万别是我认识的徐老师。

然而，噩耗还是传来了，2011年9月28日11时，徐老师因病住院医治无效与世长辞，享年75岁。

"徐老师，我——认识，她的悼词——我来写。"我跌坐在椅子上，半天说出一句话。

灵车开走的那一刻，我的心好像被掏空了一样，漫无目的走在大街上，从行人怪异的眼神中，才发现自己的脸上早已挂满泪水。

徐老师就这样走了。

人与人之间就是这样的奇怪，有些人就算是天天见面，认识很多年，依然不能成为朋友；而有些人，哪怕是短暂的相识，却永远地驻留在心灵的最深处。

（原载2012年7月2日《伊犁垦区报》）

买房日记

"安得广厦千万间，大庇天下寒士俱欢颜。"自己虽然没有杜甫那样的凌云壮志，但在短短的十年里，我却不知不觉地和房子耗上了，也因此收获了浓浓的友情、亲情和爱情。

刚工作那会儿，住在单位破旧的宿舍里，总为自己的安全担惊受怕。那是一套二十世纪六十年代建造的老房子，比自己的年龄还要大。窗框是用水泥、锯末和竹子压制而成，非常沉重，据说这是当年兵团物资匮乏时期的一项创举。

虽然是一项很好的发明，但因年久失修，窗扇已是摇摇欲坠，尤其刮风下雨的时候，摇摇晃晃让人不敢靠近。

妻子是一位温柔贤惠的兵团姑娘，她从来没有因为我的一无所有而有过任何抱怨。也许是爱屋及乌，岳父岳母慷慨解囊，我们终于拥有了一套自己的房子。虽说那是一套七十年代建造的土坯房，总价值不到一万元。但毕竟那是属于自己的房子，是一个温馨的爱巢。

在最困难的时候，岳父岳母的资助，使我深受感动。

2004年，团场开始进行大规模城镇化建设，一座座楼房如雨后春笋般拔地而起，让人很是羡慕。对我来讲只有羡慕而已，毕竟自己还没有经济实力购买一套属于自己的楼房。

在家靠父母，在外靠朋友。说实话，自己很幸运，有一帮总是在危难时能帮你的兄弟。尤其是朋友老吴，他非常热心，两天内联系了一些老朋友，凑齐了房款，让我拥有了一套将近100平方米的房子。能住进敞亮舒适的房子，从心眼儿里感谢这帮好兄弟。

父母退休多年，守候在家乡空荡荡的房子里，守候着家门。但他们毕竟年事已高，身体每况愈下，需要儿女的照顾，更需要良好的医疗条件。哥哥姐姐都在西安工作，而我却在千里之外，鞭长莫及。尤其是父亲患脑梗后更让人放心不下，因此我寝食难安。妻子看在眼里，急在心里。

　　"在西安给老爸买套房子。"2009年5月1日，妻子的这个想法，让我惊愕得几乎说不出话来。首先是西安的房价，对我们的经济收入来说是一个天文数字；其次，妻子的孝心让我震撼。

　　也许因为孝心感动了上苍，买房异常顺利，我们倾其所有，交了首付，在西安一个当时不被大家看好的地段买了一套期房，也正是因为大家不看好，所以房价低很多。让我们没有想到的是，随后几年房价飞涨，三年后当我拿到房子的那一刻，房价已经翻了一番。

　　房子虽然有些小，但我们已经尽力了。看到父母儿孙绕膝、享受天伦之乐的情景，我才发现，这么多年来，终于做了一件最让自己自豪的事情。

　　2010年，喜闻久居广州的岳父母想回到新疆，妻子高兴的心情可以想象，当我告诉妻子想为岳父岳母也买套房子时，妻子激动得热泪盈眶。

　　受人滴水之恩，当以涌泉相报。

　　对我来讲，这是一种回报，毕竟当年在我人生刚刚起步的时候，老人家慷慨解囊，让我有了容身之处。

　　十年的时间弹指一挥间，虽然因此而经济拮据，很不轻松，但也因此，我收获了浓浓的友情、亲情和爱情。

　　　　　　　　　　　　　　　　　　（原载2012年3月13日《兵团日报》）

我的通信家谱

"吃的讲营养，穿的讲时尚，住的讲宽敞，现在手机视频才高档……"五一节到了，朋友的一条短信，竟然让人有几分失落，买了不到半年的手机又过时了。

"有福之人赶个巧"，母亲今年六十岁了，和共和国同岁，我是家中最小的儿子，也已过而立之年，和改革开放赶了个巧，和它一起成长。

虽说变化是一种永恒不变的定律，但这六十年的变迁，也变得有点忒快了，实在让人有点目不暇接，跟不上步子。

"生儿，勿挂。"一封电报，短短四个字，差点儿没让站在高台上正在指挥工作的父亲高兴得掉下来，可想那份喜悦。这是当年我呱呱落地，母亲给远在西安工作的父亲发去的一封电报。母亲至今还说，太神奇了，不用说话，一按电钮就可以将要说的话传给远方的人，太神奇了！这是她生活的那三十年里所没有见过的，也不敢想的东西。更让母亲忘不掉的是当年邮局的那个发电报的人，母亲说他像黄世仁，一是长得太像黄世仁，二是他收费时更像黄世仁，一张纸，四个字，就花了她一大筐鸡蛋的钱。那个物资匮乏的年代，也难怪母亲抱怨。

父亲把这张电报保存起来，因为这是他在新中国成立后的三十年里收到的第一封电报，高兴得逢人便说，这个儿子长大后一定会有出息。

电报，在那个通信完全靠"吼"的年代，可算是很先进的通信工具了，一般的人根本想也不敢想，何况去用。虽然自己勤奋地生长了三十多年，到现在也没像父亲预料的那样，憋出一个什么出息来。但在那个年代，自己能享受这样高规格的待遇，知足了，就像母亲当时说的那样，我是当时那个村子里第一个用电线传出去的人。荣幸啊！通信就这样轰轰烈烈地走进了我们的生活。

那时，交通还很不方便，父亲只要去上班，便音信全无。由于路途遥远，也为了省开支，父亲每月只能探家一次。为了多和家人待一天，父亲会在下

班后，坐上三四个小时的班车，然后步行十几里回家，到家时往往都是半夜三更了。

现在野生动物需要人类保护，在那个年代，野生的动物太多，人需要保护。我们家距县城有一个很深的山沟，为了不让父亲走夜路感到孤单和害怕，我们姐弟三个和母亲一起到山沟的这一边去接父亲，打着灯笼向着父亲回来的方向喊话，虽然会喊得口干舌燥，但那份亲情是那样的纯正和浓郁。直到现在，那些满怀亲情的呼唤和温暖的灯火，始终是身居大都市的家人们心头最温暖、最柔软的部分。

那年大队要接进来一部电话，全村老幼齐上阵，挖大坑，埋杆子，架电线，忙忙碌碌，热火朝天。呵呵，真有点儿当年地雷战的味道。

母亲不以为然地说："两根破铁丝，能倒腾出个什么动静来。"

等到通电话的日子，人们跟看猴戏一样，把大队围个水泄不通。接电话的人摇着电话机，"喂喂"了半天，让村里的老人也听一听。这一听，差点儿把老人给吓傻了，撂下听筒就跑，说那个电话里面藏着个女人，还在说话。

这是最早的手摇式电话。在那个时代，只有大队的干部才能使用。于是，队长视它如命根子一样，把电话锁到箱子里面，还专门派了一个民兵值班守着电话。

时代变了，人民公社改成乡了，大队变成了村，我也正儿八经地成了学生。当年同桌的父亲是乡长，终于有机会去了一次乡长的办公室，那可是当年去过的最高领导的办公室了。桌上放了一个黝黑发亮的电话，比村里的那个手摇式电话高级多了，没有摇把，是一部漂亮的轮盘式电话。

偷偷地跑过去，摸摸那部电话，拿起话筒放到耳边，听听那"嘟嘟嘟"的声音，哎，那个美呀！痛下决心，一定要好好学习，到时候桌上也放个和乡长一模一样的电话。

虽然现在桌上也放了两部电话，口袋里装着手机，却怎么也找不到当年的那种味道，没有半点儿当年的成就感，倒有一种守电话的感觉，哎，郁闷！

那时全乡也就只有几部电话，基本上都是政府专用，和老百姓没多大关联。一是没有钱，二是也没地方打，也没地方接。也难怪我有那样一个宏伟的理想。

当年邮差的地位很高，书信是很时髦的通信形式，几分钱便可以写很多东西，不像电报那样寥寥数语，惜墨如金，也不像电话那样遥不可及。于是每次都写好多字给父亲，好像生怕吃亏了似的。唯一的缺点就是太慢，一封信从寄出到收到信，至少需要半个月，甚至会耽误很多事情，但每次寄出信时的那份期盼和收到信时的喜悦，到现在都是难以忘怀的。

上了中学，到县里读书，短短几年，县城里已有很多固定电话，邮局里也是排着长队等着打电话的人，固定电话就这样走进了人民的生活。

高中时，哥哥从西安回来，带回了BP机。没有电线，无论身在何处，都可以收到对方的问候和留言，比固定电话方便多了。在当年通信生活刚刚复苏的年代，一部BP机，可比现在数千元的手机出彩多了。

死缠硬磨地向哥哥借用一天，过一把当老板的瘾。拿到学校去显摆，可待了半天，愣是没人呼我，只好跑到厕所里，调个闹铃，然后跑的班里，BP机一响，那个自豪啊！同学们那个羡慕啊！虽然充满稚气，但那份对新事物的渴望和追求，就像刚刚发生过的一样。

高中那年，姐姐单位领导每人配备了一部对讲机，像砖头一样大，很沉，不像BP机，一传呼，就要满世界寻找电话，比起BP机来更加方便快捷。于是为了体验看不到人可以听到声音的效果，我愣是跑出去二三里，声音没有听到多少，累了一头汗，不但出了信号范围，还把机子耗得没电了。

于是，新的目标也与时俱进地出现了，拥有一部更好的对讲机和BP机。可当我的这个愿望还没有实现时，却发现满街的保安和交警每个人腰里都挂着一个。呵呵，还是算了，一个新的目标便迅速流产了。

"BP机、手机一个都不能少。"上了大学后，到处都是这句广告词。大都市里面那些膀大腰圆的商人们好像一夜间都有了BP机、大哥大，一头卷发，一副墨镜，虽然那个派头很酷，但咋看咋都不像好人。

大学毕业后的十来年里，电话、手机、电脑网络换了一茬又一茬，自己都数不清了。此刻，和家人遥距千里，却可以语音对话、网络视频，亲人们如在身边，随时随地都能看到，免去了昔日的舟车劳顿。方便的通信，真真切切地改变着我们的生活。

短短的几十年，弹指一挥间，当年的那纸电报、那部手摇电话、那部比砖块还要笨重的对讲机、那部可爱的BP机，到今天连六岁的女儿和六十岁的母亲

都在使用的手机、QQ、MSN 和 E-mail，这些曾经新奇的东西一路走来，和我们的生活一起发生着翻天覆地的变化。

（原载 2009 年 10 月 1 日《伊犁晚报》）

房子 房子

人近中年，虽说没有多少雄厚的资本，没有权高位重的职位，事业上也没有多少"丰功伟绩"，但日子过得还算充实。

安居才能乐业。为了家人过得更好一些，作为儿子、女婿和父亲的我，不得不和买房子这件事耗上了。通过十几年的奋斗和积累，我买下大大小小三套房，总算使老人们都有了房子，自己也住进了宽敞的楼房。想到今后不用再为买房操心，我不由得长长地松了一口气。

树欲静而风不止。平静的生活因为团场楼房改造再一次被搅动起来，买房子这件事情也再一次被提上了日程。团场集资房的条件优厚，惠及广大职工群众，人们买房的热情被激发起来。

妻子直接报了名，原因非常简单，一是我们从来没有享受过房改红利，二是岳父岳母的房子过于陈旧和狭小。虽说他们每年只是回来小住几天，但做儿女的还是觉得应该给他们一个更舒适的居住环境。然而没想到的是，一辈子从来没有享受过房改红利的岳父岳母也顺利拿到了购房指标，可以享受房改补贴。这一来，家里一下要买两套房子。然而，我们毕竟是工薪阶层，没必要为了房子而让自己有太大压力。我悄悄和妻子商量，考虑放弃一套房子。

当年没有房子，买房时苦于手头拮据，无力购买好房子。此刻有房子住了，却又有了更多的购房优惠政策，真是造化弄人。

轻言放弃也需要有一定的勇气。

妻子很不愿放弃，我们商量许久才制定了一个看起来非常合理的方案：如果能分到好楼层、好方位就买，否则放弃。其实我心里明白，抽签顺利地抽到二楼而且在一个好位置上，这样的概率太小了，但毕竟我们可以为放弃一套房子而找到一个合适的理由。

购房的人太多，大家购房的目标基本都相同：好楼层，好地盘。排队抽签决定楼层，听从运气安排，这样似乎非常合理，大家都愿意接受。抽签那天，

只见队伍的前面一会儿欢呼雀跃，一会儿捶胸顿足，好不热闹。我站在人群中，回头看着长长的购房队伍，忽然有种奇怪的感觉：自己就像是一条沙丁鱼，裹在人群中亦步亦趋。

　　站在号码箱面前，心情很复杂，说实话，能不能抓到好房子对我而言已经无所谓。我很紧张地打开字条，周围一片喝彩——两个好签，我却像泄了气的皮球：唉，又要买两套房！

（原载2012年7月11日《兵团日报》，

2012年7月13日《新疆北屯报》转载）

逆风而行

"爸爸要按时吃药，不用管我，我好着呢……"翻阅手机，有一次听到了女儿的留言。去年疫情期间，途经自己居住的小区，与十几天未见的女儿隔栏相望，她站在小院的石凳子上，向着大门外使劲招手。

疫情时候，这样的场景本已经司空见惯，应该是见怪不怪了，然而这样的场景却每一次都能戳中心中最柔软的地方。

相较2020年春节，现在的防疫方式更加科学，这场没有硝烟的战争，医务工作者身处正面战场，即使再柔弱的身躯也要奋勇向前，组建起保护人民生命健康的第一屏障。和往年一样，辞旧迎新、万家灯火的除夕夜，我依然作为单位值班人员坚守在岗位上，妻子在女儿的睡梦中奔赴防疫一线。两天后，全国摁下了暂停键。

大年初五，民间俗称"破五"，这一天，是百姓迎接财神、去除"穷气"的日子，也是上班族年假的最后狂欢。往年的这一天到处都是爆竹声声，街道熙熙攘攘，而那一年城市的寂静让人后背发凉。

伊犁的冬日冰天雪地，零下20多摄氏度的气温稀松平常，作为志愿者，我们为居民买菜送水，搬运物资，身着厚重的棉大衣，身体在大汗淋漓和瑟瑟发抖之间频繁切换。由于物资短缺，为把防疫物资送给最需要的人，几天才能更换一次防疫装备是常有的事情。一双手套，一只口罩便是我抗击疫情的全部装备。其实大家都知道病毒严酷，知道自己面临的风险，但大家都无怨无悔地咬牙坚持着。

疫情越来越严重，单位防疫工作开始吃紧，我必须到一线去组建一支防疫队伍，保障师生安全。在属地社区领导的协调下，我一人一包一单车，向着单位进发。平日十几分钟的路程，那天我却绕行了近一个小时。三九寒天，零下20摄氏度的气温里，我的内衣能拧出汗水。就这样，一家三口，三人三地，女儿开始了自己的一人居家生活。

妻子的家国情怀是刻在骨子里的，她遗传了军人的刚毅和关中女人的贤惠。离家前彻夜给女儿蒸馒头，包饺子，储备物资，教授女儿独自居家的生活技能。

女儿性格外向，却很怕黑，只要一个人在家，她一定会开着灯睡觉。不出意外，居家数日，卧室的灯都被烧坏了，于是经常会在夜深人静的时候接到女儿的电话，她半夜醒来需要大人的声音给自己壮胆。每当这个时候我都会为把女儿单独留在家而愧疚，彻夜难眠。

作为普通人，虽然做不出什么惊天动地的大事，但不添乱，不拖防疫工作后腿是基本原则，每一通电话里我们都鼓励孩子克服困难，咬牙坚持。于是客厅里常开着的电视成了孩子的唯一陪伴，她没有麻烦任何人。

疫情是残酷的，社会是温暖的，当邻居得知孩子的情况后，每天都会把各种食物和饭菜送到家门口。说实话直到现在我都不能全部知道他们是谁，但他们的爱心却一直鼓励我们一家人多行善事，急人所难。

疫情之后的自由显得异常珍贵，延迟了半年的苏州之行也终于成行，回到伊犁已是春暖花开。去4S店更换轮胎，却被一只蓄谋已久的小奶狗碰瓷，一团毛线滚到脚面，憨憨萌萌的样子能治愈疫情留下的所有阴影。小奶狗钻进我换下的轮胎里再也不出来，即使我把轮胎搬到车子上，小家伙也坚决不出来。店老板劝我领养，说这只狗与我有缘，与我的轮胎有缘。于是这只雌性小柴犬便有了一个响亮的名字：轮胎。

一朝被蛇咬，十年怕井绳。诚然，领养"轮胎"也是为疫情的再次袭来提早准备，最起码给孩子找个陪伴。然而当疫情再次来临时，"轮胎"却成了我的牵挂。

人到中年，上有老，下有小，深夜的电话总是让人心惊肉跳。2021年十一国庆刚过，深夜一通紧急电话，我和妻子需连夜赶往各自工作岗位，女儿滞留在了学校，本来是陪伴女儿的"轮胎"这次却让我犯了难。在邻居投食半月后，我不得不让志愿者剪断轮胎的项圈，让它自我觅食，最起码可以保全一条生命。

更多的时候，我们最想挣脱的束缚恰恰是我们离不开的，一如"轮胎"的境遇。少了项圈和绳子的束缚，它开始焦虑无所适从，每天趴在楼下妻子的电瓶车上，从未走远。

连日熬夜加上饮食不规律，肾结石发作而无法治疗，虽然每天被疼痛折磨得坐立不安，大汗淋漓。朋友发来"轮胎"瘦骨嶙峋、眼神幽怨的照片时，我身心俱疼，努力工作期待疫情早日离去。

疫情过后，深夜回家，"轮胎"从电瓶车的踏板上一跃而下，冲我飞奔而来，它消瘦的身躯撞得我的膝盖生疼。虽说家里绿植都已枯死，花园里荒草丛生，满目萧条，但回家亲人团聚的喜悦冲淡了所有阴霾。

有敬畏之心才可能与自然和谐相处，才可能被生活温柔以待，每一次的苦难都不会白费，它在唤醒良知，自我修正。

2022年夏天，无疑是近三年伊犁旅游业最火爆的一个夏天，身处伊犁，热点景区套票也经常是一票难求。整个夏天都是熙熙攘攘，热闹繁华。然而，当旅游正酣的时候，疫情又一次不期而至，不请自来。

然而这一次大家都变得沉着冷静，有条不紊。女儿与隔离点的妈妈打着视频电话，慢条斯理地给我整理行李，而我在尽其所能地为孩子准备必要居家物资。女儿和"轮胎"把我送出小院，那一次我没有回头，毕竟孩子需要长大，我们都需要有逆风而行的动力和能力。

女儿和她的小黑鱼

"爸爸，小黑鱼不见了……"到师部学习的一个星期里，这已是女儿第五个电话了。和往日似乎有所不同，虽说这也不是多大的事情，但孩子无助的声音竟使我莫名地不安。

女儿三岁生日那天，妻子为她买了几条小金鱼。因为女儿的天真可人，临走时，卖鱼的老人又送了她一条快要生小鱼的黑色母鱼，一袭黑色在清一色的小金鱼中格外醒目。女儿对它们可算是关爱有加，喂食、换水、换气，她都主动帮忙和提醒我们。看着她忙忙碌碌的可爱样子，我和妻子都有说不出的高兴，起码孩子学会了主动去做简单的事情。

一天，女儿大声说："妈妈，你们别说话，黑鱼睡着了。"

黑鱼像一颗圆圆的花生一样漂浮在水面上，已奄奄一息。

"它不会醒来了。"沉默良久，我不得不告诉孩子，黑鱼妈妈因难产将死的事实。孩子哭着让我们去救救那条黑鱼，可我们又能怎样呢？这就是生命的残酷，当一个生命快要走到尽头的时候，我们只能眼睁睁地看着它离去，却无能为力。这是女儿来到这个世界上第一次面临的心理挑战，她伤心地哭了。此刻一切劝慰都显得那样的多余，我知道，孩子需要自我宣泄。

过了一会儿，女儿平静了许多，她满脸泪痕地问了我们关于妈妈、孩子、出生、死亡的许多事情。我讲了很多，也无法知道女儿听懂了多少。但作为父亲，此刻我必须讲给她，起码让孩子知道生命的起源和母爱的伟大。

女儿沉默许久，若有所思地对着妻子说了声："妈妈，谢谢你！"我们虽不能准确地明白女儿意指何事，但妻子已激动得泪眼盈眶，因为这是孩子第一次有所感悟地说"谢谢"。

我们开始给鱼缸换水，冲洗女儿从海边捡回来的珊瑚和贝壳。

"耶！小黑鱼。"女儿喊的这一嗓子差点儿让我将鱼缸丢到地上。

"黑鱼妈妈的生命还在延续耶！"一条小小的、米粒大小的小黑鱼惊恐地在水中蹿动，我们都激动得手舞足蹈。

因为没有了鱼妈妈的呵护，没有同伴的簇拥，面对几条成年鱼的虎视眈眈，小黑鱼整日里躲在贝壳和鱼草的下面，不敢出来。女儿要求我们将小黑鱼分开来养，于是我们告诉她群体生活对一个弱小生命的重要性。小黑鱼必须学会保护自己，离开群体，单个去养，小黑鱼反而容易死亡。

女儿每次都能准确地找到小黑鱼的位置，给它足够多的饵料，我知道她是怕小鱼儿饿着。我们没有干涉女儿爱护小鱼的任何举动，以至于原先一周换一次水，到最后两三天换一次水，才能保证鱼缸的清洁。我们彼此都在用行动影响着对方。

记得女儿两岁时，有一次我接她回家，她在前面蹦蹦跳跳地踩着蚂蚁玩。

我问她为什么要踩死它们。她告诉我："小朋友们都那样玩。"我从事教育工作，独生子女亲情的迷失、对生命的漠视以及孤僻的性格和行为，我早已见怪不怪。

相比女儿今天的变化，我们备感欣慰。

小黑鱼长得很快，渐渐可以游到水面上了。从被大鱼驱赶到后来的一起追逐嬉戏，并可以跃出水面，小黑鱼的每个动作都会让女儿银铃般的笑声响彻整个房间，它成了女儿的快乐天使。

每次下班回来，女儿都会如数家珍地向我们汇报小黑鱼的情况和自己的一些稀奇古怪的想法，我们也感受着小黑鱼带给女儿的快乐。

美国作家海伦·凯勒说过："我发现生活是令人激动的事情，尤其是为别人活着时。"从自己当父亲的第一天起，我似乎已淡忘了自己的呼吸和心跳，淡漠了许多浮华与追求，幸福着和家人的每一天。

接到女儿的电话，她着急地告诉我小黑鱼不见了，我安慰她说，小黑鱼在和她捉迷藏，爸爸回来的时候，小黑鱼就出来了。

下午急匆匆赶回家，看着孩子焦急失落的样子，真的于心不忍。一家人翻遍了鱼缸里所有的贝壳、珊瑚和鱼草，仔细探查着鱼缸的里里外外。小黑鱼是从鱼缸里蹦出来了？是被窗外飞来的鸟儿衔走了？还是沿着排水管已经出游

了？总之，小黑鱼像蒸发了一样，不知所踪。

这次，女儿没有哭闹，但我可以感觉到孩子眼中的泪水。我知道，因为黑鱼妈妈的死去、小黑鱼的失踪，这一连串的经历让女儿成长了许多，学会了许多，懂事了许多。

（原载2012年8月1日《兵团日报》）

 **女儿的小拇指**

去幼儿园接女儿回家，她两手放在口袋里，眼神怯怯的，安静地走在我身后。女儿个性活泼，这样淑女的情形实在少见。我能感觉到她有不开心的事情要告诉我。

"面对错误，承担责任。"这是我和女儿从小的约定。平日忙于工作，难免会有答应女儿却没有做到的事情，结果可想而知，要么主动请罪，要么给她讲故事做游戏什么的，直到她满意为止。女儿如果犯了错误，没有遵守约定，就必须以自己的方式接受"惩戒"，承担责任。

和往常一样，我开始坐在电脑前赶写材料。

按常规，女儿回家的第一件事应该是进书房完成作业，可这次女儿却没有，余光中，女儿立在书房的门口偷偷地看着我的背影。

"爸——爸，对不起。"磨蹭了十几分钟，女儿总算走了进来，拽着我的衣角，怯怯地说。

"小拇指破了。"女儿把手指头藏在身后，眼泪在眼眶里打转。

女儿的小拇指红红的、肿肿的，像一粒花生，是明显的外伤，我的心里咯噔一下。

"老师用小棒子打的。"女儿一脸委屈的样子，总算说出了缘由。

女儿活泼好动，课堂上不好好听讲，在警告无效后的情况下，老师对她进行惩戒，失手伤到了女儿的指头。女儿的老师也打来了电话，十分歉疚地说明事情的经过，这反而使我很不安。

女儿的老师是一位非常优秀的老师，我深信她不会无故惩戒孩子。作为教师，我能够理解那种恨铁不成钢的心情。

记得当年上初中那会儿，非常羡慕我们班的一个学生，他叫天佑。好像真的有天保佑一样，只要天佑和同学发生矛盾，哪怕是一丁点儿，我们都会看到天佑的父母，冲到学校里不依不饶的样子。当年在全班的同学中，天佑的零花

钱总是最多，学校里也没有人敢惹他。现在想来这是一种泛滥的爱。

虽然任何活动中都能看到天佑父母忙碌可怜的身影，但天佑的学习却越来越差，性格偏激霸道，逃学、打架、欺负同学、和老师干架等，无所不能。一次，天佑又把一个女生的脸打破了，按照学校规定，天佑必须作出书面检查，而天佑却在班会课上公然和老师顶嘴。几年来的恶行积攒在一起，终于激怒了班主任老师，一记耳光落到了天佑的脸上，全班学生掌声一片。

这件事的发展是我们没有想到的，天佑的全家人上下总动员，在校园里面叫嚣了几天。

这件事最终怎么处理的，我们无从得知。

"爸爸，天佑现在怎么样了？"故事还没有讲完，女儿便急切地问。

"还在监狱，当年他入室抢劫、伤人，做了很多坏事，爸爸上大学的时候，天佑就被判了刑，这是他必须承担的后果。"

"主动对自己的行为负责，这是一种美德，是我们每个人都要做到的，而且要去做好的事情。"看着女儿若有所思的样子，真不知道小小的她能听懂多少。

"爸爸，我的指头破了，不怪老师，是我没有好好听老师的话，明天我一定要好好学习。"女儿脸上的委屈早已烟消云散，将那个红扑扑的小拇指竖得老高，蹦跳着跑出了书房。

（原载2011年1月14日《伊犁垦区报》）

# 想陪孩子过"六一"

　　主持人递过话筒，悄悄地告诉我，这是"六一"前的最后一次国旗下讲话。才忽然想起，又快到六一儿童节了，应该给孩子们说点祝福的话。

　　说实话，在儿时记忆里，"六一"这个词显得格外喜庆，和新年、假期一样让人向往和期盼。

　　盼过年，因为不管期末的成绩考得怎么样，只要过年就会理所应当的，没有任何附带条件地换上新衣服，收压岁钱，可以无所顾忌地大吃特吃一年都难得一见的美味和零食……

　　盼"六一"，因为这一天，孩子才可能成为主角；可以佩戴崭新的红领巾；可以不用去理会那些永远也写不完的作业；可以在主席台上表演自己的节目，让成年人来做观众。说实话，那个年龄，想想这些美事都觉得过瘾。

　　于是，过完新年就开始盼望"六一"，过完"六一"就开始盼望过年，日子就这样在无限的期待和向往中度过。对于成年人来讲，能拥有这样充满希望的心情该是多么美好的一件事。然而，随着岁月的流逝，"六一"、过年这些跳跃着快乐的字眼却在不知不觉中被淡忘，甚至需要旁人提醒才能想起。

　　"六一"的祝福，师生们都给予了热烈的掌声。女儿就站在队列的最前面，我看到孩子眼中流动的快乐。

　　队伍解散后，女儿像小鸟一样蹦蹦跳跳地来到我的面前，问我今年能不能陪她一起过"六一"，因为她是他们班级合唱的指挥，女儿希望我给她鼓励加油。作为父亲，陪孩子过节理所应当，但作为教师，陪孩子们一起过节更为重要。孩子一脸渴望，我却无法回答，因为我也不知道自己的承诺是否可以实现。

　　记得女儿上幼儿园的那阵子，学校每年"六一"都会组织很多趣味活动和才艺表演，要求家长参与。别人家的孩子都是爷爷奶奶、外公外婆全家总动员陪孩子过"六一"，而女儿总是形单影只，我能想象到女儿孤单落寞的心情。和大多数老师一样，"六一"这一天有更多的孩子需要老师一起陪伴。每当参加完

学校的"六一"活动，赶到孩子学校，面对人去楼空、一片寂静的操场，总感觉有几分失落和愧疚。于是时常安慰自己，等到孩子上了自己的学校，就可以陪着孩子过"六一"了，这样去想，总算还能有一丝安慰。

孩子上了一年级，我却被派到南方挂职学习。"六一"那天接到了父亲的电话，祝我儿童节快乐，并问我打算怎么过。一句话我竟然嗓子紧紧的，说不出来话。父亲中风后，思维和语言受到了很大的影响，眼前的事情过目就忘，但那些久远的往事，父亲却是清晰可见。可怜天下父母心，就算是孩子已近中年，在父亲的心中儿子无论长多大都拥有一个儿童节。

和父亲聊了很久，父亲的思路才慢慢地清晰起来，一再地告诉我，要让我多陪陪孩子，陪孩子过好"六一"，不要让孩子感到孤独，少些缺憾。

父亲是一位倔强的关中汉子，为了养家糊口，在外奔波劳碌大半生，在我的印象中，父亲总是有忙不完的工作，总是有加不完的班。那个时候交通不便，加之路途遥远，父亲很少回家，我们父子在一起相处的时间加起来也不会超过一年，于是彼此少些亲切，多了几许敬畏与陌生。如今，父亲老了，疾病蚕食着他的记忆，甚至都忘记了自己的年龄，但他却清晰地记着他的儿子还有一个儿童节。

2010年"六一"，女儿要加入少年先锋队，并要表演节目，于是决心一定要陪女儿过节。然而，很多事情就是这样不能随愿，"六一"那天，正值高三学生高考前的最后一次心理辅导和考前动员，为孩子壮行，加油打气，我义不容辞。然而等我再次回到"六一"活动现场时，所有的节目已经表演结束，入队仪式也快接近尾声，女儿站在队列里，戴着红领巾，高高地行着队礼，看着她自豪的样子，我很欣慰。

一个在台上，一个在队伍中间，就这样陪女儿过了一个儿童节。这也是女儿至今唯一的有我陪伴的儿童节。

孩子一脸渴望，我深深地点头：如果有时间，爸爸一定陪你过"六一"。

（原载2013年5月30日《伊犁日报》）

奶疙瘩

记得当年大学毕业，初到新疆，走在这别具民族风情的大街上，那种初踏社会的新奇和憧憬难以言表。奶疙瘩便是这个时候闯进我的生活的。

几个陕西愣娃被这形似糕点、一袭白衣的小东西吸引了过去，当时的确不知道它是什么东西。

当我们还在煞有介事地研究它是什么的时候，幽默的维吾尔族小伙子便冲着我喊："哎，老板，别这个样子嘛，再这样看下去，它们都不好意思了。买点儿吧，老板。"几句英语式的汉语差点儿没让几个女孩子笑得背过气去。幽默帅气的维吾尔族小伙子几下便把我们"忽悠"了，愣是让我们每人买了一包所谓的"库鲁特"，准备带回宾馆探其究竟，享受一下这所谓的"天下美食"。

漫步在伊犁街上，忽然听到前面女同学咋咋呼呼地喊："来人哪！有贼偷包啦！"天赐良机，男生们便呼啦啦地冲过去，准备英雄救美，说不定还会因此博得哪位美女的芳心。毕竟全国人民都在脱贫了，我们也要"脱光"呀——摆脱光棍生活。

然而，事与愿违，等我们冲到跟前，却发现那个偷钱的家伙竟然抱着头蹲在地上，痛得嘴里嗷嗷直叫。一位女同学则在一旁惊恐地说："我只是用装库鲁特的袋子朝他的头摔了下，没承想这家伙竟然不经打。真的，我不是故意的。"

"哈哈！这玩意儿真是神了，可以当武器，还可以防身耶！"女同学语气夸张的心得差点儿让几位男生笑晕过去。这之后我一看到不务正业和游手好闲的家伙，就会不由自主地想起那位可爱的女生和奶疙瘩。

回到宾馆，几个人围到一起开始研究怎么把它吃掉，坚硬的外壳差点没把牙齿崩掉，对这些小小的奶疙瘩真有点"老虎吃天，不知从何下口"。一位女同学说："应该是像核桃一样砸开了，吃里面瓤吧！"真是一语惊醒梦中人，男孩子们便七手八脚开始砸，差点儿把地板砸穿了，服务员跑来，还以为我们在聚众干什么坏事。折腾了半天终于弄开了一个，将一小块含在嘴里，依然是那样

的坚硬，那奇异的味道，就像第一次品茶，第一次喝咖啡，使初来乍到的我们无福消受。忽然间为那个小偷庆幸，多亏是女同学用"库鲁特"打他的头，要是换了我，说不准那家伙的脑袋会怎样呢，毕竟"库鲁特"太硬了。就这样，"库鲁特"轰轰烈烈、热热闹闹地走进了我的生活。

虽然没能英雄救美，也没有赢得哪位美女的芳心，但怎么都不会想到，奶疙瘩最终成就了我的一份甜蜜爱情。记得刚和妻子认识不久，爱慕之心便已蠢蠢欲动。运用战略战术，时刻牢记"农村包围城市"的革命策略，必须赢得妻子周围人的喜欢。老岳父是在牧区离休的老干部，和牧区有着不解之缘。于是，我每次出差或外出采风，绝对不忘带回牧区纯正的奶疙瘩、马奶子和酥油等好吃的来孝敬老人家，贿赂妻子的闺室密友。天道酬勤，加之自己天生俊朗，心地善良，又德才兼备（呵呵，有点儿脸红）。最后，还是应验了那句老话，"老岳母看女婿，越看越顺眼"，让我顺理成章地收获了美丽的爱情。同时，也不知不觉地爱上了这个曾让我不知所措的奶疙瘩。

常年的食堂吃饭，胃难免会不舒服，这两年明显好多了，也许是妻子的饭菜格外爽口，或许是因为经常食用奶疙瘩，我宁愿两者都有，起码"库鲁特"像妻子可口的饭菜一样适合我的胃口。于是，我便把这奇异的奶疙瘩介绍给内地的很多朋友，并不忘记逢年过节的时候，寄一点儿给他们，让他们去体验，去品尝这来自大草原的馈赠。虽然生活中会有很多幸福和欢乐，但这名叫"库鲁特"的小食品会使这份幸福和欢乐更加丰富多彩。

人生总有第一次喝酒、第一次品茶、第一次喝咖啡、第一次吃奶疙瘩，还有很多第一次，只要努力了，总会先苦后甜，这让我至今难忘，受益匪浅。

感谢这来自大草原的馈赠——奶疙瘩。

（原载2012年3月2日《伊犁广播电视报》）

有爱有希望

"为什么我们总是被这样的画面、被这样的声音所感动，为什么我们看着看着就会眼含热泪，因为我们爱这个城市……"央视主持人赵普哽咽着，说不下去了。此刻，电视机前的妻子、孩子也泣不成声，我也是满含热泪。

天地不仁，秀丽的四川汶川瞬间生死两重天，无数鲜活的生命转瞬即逝。地震灾区牵动人心，全国动容。以前从来不喜欢看新闻的妻子和孩子，在灾后的几天里，每天定时定点地将节目锁定在灾区，忧心忡忡地守候在电视机前，直至深夜。

眼看着灾区的严重情况而不能为灾区贡献自己的微薄之力，很是着急。作为一名教育战线上的心理辅导员，我更能够理解那些受灾的人们，看到美丽的家园瞬间坍塌，挚爱的亲人被深埋废墟时的绝望；能够想象灾难发生时那种恐慌与不知所措……于是，白天我利用一切机会在学校组织活动，教育学生，让这些幸运的孩子们更加珍惜现在，更加彼此关爱，憧憬未来。晚上我积极响应网络上自发组织的爱心咨询和辅导，利用自己的博客，在相关网站上发帖动员，或在线辅导，希望尽自己所能对那些因地震受到创伤的心灵进行必要的心理辅导。

终于盼到了妻子轮休，一家人驱车到血站为灾区献血，没想到采血点献血的人早已排成"长龙"等候在那里，真是一方有难、八方支援，这种场景怎能不让人感动。看着自己的血液一点一点地流进血袋，我的心也踏实了许多，毕竟自己也为灾区做了一件力所能及的事情。对我来讲虽然是件小事，但如果像温家宝总理倡导的那样——十三亿中国人民都行动起来，那就可以办天大的事。压着止血棉起身离座，却发现女儿也挽起袖子，甩着小拳头跃跃欲试，也争着献血。她的一连串动作引来了周围人的一片赞叹，可她毕竟太小了，不符合献血规定，何况医生也不忍心。护士小姐安慰着满脸委屈的女儿，女儿失望地朝我们走来。转身回头，我看见护士眼中满含着泪水。

回家的路上，同事告诉我，他们班的学生小梦虽然家里很穷，却将半个月的生活费捐给了灾区。当有人劝她少捐一点时，她却带着哭腔说："我每天一顿饭不吃，又饿不死，而灾区的孩子还在废墟中埋着，没了这顿饭他们可能就再也见不到父母了……"女同事还没叙述完就哽咽了。

看着这一切，我们还能有什么理由畏惧灾难。

有爱，才有希望！有爱，才有世界！有爱，才有未来。

（原载2008年8月10日《北疆晨报》）

遭遇"魔鬼"教练

因朋友再三邀请，不得不顺路去了一趟黄山。

多年未见，同窗的友情让黄山之行变得非常尽兴。坐在晃晃悠悠的缆车上，舒展着酸痛的双腿，这时一诺的电话铃声响了。

"真要命，单位有急事，要出差一天。明天你就自己开着我的车，去趟西递宏村，参观一下真正的徽派建筑，你一定喜欢。"朋友的声音中充满了歉意。人在职场，我能理解他的心情。

"没有驾照。"我不无遗憾地告诉一诺。

"啊，不会吧，你是火星人啊！哈哈！"一诺虽然只是一句玩笑话，却让我的自尊心一下跌入谷底，不是个滋味。于是痛下决心，报考驾驶执照。

还没有到家，办公室里热心的大姐已经为我办妥了一切报名手续。真是万事俱备，只欠东风。

负责我们的教练是一个又黑又壮的西北汉子，他的教学方法特别，语言犀利，态度严厉，特别是他训斥学员时的表情更为夸张。给人感觉他在调动全身上下的每一个细胞，铿锵有力，咄咄逼人，震得人耳膜嗡嗡作响，让人望而生畏。私下里大家戏称其为"魔鬼"教练。

虽说人生四十不学艺，但我对这次的学习还是没有太多的担心。说实话自己就是一个学习型的人，可谓久经沙场，而且场场都会有一个相对圆满的结果。然而，这次经历却让我大跌眼镜，自尊心和自信心跌倒了谷底。

倒库、侧方停车和移库，明明知道原理，可是方向、油门和离合就是不能做到协调配合，合格率低得可怜。

魔鬼教官的训练一视同仁，不管你是权高位重，或是财大气粗，在训练场上，都必须服从他的管理。说实话，在这里，他就是老大，除非你想另择他师。

学员们常常被他训得面红耳赤，甚至落下眼泪。这个时候，我恨不得找个地缝钻进去，毕竟自己也有同样的错误。此刻，大家最大的希望，就是教练离

开一会儿，好让训练轻松一些。

哪儿错了，立即下车，就地学习，观看其他学员的操作，这是他的规矩。一次，在公路上练车，我因为一个始终不能改正的驾驶习惯，终于激怒了他，一脚刹车，我被罚下车。

当我们已经习惯了不被人训斥的日子时，做到换位思考、理解对方，真的很难。虽说自己从事教育和管理工作多年，理论上应该能够理解教练的做法，但我还是愤懑地摔上车门，扬长而去。低着头行走在铺满落叶的团场公路上，两边的白杨树显得格外高大，挤压着本来就狭窄的公路，夕阳西下，这样的情景越发使人感到无助和彷徨，甚至力不从心。这样受挫的感觉多年来已经很少有了。

剩下半个月考试，白天上班，下班后练车，每天基本上都要熬到晚上12点。在训练场上，学员们经常被教官训得灰头土脸，自己也为这样的学习状态感到不快，甚至心存抱怨。于是盼着快点考试，快点结束。

整整四天炼狱般的考试后，几百名学员瑟瑟发抖地站在风雪中，双脚都冻得麻木了，但看着其他学校的学员一个接一个地被淘汰下来，而我们这群饱受"折磨"的学员却一个个过五关，斩六将，捷报频传，以非常高的比例过关时，心中有些释然。

一瞬间，对"魔鬼"教练的抱怨少了很多，代替这种感觉的竟有些许感激。如果没有这十几天的严格集训，如果没有教练几近粗暴的磨炼，哪能有今天这样好的成绩？毕竟司机是一个危险的事业，要为他人和自己的生命负责。

如今每当开上爱车，一家人享受驾车带来的这份快乐时，总会时不时地想起那段如老酒般陈香的学车往事，想起那些曾经一起"受苦受难"、如今还在相互挂念的兄弟姐妹，想起那位曾经让人很不轻松、如今却感到非常可爱的"魔鬼"教练。

（原载 2012 年 3 月 6 日《兵团日报》）

醇香
记忆

传统艺术的守护者

因为工作的需要，加之个人对乡村题材美术作品的喜爱，非常希望能够深刻理解中小学美术教材中《三月三》年画作品的创作背景，欣赏学习作者更多的美术作品，了解作者创作的心路历程，但一直未能如愿。

2021年4月，我到苏州出差，接到了人民艺术创作院李爱甫书记的电话，探讨散文《有酒有朋友》的创作心得时得知：他与《三月三》作者李洪修先生竟是多年老友。于是，有了李爱甫书记引荐，才有了这次我与李洪修先生近距离学习的机会。

李洪修，中国美术家协会会员，国家一级美术师，山东艺术学院和山东管理学院客座教授，山东艺术学院硕士生导师。数件作品入选第六、七、八、九、十二届全国美展，均获山东省一等奖。其中，《三月三》（合作）荣获第六届全国美展银奖、第三届年画评比二等奖，并被中国美术馆收藏；作品《老哥俩》《富贵在勤》《热炕头》《办年》等在《中国画报》上发表，并被选送出国展览。出版有《吉神》《财神》《年度水墨》《人民艺术——李洪修画集》等，另有合集多部。

虽说从事文字和教育工作多年，也采访过不少人，但走近李洪修，我却有一种难以名状的惶恐和紧张。于是，便制作了一个详细的访谈清单，毕竟我面对的是一位德高望重、业务精湛，且仰慕已久的艺术家。

常言道：酒逢知己千杯少。李洪修先生的访谈就应着这个理。事实告诉我，我前期的担忧和制作的访谈清单都是多余的。听李先生讲年画、讲国画、讲艺术传承；聊文学创作、聊个人爱好。74岁的他精神矍铄，平易近人，语言精练，思想前卫新潮，观点新颖深刻。这是一次与大师的访谈，更是一次知识的更新和精神的洗礼。听智者教诲，与老友拉家常。完全没有名家高位的压迫感，倒是一见如故，虽然访谈超出了预约的时间，但我仍觉得意犹未尽。

兴趣是一个人学习工作的动机之一，它能调动起人做事的积极性，从而热衷于自己的事业，乐此不疲。李洪修从小热爱艺术，无论是在青岛冶金学校学习期间，还是毕业后下基层接受工人阶级再教育，他时刻都坚持着自己的兴趣，并在绘画方面崭露头角。1978年，李洪修被调入山东潍坊昌邑文化馆工作，后被推荐到山东艺术学院年画班进修。

成功不是偶然，而是努力后的必然。访谈中，李洪修给我描述了这样一个画面，那是他在山东艺术学院学习期间的一个五一劳动节，所有人都回家过节，享受难得的假期，李洪修却执意留下来，只为了临摹老师留在教室里的范画。他一个人在教学楼里通宵达旦地临摹范作，汲取养分，提升绘画能力。有人说狂欢是一群人的孤独，那么李洪修的孤独便是一个人的狂欢。月色皎洁，万籁俱寂，偌大的教学楼里，只有一束灯光，一位如痴如醉的求知者。这本身就是一幅优美绝伦的画作，也是李洪修勤奋好学、只争朝夕的人生常态。

在山东艺术学院进修期间，李洪修系统地学习了国画、剪纸、年画等十三门专业课程，为他后期创作奠定了坚实的艺术基础。像《三月三》《富贵在勤》《戏雏图》《热炕头》《乡韵》这样经典之作的诞生也就绝非偶然了。

"但凡有成就的艺术家都会有丰盈厚实的生活积淀和情感体验，如果没有这两点作为根基，再华丽的作品都是空中楼阁，难成大作。当下众多闭门造车、疏于创作、忙于走穴经营的流量画家，他们的艺术作品是浅薄的、浮夸的，是没有精神内涵和强大艺术生命力的，注定是昙花一现。文学创作也应该是这个理！"李洪修语重心长地勉励我。艺术源于生活，需要真真切切的生活积淀和情感共鸣，我和李洪修先生的观点高度契合。

为了佐证这一观点，李洪修给我讲述了年画《三月三》的创作过程。那是一个傍晚，平日里善于观察事物、捕捉素材的李洪修前往食堂就餐，途经一片果园，他发现一根电线杆横躺在路边，一个可爱的孩子踮着脚尖站在上面，夕阳余晖中他手握丝线，仰望天空。这个画面瞬间激发了李洪修的创作灵感，他疾步返回宿舍，起稿绘图，与同学臧恒望一起创作，几经修改，最终成就了《三月三》这幅经典之作。

年画《三月三》描绘了春回大地时一群欢快的孩子放风筝的情景。作品色彩浓烈，造型纯朴饱满，构图完整，角度独特，展现了孩子与风筝齐飞的动感韵律。作品以传统年画的线与色为基础，大胆创新，融合现代艺术的抽象美，

在表现形式、创作手法、色彩运用、题材内容方面都有较大突破，具有鲜明的创新性，开启了创作手法的新思路和新方向。《三月三》荣获第六届全国美展银奖，被南京造币厂和中国邮票公司选用并印制发行，国内几十家专业报刊相继发表推介，被多个版本的中小学美术教材选用。

说到李洪修在年画创作领域的成就，就不得不提到他创作的长幅画卷《迎亲图》了。此作品被邀参加上海吉尼斯评选并在台湾《中华美术》杂志上发表，在中国·潍坊民俗创意设计大赛上荣获唯一金奖。《迎亲图》长24米，宽1.35米，绘有近200个惟妙惟肖、形态各异的人物和蔚为壮观的送亲迎亲场景，生动逼真地展现了中国人在美好时刻的隆重仪式。可谓李洪修年画的巅峰之作。

相较于西洋画来说，中国画有着自己明显的特征。传统的中国画不讲焦点透视，不强调自然界对于物体的光色变化，不拘泥于物体外表的形似，而多强调抒发作者的主观情趣。中国画讲求"以形写神"，追求一种"妙在似与不似之间"的境界。

在造型方面擅长夸张、变形，在年画领域有很深造诣的李洪修，注定了在国画领域也有一片天地。他善于总结思考、提炼创新，在临摹和研究众多国画作品后，巧妙地将年画创作经验融入国画创作中，舍弃或者弱化与物象关联不大的部分，对体现物象本质特征的部分，采取夸张、变形的手法重点刻画，以朴素的夸张、古拙的造型且具有冲击力的表现方法，触及人性中的本我；在继承传统意象艺术美学思想的同时，糅入了现代造型观念和艺术构成，创作了很多具有鲜明个人特色的乡村题材的国画作品。

李洪修对写意国画的观察认识、形象塑造和表现手法更加深刻广泛，他以笔为媒，勾、皴、点、染，意、力、韵、趣挥洒自如，张弛有度，刚柔并济，力透纸背；他以纸为媒，因意成象，以象达意，人物、花鸟和山水跃然纸面，造型墨色气韵生动，富有温度和灵性。他借景抒情，托物言志，抒发自己对乡村沃野的朴素情感，创作出众多国画写意精品。

如《富贵在勤》国画系列，他大胆地采用平面构图法，给主题人物以足够的空间，整个画面看起来饱满而不压抑，人物与环境和谐相映，充分表达了勤劳生财的内涵，真实再现了中国传统田园生活。

《祖孙情》《黑山羊》《小木匠》《笑语金秋》《彩虹落乡间》《巧婆姨》《乡间

记忆》《忙秋的婆姨》等众多作品，都以描绘家乡老农和村妇日常劳作为主，生活场景居多。那些让人熟悉的场景，无不透出他们勤劳朴素的美德和面对美好生活的喜悦之情。笔法粗犷中有细腻，形似稚拙却又乖巧可爱。他的画作并不以高调图释生活，而是以凝练的笔墨再现生活，让朴素、善良、憨厚、勤劳的乡村人物形象跃然纸上，让人如沐乡风，再现了传统技法和乡村文化记忆，塑造了鲜明的个人绘画风格。

深入研究李洪修众多国画写意作品后，我忽然有种时空转换的错觉。虽置身闹市，却能嗅到雨后田园的芳香，那是一种通达的境界与专业素养的升华，是艺术美与人性美的结合，是天人合一的本我回归，是心灵的洗礼与净化。追根溯源，这一切的美好意境与李洪修早年在乡村生活、工作，以及和他的年画创作经历密不可分。他深厚的艺术造诣植根于中国传统艺术，植根于他的乡村记忆中。

图绘者，莫不明劝诫、著升沉，千载寂寥，披图可鉴。传统艺术虽说是现代艺术的活水源头，有着不竭的生命力，但如果固步自封，不发展创新，不与时代融合，就难以实现可持续发展，失去往日的光环。李洪修用心灵感受自然，靠艺术悟道人生，在创新中守护传统。老骥伏枥，孜孜不倦，道德长青，为后辈典范。

访谈结束月余，不敢动笔，只因为心怀一份敬仰和虔诚。如今写下这些文字，表达一份心情，终于可以释怀了。

（原载2021年6月23日《农民日报》）

一个英雄群体的共同记忆

2013年，为纪念四师六十六团建团60周年，团场举办了首届"感动团场十大人物"评选，离休干部、老兵闫欣秋和他当时已故17年的妻子——该团学校老校长闫秀珍同时入选，团场宣传科委托我撰写颁奖词。一位离世多年的老人依然受团场职工群众爱戴，并与丈夫一起成为"感动团场十大人物"之一，这在六十六团是绝无仅有的。因此，我查阅了众多资料，第一次深度接触《可克达拉之恋》的创作原型闫欣秋和闫秀珍老人，近距离触摸那段艰苦岁月中的英雄群体，不由得肃然起敬。

2015年冬天，闫欣秋老人在双腿有疾、行动不便的情况下，蹒跚来到学校找我，说要给我引荐一位知名作家，同时希望我提供帮助，召集一些曾经见证学校创建和发展的老人实地采访，为筹划中的《可克达拉之恋》小说搜集素材。

吴扬才，1963年入伍，1968年入越作战一年，1974年转业。湖南省作家协会会员，大学教授，曾在武陵大学和湖南大学执教，是《可克达拉之恋》的第一作者。

闫欣秋，1949年参军，后随王震将军进疆，1954年转业到五〇农场工作，即现在的六十六团，历任文化教员、政治干事、科长和团工会副主席等职，高级政工师，摄影师。曾荣获"兵团关心下一代先进个人""兵团屯垦戍边劳动者奖章"等多项荣誉称号，并两次进京参加表彰大会，受到国家领导人的接见，是《可克达拉之恋》的第二作者和小说主人公晏春秋的人物原型。

闫秀珍，1949年参军，西进途中"逃婚"回到太原女子师范求学，同闫欣秋鸿雁传书八年。1957年只身一人，长途跋涉，熬过了十多天的旅程，来到了当时还是苇湖碱滩的五〇农场。在简陋的地窝子里与闫欣秋结成连理，并以自己的聪明才华，在这片荒凉的土地上投身教育事业，是小说《可克达拉之恋》主人公严袖珍的人物原型。

为了不影响我们正常的工作，吴扬才和闫欣秋两位耄耋老人，到办公室、宿舍和教师家中，与大家聊往事，拉家常。提及老校长闫秀珍，大家啧啧称赞，对于她的优秀事迹如数家珍。有人还献出珍藏多年的照片和笔记，为《可克达拉之恋》的写作提供了大量珍贵的素材和背景资料，作为陪同者，我一次次被感动着。

人们常说："要作文，先做人；不做人，莫作文。"一个人如果没有正确的人生观和价值观，就缺乏分辨真善美与假恶丑的能力，就不能写出健康向上、反映新时代新风尚的作品。吴扬才、闫欣秋是那个伟大时代的亲历者和见证者，作为《可克达拉之恋》的作者和人物原型，必定使作品充满正能量和生命力，一部优秀作品的诞生便有了必然性。

"有一首动听的歌叫《草原之夜》，它诞生在可克达拉大草原，被誉为'东方小夜曲'；有一位英俊的小伙叫晏春秋，他见证了它的诞生，并在第一时间用琴声向远方传出了这天籁之音；有一位美貌的姑娘叫严袖珍，她被这天籁之音吸引，不畏艰辛千里迢迢来伴晏春秋的琴声。从此，二人尽情唱和，在这里'献了青春献终身，献了终身献子孙'。"2016年临近春节时，闫欣秋老人给我发来了《可克达拉之恋》的电子版初稿和小说的内容梗概。

当时我正在湖南出差，没有电脑，只能看着小小的手机屏先睹为快。因为是初稿，很多句子和故事还略带瑕疵，需要打磨，但作者的创作效率和文字功底让人敬佩。

2017年，《可克达拉之恋》在大雪纷飞的隆冬正式出炉，经过修改后的《可克达拉之恋》更加精美。小说以可克达拉的开发、建设为着眼点，讲述了男主人公从内地通过参军来到可克达拉，女主人公为了爱情，放弃了自己在内地的工作，追随男主人公来到可克达拉，和男主人公一起投身可克达拉的建设之中。不仅如此，他们的子女、好友以及好友的子女长大后也纷纷来到可克达拉，为可克达拉的发展、建设而贡献自己的智慧和青春。全书共八个章节，22万字，小说语言质朴，娓娓道来。作者惜墨如金，没有华丽的辞藻堆砌，而把更多的笔墨用在描写第一代兵团人仗剑扶犁、屯垦戍边的故事里，一字一句饱含着亲历者的真挚情感，传递着积极向上的正能量，让读者在阅读中产生共鸣。

从最初的电子稿，到现在第三稿出版印刷，小说《可克达拉之恋》我已读第三遍了，虽然每一次内容都有改变，但每一次读后的感动都是相同的。无论

是小说的作者还是小说中的主人公，他们都近在咫尺，立在纸面，让我有着神奇的穿越感。以至于在此后的每一次文学讲座中，我都会谈到这本书，给大家推荐这本书。除了作品的文学价值外，更重要的是小说承载的社会价值，作者以亲历者的身份，记录下关于那个时代英雄群体最鲜活的记忆。

　　一个没有精神世界的人是空虚苍白的，一个缺乏信仰和精神支撑的群体是涣散无力的。我们需要铭记兵团那些艰苦创业的光荣历史，需要传承兵团人积淀下来的、符合时代主流意识形态和价值体系的精神。在可克达拉市如火如荼发展的今天，《可克达拉之恋》的出版恰逢其时，它必将激励每一个读过这部小说的兵团建设者继承传统、开拓创新，把家乡建设得更加美丽。

（原载2018年8月8日《兵团日报》）

一个团队的荣光

有人说：教育的本质是一棵树摇动另一棵树，一朵云推动另一朵云，一个灵魂召唤另一个灵魂。那么，可克达拉市金山实验学校镇江援疆团队就是唤醒和激发学校师生潜能、推动学校发展的那棵伟岸的树、温润的云和富饶的灵魂。

"我们来自不同的学校和不同的岗位，却有着相同的梦想；我们为了共同的教育情怀走到了一起，组团式援疆；我们肩负政府和人民的重托，不忘初心、牢记使命；我们手握教育援疆的接力棒，信心百倍，豪情满怀；我们要让这里每一个梦想的火花绽放，让金山实验的教育枝繁叶茂，打造四师义务教育的金字招牌……"

2020年1月11日，在新疆兵团四师春节联欢晚会上，由可克达拉市金山实验学校援疆团队12名教师演绎的音诗画《可克达拉　我深情地拥抱你》赢得了台下观众经久不衰的掌声和欢呼声。作为金山实验学校的一员，我见证了这所学校的诞生和发展，见证了援疆的点点滴滴，我是亲历者，更是见证者，所以更加感同身受。

新年将至，可克达拉市的一草一木都充满着新年的味道，这场演出结束后，金山实验学校援疆团队的12名成员也要暂别，返回江苏镇江过年休整。一边是放不下的工作，一边是朝思暮想的家人，他们的心情是矛盾而复杂的。演出成功的喜悦夹杂着一年来的往事涌上心头，个中滋味一言难尽，镁光灯下，我能够看到演员脸颊上的泪花。

与其说《可克达拉　我深情地拥抱你》是一台春晚节目，更不如说这是金山实验学校组团式援疆阶段性成果的精彩汇报，热烈的掌声和欢呼声是当地干部群众对金山实验学校援疆成果的认可和褒奖。

2017年5月13日，可克达拉市金山实验学校开建，2019年8月20日完工，8月26日开学，是兵团第四师新建的一所九年一贯制学校。它地处可克达拉市主

城区，由江苏省镇江市对口援建，占地面积70亩，总建筑面积20772.7m²，项目总投资8432万元，其中援疆资金4600万元。2019年秋季面向师市首次招生，目前学校共有35个教学班，1500余名学生，教师120余人，其中镇江援疆教师16人。

团结就是力量，团队创造奇迹。组团式援疆相较于过去的分散式援助，组团式援疆方式无疑是成功有效、事半功倍的，援疆效果是有目共睹的。

如今的可克达拉金山实验学校，教育教学成绩在全兵团300余所同类学校中名列前茅，领跑四师基础教育，是四师及周边地方乡镇师生和家长们向往的地方。

一

"以输血与造血相结合，提升学校的自我造血功能，培养造就一支师德高尚、业务精湛、结构合理、充满活力的高素质专业化教师队伍，为可克达拉市金山实验学校的可持续发展储备人才，留下一支永远带不走的队伍。"

2019年8月26日金山实验学校开学第一天，作为金山实验学校第一批援疆团队团长常建军同志面对媒体采访时侃侃而谈，思路清晰，信心百倍。

自己在教育战线上摸爬滚打也有二十多年了，这样的人才培养愿景的确很诱人，但实践起来谈何容易。"可克达拉"这座年轻的城市，金山实验学校是一所新建的学校，它凝聚了太多人的汗水与希望。

栽下梧桐树，引来金凤凰。在援疆政策的号召下，在镇江和四师党委政府的支持下，2019年初，师市教育局就开始招兵买马，广聚英才，让金山实验学校众川赴海，人才济济。

常建军（历任镇江市丹徒区两所义务段学校校长、镇江市丹徒区教育局副局长），首任金山实验学校党支部书记、校长，为期三年半，现已返回江苏。

沈建勤（历任镇江市索普初级中学、江南学校副校长，镇江市南徐中学党支部书记、校长），现任金山实验学校党支部书记、校长，援期三年。

陆元军（历任镇江市丹徒世业中学和镇江市丹徒区上会中学校长），曾任金山实验学校副校长，援期一年半，现已返苏。

蒋礼明（历任镇江市恒顺实验小学和京口区学府路小学校长），现任金山实验学校副校长，援期三年。

潘金城（历任镇江市扬中市八桥中学和外国语中学校长），现任金山实验学校副校长，援期三年……

还有来自镇江市各辖区的胡斌、谢涌、曹金平、王强、张维娜、宋国恒、李红萍等四批次52人次专业能力强和管理经验丰富的援疆教师先后担任学校教务、教研、德育主任和相应学科组长，充分发挥援疆教师教育教学管理、学科建设、人才培养、内涵建设、科室管理等方面的作用，开展"影子"培训，落实行政跟岗锻炼，手把手、心连心"零距离"地帮教，复制"组团式"援疆管理优势。

截至2023年9月，金山实验学校有120名教师，其中35岁以下青年教师93人，占比82.3%；近一两年新入职教师41人，占比36.3%。加快青年教师队伍的成长是援疆工作的一项重要任务。

通过"团队带团队""专家带骨干""师傅带徒弟""管理人才学习交流"的教师梯队式培养模式，为金山实验学校教师队伍建设提供了强劲的助推力。

实施"青蓝"工程，加快教师队伍成长。援疆干部在完成自身教育教学业务工作的同时，每名援疆教师与所在科室和学科的教师结成帮带对子，在思想上周谈心、业务上日交流，言传身教、躬亲示范，努力让新手教师尽快成为优秀教师。

发挥镇江教育大后方作用，注重骨干教师的提升，为学校骨干教师聘请专业发展导师，优化培训，搭建平台，开展基本功竞赛，努力让骨干教师成为校内外有一定影响力的名师。同时让本地教师走出去，把外面专家名师请进来，通过用"国培项目"内地名校跟岗学习、疆内外教学周、继续教育等形式给教师创造业务培训和能力提升机会。办学两年来，学校教师参加国家、兵团、师级各类培训学习活动500余人次，教师外出培训率达到100%。

推动教师由"经验型"教师向"科研型"教师转变，培养造就能够发挥骨干示范作用的名师，使他们在教研和教改方面真正成为师市有影响力的领头雁。为此，学校设立"王华基金会"专项经费，健全奖惩制度，实施"多劳多得，优质优酬"，更好调动教师工作的主动性、积极性和创造性。

两地教师很快走过磨合期，并形成金山实验学校教师团队的独特优势，教

师队伍迅速成长。如今的可克达拉市金山实验学校已拥有正高级教师1名、高级教师12名，镇江市名师工作室主持人1名，师名师工作室主持人5名；师级骨干教师5名，学科带头人3人，师市教坛新秀22名；教师主持的国家级课题4个，省级课题1个，师市级立项课题2个。

2023年教师参加各类竞赛中"十四五"课题获国家级奖项80人次，师市级各类竞赛获奖110人次，金山实验参赛教师获奖率95%以上。一等奖获得率达到44%以上。

通过梯队式人才培养，提升学校的自我造血功能，留下一支永远带不走的高质量教师队伍。

二

窥一斑而知全豹。援疆团队是一个群体，每一个成员都有非凡的业绩和让人感动的故事，我将从每一批中选取一名援疆干部，尽量涉及援疆教育工作的各个方面，记录他们援疆工作的点点滴滴。

人物面孔：常建军（第一批金山实验学校援疆团队成员）

第一批援疆团队共10名，分别为宋国衡、周星月、陆元军（副校长）、唐夜、汤四海、魏杰、谢涌（德育主任、校办主任）、常建军（校长）、胡斌（教务主任）、曹金平（教科室主任、德育主任）。他们均为镇江市丹徒区教育系统精挑细选的教育能手和管理精英。援期：2019年8月至2020年7月。

常建军为可克达拉市金山实验学校首批援疆干部、首任校长。历任镇江市丹徒区两所义务段学校校长、镇江市丹徒区教育局副局长，援疆期间担任金山实验学校党支部书记、校长。援疆时间为2019年8月至2023年4月，援期3年8个月，现已经返回镇江。

2019年8月，由镇江市援建的可克达拉市金山实验学校即将开学。当组织选定常建军为四师可克达拉市金山实验学校首任校长时，时任镇江市丹徒区教育局副局长的常建军二话没说，即刻启程，带领10人援疆团队，奔赴受援地。

8月24日，我第一次接触援疆团队，带领他们参观可克达拉市市规划馆、伊力特产业园和朱雀湖，熟悉本地环境。虽说是第一次见面，但大家似乎都没有太多的违和感，也许是因为这座城市血脉中充满镇江元素；也许是因为我在镇江学习挂职过一段时间；也许因为大家都是教育人，彼此有不少共同话题。总之，一路上欢声笑语，给我留下了很深的印象。

八月的新疆瓜果飘香、风景秀美，《草原之夜》的优美旋律，"塞外江南"的异域风情无法驻留常建军前行的脚步。下榻可克达拉市河滨酒店的当天，常建军同志便投入紧张的工作中，打电话给我，询问学校的校舍建设、招生以及教师到位情况。

其实也正常，常建军不得不思忖万千，毕竟在人生地不熟的西部边疆，在一个自己完全陌生的环境里，在一个没有任何社会资源和经验积累的地方如何办出一所高品质的学校？他肩上扛着沉甸甸的责任。

2019年9月6日，金山实验学校首届开学典礼，常建军校长慷慨激昂地描绘了一张清晰可见的办学蓝图：秉持"打好底色　服务一生"的办学宗旨，努力构建学校优质和谐教育生态，让学校发展、学生发展、教师发展互为支撑、融为一体、良性互动，把学校办成伊犁河谷最优质的义务教育名校。

当时我还在教育局工作，以一名工作人员的视角仰望发言席上的常建军，他眉清目秀，意气风发，神采飞扬。也许受他的感染，我对这所学校产生了无限的憧憬。

9月16日，按照师市党委的统一部署，我成为可克达拉市金山实验学校管理团队中的一员，从此与援疆团队并肩作战。

质量是立校之本，管理是兴校之基，常建军深知这个道理。他依托"组团式"援疆优势，从"优化管理"和"学科引领"两个维度，架构起"目标—执行—反思"的学校管理新样态，并通过全体教师的共同努力，不断推动办学目标落实落细，形成了"制度管理为基、精细管理谋效、过程管理求实"的管理方略，为学校快速入轨、提升教学质量提供了强大保障。

2020年6月的第一次中考便实现开门红，学校一至九年级所有学科考试均在四师处于领跑位置，中考成绩在兵团同类学校中名列前茅。金山实验学校给师市社会各界、广大家长、学生交上了一份问心无愧的答卷。

"我们追求的是'绿色'分数，不能靠死记硬背、增加学生负担来获取分数，分数之外我们还应该让学生学会什么？"这是在2020年7月校本培训中，常建军给老师们布置的思考题。

2021年7月24日，中共中央办公厅、国务院办公厅印发《关于进一步减轻义务教育阶段学生作业负担和校外培训负担的意见》，明确减轻学生课业负担和校外培训负担，为学校发展提供了更加有力的政策保障。

2021年8月30日，新学期第一次升完国旗，我和常建军同志站在操场上，讨论"双减"政策落地所要面对的一系列问题时，忽然想起了一年前他给全校老师留的那道思考题，敬佩之心油然而生。

援疆团队和以常建军为中心的学校领导班子可谓高瞻远瞩，目标明晰，率先提出了以援疆优势高起点谋划学校发展，学校以减负提质为抓手，一手抓减负，一手抓提质，大幅提升办学质量。

改革总会带来很多不适应，从事了多年应试教育和所谓的素质教育，在高考人才选拔方式没有较大调整的前提下，家长和社会都有着不同程度的怀疑和观望，实属正常。于是常建军带领援疆团队和学校领导班子广开言路、深入调研，实践总结，逐步形成了一套基于"双减"之下，凝聚全体教师的智慧，融合江苏和兵团特色，注重主体唤醒的教与学方法，引导学生自主学习、自主写字、自主阅读、自主劳动、自主锻炼；帮助学生培养兴趣、丰富体验、拓展视野，使学生学得扎实、轻松、快乐，达到"轻负担、高质量"的效果，提升了学生自主学习的内驱力，助力学生高质量学习。

援疆团队和学校领导班子扎实推进"三个提高"：提高作业管理水平，提高课后服务水平，提高课堂教学质量，推动"双减"工作取得明显成效。

"校园生活是学生生命中的一段重要旅程，我们必须尽可能地为这段旅程添上绚丽的色彩，让读书成为习惯，让阅读升华人生，让书香浸润校园，为每一个孩子打好人生底色。"2021年11月4日，学校组织了第二届线上读书节系列活动，这是常建军校长的一段动员讲话。

在他的倡导下，学校每年定期开展读书节、科技节、劳动节、体育节、艺术节活动，给每一个孩子提供成长通道，搭建展示舞台，通过活动发现孩子身上的闪光点，尊重孩子的个体差异和性格特点，进而推动学生全面发展、个性发展。

作为镇江市丹徒区写字中心组成员、书香校园推行者的常建军，心里最清楚培养写字、读书习惯对孩子打好人生底色的重要作用。

2022年4月11日，可克达拉市首届"金山杯"书法比赛在金山实验学校举行，活动期间，我刻意询问常建军：写字、阅读活动见效慢，费力不讨好，为何不功利一些，选择时间短且效果明显的活动来丰富自己的援疆履历呢？

常建军笑着拍了拍我的肩膀说：其实你比谁都赞同我的做法，我们都明白教育不能急功近利，要有"功成不必在我，基础一定有我"的胸襟。如果搞一些华而不实的东西，我们留给金山教育的必将是"夹生饭"。

他要求师生全员读书、规范写字。他说："一群不爱读书的老师培育不出爱读书的学生，每一位教育工作者都是写字指导者。"他在学校推行写字"四个一"运行模式，即每日一练、每周一课、每月一展、每学期一赛；学校扎实推进读书制度化、课程化建设，每天安排25分钟校园静读时间，每周安排一节精品阅读指导课，定期刊发校报校刊，定期开展读书分享，定期组织"读书之星"评选等。

浏览练字墙上一幅幅师生书法作品，翻阅学生日常作业的工整书写，常建军的喜悦之情溢于言表。他说，师爱不是空洞的口号，要具化到对孩子们一字一文、一言一行的行动中。他是这样想的，也是这样做的。在校园里，常见他和孩子们一起跑步、一起就餐、一起交流……当遇到困难学生或了解到特殊家庭学生时，他总会给他们鼓励和帮助，为他们买书、学习用品。据学校德育处主任透露，常建军一直默默资助着学校刘某某、汤某某等困难家庭的孩子，他心里装着"每一个"学生，从不曾忘记特别需要关爱的"那一个"。

建校四年来，学校办学口碑越来越好，规模效应日益显现。师市教育局进一步加大学校师资调配等政策支持力度，与此同时，学校也面临着师资队伍"青年教师多、新入职教师多"的新挑战，"如何快速提高他们的专业素养，打造一支高素质的教师队伍"成了学校最为迫切解决的问题。对于曾担任过镇江两所义务段学校校长，分管过师资培训、人事管理的教育局副局长的常建军来说，他心里比谁都清楚，要让"头雁"脱颖而出、尽快成熟，让"雁阵"快快成长、结阵远航。

常建军特别关注学校《新入职教师培养方案》和《"教坛新秀""骨干教师""学科带头人""名师"梯队建设方案》的有效实施，他说，培养好他们，金山实验学校就拥有了美好的未来。他经常与教师谈心得、谈收获、谈愿景，

主动带徒弟、上示范课，从"榜样示范"和"个人努力"两个层面，不断唤醒激发教师主动意识；充分利用镇江教育资源组织疆内外教学周活动与优质学校结对共建，积极策划师域教研、团场送教、学校教学节、师徒结对等活动；注重学校管理干部的培养，通过行政跟岗培训、挂职锻炼等方式，发挥"组团式"援疆管理优势，全方位提升教师队伍素质，努力打造一支带不走的教师队伍。

在"内因"和"外因"的共同作用下，学校教师队伍成长迅速。一支师德高尚、业务精良的"人才雁阵"已初具规模。

一段援疆路，一生援疆情。常建军同志从2019年8月开始援疆到2023年4月结束援疆，历时三年半，他连续两次主动延长"援期"，究竟是因为什么？

与常建军同志并肩作战三年半，我深知那是因为执着，他执着于让学校变得再好点；是因为深爱，他深爱着祖国边疆这片土地；是因为责任，他要圆满完成党和人民的嘱托！

三年半的援疆历程，他团结带领全校教师向着"创办伊犁河谷地区最优质的义务教育学校"目标激情领跑。如今，金山实验学校在伊犁河谷地区声名鹊起，慕名来就读的学生越来越多，这所带有深刻"援疆"烙印，并承载着师市百姓热切希望的学校正在拔节生长。

在2023年4月第四批援疆教师欢迎会上，同事开玩笑说：刚到新疆的常建军是一颗水灵灵的葡萄，三年半后的他变成了葡萄干。笑声之后，我的鼻子却酸酸的。

虽然常建军的头上平添了许多白发，人也憔悴了不少，但他依然眼中有光，心中有爱，激情满怀，愿意继续为边疆的孩子播撒希望，点燃梦想。

时至今日，仍有人不理解常建军同志当初的选择，为何会放弃相对轻松舒适的工作环境，远赴边疆，重返教学一线？

他不无骄傲地说："能以援疆支教的机会报效祖国，让我精神上、实践上受到洗礼和锻炼，我一生都引以为豪！"

三

人物面孔：李红萍（第二批金山实验学校援疆团队成员）

第二批金山实验学校援疆团队有别于第一批，除了人数上增加了五人外，援疆形式也归属到江苏省第二批万名教师支教计划项目中，团队成员的选拔层面也扩展到了整个镇江市教育系统。宋国衡（校办副主任）、周星月、陆元军（副校长）、孟福林（教科室主任）、汤四海、陈娇、赵娟、常建军（校长）、高苏青、徐云芳、李红萍、陈建中、曹金平（德育主任）、陶明义、胡斌（教务主任）共15名成员来自镇江市各个辖区，均为教学经验丰富、专业能力强、有奉献精神的教育能手和管理精英。援期为2020年2月至2021年7月。

李红萍为第二批金山实验学校援疆教师，江苏省第十批援疆干部，江苏省镇江市润州区教育局组织人事科副科长，援疆期间担任金山实验学校思政课教师。援疆时间为2020年2月至2023年4月，援期三年两个月，现已返回江苏。

"能以援疆支教的方式走进新疆生产建设兵团，融入这片军垦热土，书写一段别样的教育履历，我备感自豪，更备感珍惜。"2020年2月，李红萍同志积极响应组织号召，递交了援疆的申请书，并如愿以偿地成为江苏省第十批援疆干部，赴新疆生产建设兵团第四师可克达拉市金山实验学校支教。

圣洁巍峨的雪山、一望无际的草原、羊群遍地、蜂飞蝶舞的新疆自然景色固然令人神往，但一方水土养一方人，要较长时间生活在一个气候和生活习惯迥乎不同的地方，出生于江南水乡的李红萍老师还需要经历来自身体、心理和环境的重重考验。

"援疆，就不怕困难，迎难而上。"李红萍老师将这段话写在教案本首页，她在鼓舞勉励自己，同时也是表达自己援疆工作知难而进、勇往直前的决心。

人到中年，上有老，下有小，担负着家庭和社会双重压力，李红萍老师得到了全家人的支持和理解，带着满腔热情，踏上了援疆之路。

初到兵团，由于水土不服，严重的口腔溃疡伴着身体多重不适接踵而来，让她备受煎熬，但丝毫没有动摇她援疆的坚定决心。

我在新疆已经居住了二十多年，深有体会那种初到新疆水土不服的身体反应。

2020年春天，我能够明显地感觉到她的身体状况欠佳，私下嘱咐工会妇工委人员多关心她的生活，劝她不要带病上班，保重身体，但李红萍同志自始至终没有请过一天假、耽误过一节课。

理想信念是成功的先决条件，强大的心理支撑使李红萍老师很快便适应了

新疆的工作方式和生活条件。她学会了自己安装水嘴、换灯泡和修理马桶，甚至连扛水桶、拎大米这样平日里男人们干的力气活儿都已不在话下，援疆工作让这位在家备受宠爱的江南女子华丽转身为一名坚强的西北女汉子。

李红萍老师内心细腻，从不愿意把困难留给别人，工作如此，生活也是如此。

2021年的冬天格外寒冷，援疆教师居住的社区暖气温度统一偏低。在一个大雪纷飞的星期天晚上，从社区QQ群里得知李老师所居住的那栋楼暖气循环不畅，社区人员修了几次，但效果甚微。

星期一早上，我带着单位修理工到了李红萍老师和徐云芳居住的单元，才发现她居住的单元楼道天窗敞开，寒风裹着雪花灌入楼道，楼道气温很低，加之暖气循环不畅，室内温度偏低。

人常说善良的人内心充满感恩，没有责难。李红萍老师就是这样一个知性善良的人，即使困难再多，也未曾有过半句抱怨。当一切处理妥当，房间温度逐渐回升，李老师送我们下楼，并给我们准备了镇江带来的小点心和一盒香烟。面对这份感激和热情，我们的内心是温暖的，同时也是自责的，毕竟我们对援疆老师的关心还不够。

从2021年起，学校开始创建师市"思政示范校"，可在思政课堂这方面，学校师资短缺，专业思政教师只有两名，且均为新入职教师，学科实力较为薄弱。在镇江市润州区教育局工作多年的李红萍老师，有着丰富的思想政治课教学经验。凭着共产党员的坚定信念和高尚的道德情操，她主动申请到一线去担任道德与法治教学工作，到学校最需要的岗位上工作，给学生心灵埋下真善美的种子，引导学生扣好人生第一粒扣子。

李红萍老师秀外慧中，才思敏捷，做事深思熟虑，一丝不苟。尤其是教育教学工作更是慧心巧思，执教有方。她注重教学理论研究，重视工作细节，工作计划、总结、教案、课件等与教育教学有关的材料她都要多次打磨，精心准备，确保每节课都能达到最好效果。学高为师，身正为范，具有扎实教学基本功的李红萍老师，她执教的每一节示范课和讲座总是座无虚席，好评如潮。

"服从组织工作安排，关键时候要挺身而出，这是援疆教师应具备的基本素质，我能做到。"李红萍老师在学校援疆教师工作会议上的发言坚定有力，掷地有声。

2021年10月，伊犁州因疫情学校正常工作停摆。作为四师义务教育的排头兵，金山实验学校率先开展了线上教学活动。为确保线上教学质量，作为援疆干部的李红萍主动请缨，临危受命，开展了援疆教师执教的第一节网课。

2021年10月10日，是李老师的第一节网课，为了达到更好的效果，我提前联系可克达拉市镇江高级中学、疫情指挥部和社区疫情防控志愿者，历时两天时间，经过层层传递，才将视频设备送到她的手中。

执教线上教学需要勇气，因为每一节课都是公开课，都是录像课，要经得起学生、家长和社会的评判，因此必须是精品课。说实话，居家办公，在设备和资源极为有限的条件下开展如此大规模的线上教学，李红萍老师是第一次遇到，教学模式改变和网络技术故障的不可预见性经常让她忐忑不安，备受煎熬。为了上好每一节课，她需要花费大量的时间精心研读教材，查阅资料，制作适合线上教学的课件，调试设备，熟悉软件功能，力求每一节网课都能达到最佳效果，因为准备充分，她的课程广为学生和家长喜爱。

2022年12月25日，李红萍受邀做客"伊犁之声"汽车音乐电台直播间，镇江伊犁两地同步直播，面对上万听众，李老师镇定自若，谈古论今，侃侃而谈，介绍镇江和伊犁风土人情，为大家奉献了近一个小时的精彩节目，圈粉无数。

2023年春节，一个万家团聚的日子，李红萍老师却没有返回江苏过年。除夕上午，我带着女儿去慰问她，站在大门口，看着李老师孤单的身影，女儿不解地问我：李老师为什么不回家过年？

是呀，李红萍老师为什么不回家过年？不是她不想家，是因为她怕疫情再次阻挡了她返回新疆的脚步，怕耽搁了边疆的孩子课程，这就是一个普通援疆老师的担当和仁心大爱。

授人以鱼，更要授人以渔，打造一支带不走的队伍，这是援疆工作的精髓，也是李红萍老师援疆工作的一抹亮色。她博览群书，见多识广，专业能力强，平易近人，成了年轻教师的良师益友。

回族青年教师马雪梅在全师青年教师现场课大赛中荣获一等奖，作为马雪梅的结对师傅，李红萍老师喜笑颜开，一向内敛矜持的她，笑得格外爽朗。李红萍老师是马雪梅的结对师傅，更像是她的心灵导师，对马雪梅老师的工作和

生活关心备至，悉心指导，让刚走上讲台一年的马老师迅速成长为一名优秀的年轻教师。

汉族青年教师凌雪晴参加师市思政教师基本功大赛，李老师细心指导，多次磨课，该教师荣获全师二等奖。维吾尔族教师玛依热木，使用国家通用语言文字的能力不强，尤其是文字书写和语言表达能力需要提升，同在一个办公室的李老师便成了她的汉语教师。从笔画顺序到间架结构，李老师手把手教，陪她练习，两年时间里使玛依热木的教师基本功有了质的提升。

送人玫瑰，手留余香。哈萨克族学生赛吾连父亲母亲都身患疾病，无工作能力，两个孩子读书，家境困难。李红萍老师主动在学习和生活上关心帮助该同学，并于2020年起在每个月10日给赛吾连汇去300元资助金，并留下"援疆教师祝您生活幸福"等鼓励的话语……

学高为师、身正为范的李红萍老师，与当地师生手拉手、肩并肩、心连心，尽其所能，发挥所学专长，用自己的智慧和汗水，写下太多感人故事。

2023年春节前的一次教研活动中，在翻阅李老师教案时，我无意中发现了她为自己制订的2022年"十个一"工作计划："带好一个徒弟、上好一节观摩课、帮扶一些贫困生、缔结一些友好家庭、开展一些专题讲座、指导徒弟上一堂课、组织一次学科实践活动、参与一次送教下乡、留下一些宝贵建议、制订一份徒弟成长规划。"

援疆三年，李红萍老师两次延期，历时三年多，是金山实验学校援疆干部中继常建军后第二个援期长的人。

这三年，是她孤单、忙碌的三年，也是充实、提升、收获的三年；这三年，她步履坚定，行色匆匆，每天她身披第一缕阳光入校，办公桌前伏案午休，披星戴月回家。这三年，对于一个碌碌无为的人来说是寂寥和漫长的，但对于心怀援疆大爱的李红萍老师来说是精彩而短暂的，因为在有限的援疆时间里，她还有很多的事情要做，还有很多的规划和愿望需要实现。

心之所向，素履以往。李红萍老师就像水中红萍一样，看似娇小平凡，实则迸发着强大的生命力和感染力，她在平凡的岗位上履行职责使命，在默默无闻中温暖人心，以她最朴素真挚的情感书写着那份只属于援疆人的荣光和美好。

四

人物面孔：蒋礼明（第三批金山实验学校援疆团队成员）

第三批援疆团队共12名：蒋礼明（副校长）、潘金城（副校长）、常建军（校长）、高苏青、徐云芳、李红萍、陈建中、徐军（教务主任）、杨桃花、崔艳、陈雯。援期为2021年9月至2023年1月，其中常建军、李红萍两名由组织系统管理的同志援期延长至2023年4月。

蒋礼明是可克达拉市金山实验学校第三批援疆教师，援疆前任镇江市恒顺实验小学和京口区学府路小学校长，现任金山实验学校副校长，援疆时间为2021年9月至2024年8月，援期三年。

2021年6月22日，在镇江市京口区教育局赴四师的交流活动中，我带队前往团场送教和考察活动，与邻座一位知识渊博、诙谐幽默的中年男士一路神侃，大有相见恨晚之感，对他留下了很深的印象，最后互加微信。

两个多月后，他一直处于静默状态的微信却忽然发来了信息："老兄，我要来援疆了"。此人便是蒋礼明，采访他，也算有素材，有渊源。

"教师要尊重生命，遵循教学规律，慎终如始呵护学生健康成长；教师要尊重差异，扎实过程，匠心如炬成就学生无限可能。学生要言行规范，品性良好，基础扎实；学生要自强进取，志趣高雅，精神明亮。"2021年10月全校教职工会议，蒋礼明同志第一次线上会议，他给金山实验学校师生价值导向绘出了美好愿景。

蒋礼明工作履历丰富，援疆前曾在镇江市三所学校和教育局任教任职，有着丰富的教学和教育管理经验。

援疆后，身为金山实验学校德育副校长的蒋礼明，立志把江苏先进的德育管理经验与兵团实际相结合，打造属于金山实验学校的德育工作体系。

2022年春季学期，以蒋礼明为核心的德育团队经过深度调研，综合实际，提炼出"四如八化"德育工作框架，即"如金恒贵，如金恒亮；如山至稳，如山至高"的价值导向和"德育内容序列化、课程化，班级管理项目化、主体化，发展评价全面化、多元化，管理机制体系化、流程化"的德育工作方法。为金山实验学校德育工作思路加上了点睛之笔，师生们的价值理念和行为导向更加

清晰。

我的教育生涯几乎一半时间都在德育口子上，深知金山实验德育工作短板。毕竟，一所还在建章立制阶段的学校，德育工作还在逐渐积累经验的过程中。

"做任何事情，要么不做，要做就要做到最好。"这是蒋礼明的口头禅，也是他的一贯风格。

宿舍管理的质量关系学生习惯养成、睡眠质量和人际关系。学校有300多名住宿生，为快速提升宿舍管理质量，创造舒适和谐、干净卫生的宿舍环境，蒋礼明召集德育团队，在一个月内制定出宿舍内务整理"六线一平"规定，即牙具一条线、洗护一条线、毛巾一条线、盆具一条线、鞋子一条线、被子一条线、床铺平整。制定住宿行为"六不两勤"规定，即手机不带、室内不闹、洗漱不乱、宿舍不窜、零食不食、熄灯不语、勤洗勤换。

"你们可能认为我要求太严格、苛刻，甚至不可理喻，孩子的行为习惯要靠我们养成，一个学生不光要学习好，还要习惯好、品行好，特别是兵团的孩子，'兵'的属性不能丢，光荣传统不能丢，今天的严格管理是为了他们有更好的未来。"在2021年12月例行班主任工作会议上，面对各班班主任的质疑，蒋礼明朴素的语言掷地有声。

经过半学期的治理，孩子们的生活习惯好了很多，宿舍问题明显减少，真正让宿舍管理从"标语"走向"行动"，有了质的提升。

"我的嘴是租来的。"诙谐幽默的蒋礼明经常自嘲自己语速快。他主管全校德育工作，同时任九年级英语学科教学，又承担了众多师域的教科研和讲座活动。快节奏，高效率，做事雷厉风行，是蒋礼明的一贯风格；起早贪黑，争分夺秒，是蒋礼明工作的常态。三年援疆，他的目标是带好一个德育管理团队，提升管理质量；带好一个英语学科团队，改变英语教学状态。

在2022年四师可克达拉市教育系统英语教师基本功比赛中，刘银峰、谢茂林分别荣获教师基本功竞赛和现场课大赛一等奖。作为他们师傅和指导老师的蒋礼明笑得合不拢嘴。这是蒋礼明平日里关心备至、悉心指导和比赛时精心打磨的结果，在意料之外，也在情理之中。

蒋礼明授课，擅长用表格帮学生梳理知识点，学生们都亲切地称他为"表哥"。学生王靖宇体育活动时扭伤脚腕，蒋礼明从家带来止痛药膏，每天帮他贴敷。学生杜靖林，性格逆反，学习困难，蒋礼明和他做朋友，因材施教，悉心指导。不到一学期，他所执教的九年级一班学生，几乎都成了他的"小迷弟""小迷妹"，英语成绩也大幅提升。

2021年寒假，蒋礼明主动提出推迟回江苏十几天，为因疫情防控耽误功课的学生补课。时值隆冬，冰天雪地，出门经常是一车难求，蒋礼明常因打不上车而顶风冒雪步行半小时到校，给孩子们上课。

2022年1月17日，蒋礼明返回镇江，我开车送他到机场，在飞机起飞前的三小时，他还在给中三孩子上课，大雪路滑，因此差点误了飞机。回家后，他又利用班级群，发送自己制作的微课和趣味作业，引导学生自主学习，确保因疫情防控期间落下的学业及时补齐。

回到镇江，蒋礼明利用自己的社会资源，组织镇江市京口区学校与金山实验学校开展友好共建活动，该校为金山实验学校首批捐赠图书1500余册，价值两万余元。镇江市中山路小学与金山实验学校建立共建班级，多次开展"同上一节课，共建友好班级"活动，两地师生通过线上交流，架起了友谊和知识的桥梁。

两年多的援疆教学让蒋礼明做任何事情都风风火火，因为在他看来，剩下的几个月时间里，他还有更多的事情要做。

暖如煦阳，快似疾风的蒋礼明，以他的实际行动推动他所援助的领域提速发展，以仁爱之心和满腔激情温润边疆教育，让金山实验学校的孩子因此又多了可能。

五

人物面孔：沈建勤（第四批金山实验学校援疆团队成员）

2023年2月，可克达拉市金山实验学校开学，同时也迎来了学校第四批援疆教师。

相较往期，第四批可克达拉市金山实验学校援疆团队人数较多，共16人：沈建勤（校长）、潘金城（副校长）、蒋礼明（副校长）、范艳荣（副校长）、王强（德育主任）、张维娜（副主任）、崔艳、费彩虹、徐国平、郦建梅、步小义、梁春燕、高正祥、蔡雪梅、臧晓春、马庆。援期为2023年2月至2024年8月。

沈建勤，现任江苏省镇江市对口支援第四师（第五批）前方工作组党委

员，可克达拉市金山实验学校党支部书记、校长，援疆前任江苏省镇江市南徐中学党支部书记、校长，援期为2023年4月至2026年8月。

2023年4月27日，常建军校长结束了自己的援疆工作，返回江苏镇江，沈建勤同志接任金山实验学校领导工作，可克达拉市金山实验学校援疆工作进入第四个周期。

缘分有些时候是说不清道不明的东西，就像我与江苏援疆工作一样有着不解之缘。

2011年3月，根据四师可克达拉市教育局安排，我前往镇江市江南学校跟岗挂职学习，沈建勤同志就是江南学校的一员，他高大帅气，当时任镇江市江南学校工会副主席，因此工作和生活上我们接触相对更多一些。为了让我们安心挂职，他经常牺牲周末，陪我们品镇江小吃，逛江南古镇，对我们关心备至，和新疆挂职学习的六人团队结下了深厚友谊。

2023年5月1日，也是他接任金山实验学校校长的第三天，正值"五一"小长假，学校领导班子成员都接到了他打来的电话，召集大家开会，研究金山实验学校未来三年行动方案。

这就是沈建勤，他做人沉稳低调，做事雷厉风行，不拖泥带水。即使初次见面，他一米八以上的大高个和干练果断的做事风格会给你留下深刻印象。

金山实验学校经过四年的积淀，逐步形成了自己的办学风格。沈建勤同志带领团队认真总结提炼，打造以"融"文化为主线的校园文化，即"苏疆融慧、文化融通、民族融合、关系融洽"——融生命于使命，融未来于当下，心心相融，爱达未来。旨在增进广大师生对伟大祖国、中华民族、中华文化、中国共产党、中国特色社会主义的认同，有形有感有效铸牢中华民族共同体意识。目前，此项校园文化工程已经开始实施，初见雏形，室外景观2023年年底完成。

融生命于使命，融未来于当下。沈建勤是倡导者，更是践行者。2023年6月15日，沈建勤带队，组织第四批金山实验学校援疆教师开展"重温历史不忘初心，踔厉奋进矢志不渝"实践活动。援疆教师走进镇江市对口支援第四师工作组参观学习，重温入党誓词，学习镇江市对口支援第四师工作组下发的文件《九条禁令》。加强援疆团队建设，沈建勤同志以身作则，要求每一位援疆干部严格遵守规定，保持良好形象；牢记初心使命，做好示范引领；相互关心帮助，紧密团结向前，不断加强援疆队伍政治站位，不断提升成员责任感和使命感。

2023年5月，金山实验学校被授予师市首批"思政示范校"，活动思政是学校思政教育特色，以活动提升思政内涵，沈建勤同志上任伊始就积极推进各民族间和兵地间的交往交流交融，持续推进文化润疆，通过"一体两翼"大思政德育体系，开展书记上思政课、教师跟岗培训以及学生假期镇江研学等活动，推动"三全"育人，立德塑魂，厚植情怀；通过民族团结一家亲、"万里鸿雁传真情"青少年手拉手书信交友等活动，推进苏疆融通，增进民族团结。

2023年9月15日，在第四师可克达拉市·镇江教学周期间，由镇江援疆教师组成的"振疆"四有好教师团队市级培育项目申报论证活动在可克达拉市金山实验学校举行。活动特别邀请江苏省特级教师、正高级教师、镇江市"四有"好教师团队培育项目负责人耿霞老师莅临指导，提升教师培养的理论研究。

这个项目的立项，旨在进一步提升援疆教师教学水平，打造"振疆"四有好教师重点培育团队，争做"四个引路人"，同时利用援疆团队优质资源，以"一带一""一带多""一带特"和进团场为抓手，开启"雁阵效应"培养机制，变"输血"功能为"造血"功能，助力可克达拉市金山实验学校教师专业发展，培养一支带不走的好教师队伍。

以沈建勤为中心的第四批金山实验援疆团队主动担当作为，理论与实践相结合，持续放大教育援疆品牌效应，助推四师教育高质量发展。

沈建勤校长的援疆之路虽然才刚刚开始，但已是牛刀小试，未来可期。我们有理由相信金山实验学校在他的带领下，在援疆团队的推动下，正在向着"伊犁河谷义务教育最优质名校"的目标迈进。

结　语

2019年8月26日，可克达拉市金山实验学校开学，我与第一批金山援疆团队一起进驻这所学校，至今已经陪伴了四批援疆团队，是组团援疆的见证者，也是亲历者。

如此强大有效的团队式援疆，相较于过去分散、单学科、个人、技能援疆转换到现在的组团、全学科、团队、办学教育理念援疆，实现了由点到面的蜕变，是一种从量到质的跨越。

单丝不成线，独木难成林。在教育系统工作多年，经历了太多个体援疆案例。那些单个的教师援疆，因为不能形成规模效应，往往随着个别教师援疆工作的结束，而出现"人走政息"的现象，效益低下，效果一般。

同心山成玉，协力土成金。金山实验学校组团式援疆模式无论是从管理理念、规模效益，还是从教师队伍的专业成长来看，都已经达到教育援疆的一个新高度，留下了带不走的理念，锻造了专业化的教师队伍，教育教学质量领跑片区九年义务教育学校，在兵团同类学校中名列前茅，示范效果凸显。

金山实验学校四批53人次的援疆教师团队，每名援疆人都做出了应有的贡献，每一张温暖的面孔都是这个世上独一无二的存在，即使千言万语，也难以翔实描绘每一张面孔，记录他们的骄人成绩。

四个人的故事，一个团队的荣光。

仅以常建军、李红萍、蒋礼明和沈建勤四名同志为代表，以点带面，记录可克达拉市金山实验学校援疆团队工作生活点滴。

此章虽为结束篇，但四师可克达拉市金山实验学校援疆团队工作还在继续，援疆效益日趋明显，必将影响深远，援疆情谊源远流长。

翰墨人生

在你的身边有没有这样一个人：一说起他，见过或没见过他的人都会点头说："我知道这个人呢……"用"远近闻名"来形容恰到好处。这些年，"草根"一词逐渐兴起，它特指来自民间的普通人。"身边的文艺人"其实就是讲述"草根明星"的故事。他们擅长绘画、书法、唱戏、跳舞……精通一门有关文艺的手艺、爱鼓捣一些有关文艺的物件。他们闻名于团场内外，他们的才艺职工群众喜闻乐见。兵团人来自五湖四海，文艺人才藏龙卧虎。"身边的文艺人"，让我们发现"草根明星"，走近"草根明星"，聆听"草根明星"的故事。

"清风入袖，明月入怀。"这是中国书法家协会主席张海给《杜绍新书法作品集》所作序言中的一句评价。

杜绍新，笔名石草，原籍浙江省兰溪市，15岁随父进疆，在四师六十六团基建队做木工，自小酷爱书法。

1991年退休以后，杜绍新开始把自己的全部精力放在练习书法上。2001年北京申奥成功，杜绍新在思考："我是一个兵团人，怎样通过自己的笔彰显和诠释兵团精神，为北京奥运献礼？"2002年年底，他终于找到了答案："我要抄写一部真、草、隶、篆四字体《红楼梦》，向奥运献礼。"

为了尽快完成自己的目标，他全身心地投入创作中。2003年，笔者曾和友人一起探望过杜老先生，他的勤奋让人唏嘘。那一年伊犁河谷罕见多雨，很多的土坯房都成了危房，杜老先生的房子也不例外，他工作室的后墙下沉、开裂，屋顶开始漏水，而杜老先生心无旁骛，一心扑在书法创作上，没有时间修补。就这样，他每天5时起床，连续十几个小时挥毫，衣袖磨破了，毛笔磨秃了300余支。2004年，他的四字体《红楼梦》抄写工作终于完成了，共计400余万字60册，比预期提前4年完成。

之后，他又抄写了40余册《毛泽东诗词》、23册《古文观止》、数十册《唐诗》《宋词》，这些宏大杰作摆满了他的工作室。

近日，笔者再次去探望杜老先生，在六十六团文化中心杜绍新书法工作室见到了他。多年不见，老人苍老了许多，但精神矍铄，书法更精进了。笔者问起曾经的那套危房，杜老先生喜形于色，向笔者讲述着这些年的变化："我现在已经住进楼房了，连队的那套旧房子经过重新翻修，现在成了团场书法爱好者的练习室。"

说到未来，杜老先生显得有点焦虑和不安，他说，现在的孩子用电脑打字，已经很少有人会写毛笔字了，老祖宗留下来的书法瑰宝如何传承？自己已年近古稀，有生之年一定要培养更多的书法人才，让书法技艺后继有人。十多年里，他先后办了30多期书法入门班，与孩子们同学、同练。2004年至今，他已先后培养了200多名"书法娃娃"。

杜老先生只上过四年学，干了一辈子木工，芸芸众生中，他是再普通不过的平常人。然而就是这样一个人，在退休之后，却创造了一个奇迹，还不忘将书法艺术传承后人，不得不让人肃然起敬。

（原载2014年8月17日《兵团日报》）

这辈子只爱读书

说起读书，足以让人"念天地之悠悠，独怆然而涕下"，回想三十多年的读书岁月，我不得不由衷感叹，这辈子，我是和书彻底耗上了。

"书见我头痛，我见到书更头痛"，这是老妈当年对还是小毛孩的我，最经典的评价。那时候，虽出生在书香之家，也许是因为整日里趴在父亲的书桌上，被偌大的书架给吓着了；也许是在因为当年的一块破泥巴要比书对我更有诱惑力，总之，对书总是喜欢不起来，但成绩还不错，谁叫咱天生"聪明"呢。

"书老板见我头痛，我不见书更头痛"，这应该是我中学时代的写照。那时频频出入书屋，每次必借，借还之间，也算"读书破万卷"了。真的，现在如果有人问我，少年时代是如何度过的？我会毫不犹豫地告诉他，陪伴我的是让我浪漫的琼瑶、三毛和席慕蓉，让我思绪天马行空的古龙、金庸和梁羽生。还好高中毕业，跌跌撞撞地考进了一所还算不错的大学，否则，老妈又会冤枉那些好书了。

"书痴"，这是大学时代的班花，那个让人一看就心跳的女孩给我的评价。听了这句话后，我差点没晕倒。都是因为雨果、莎士比亚和莫泊桑的诱惑；曹雪芹、施耐庵和吴承恩的怂恿，使我整日沉浸在中外名著中，忘了儿女私情，错过了一段浪漫的情缘。

于是痛定思痛，痛改前非，不再只看书了，写书！写文章！

几年下来，屈指一数，自己在各类报纸杂志上发表的作品，竟然也有一百多篇了，而且重要的是，还因此收获了一份爱情。虽然不能像大作家那样挥笔成书，但一盏小灯、一杯咖啡、一台电脑，再加上一本好书，也能不断地收获着充实和自在，点燃着激情，还有什么能与之媲美呢？

记得高中时学过荀子的《劝学》，其中有一句"君子博学而日参省乎已，则知明而行无过矣"，读书何其重要！因为我还要不断充实自己，还要继续桃李满

天下，还要追求"腹有诗书气自华"，还要享受自己的这份因读书而得来的幸福，我怎么会弃书而不顾呢？

呜呼！这辈子，我是跟书彻底干上了。

（原载2008年1月16日《伊犁垦区报》）

与书为伴

人到中年，忽然觉得安静了许多，很多过去认为非常重要，需要马上去做的事情，到了这个年纪似乎觉得可以放一放，变得没那么重要了。闲暇时刻会避开人群，关掉手机，约几个脾气相投的朋友一起喝喝小酒，捡捡石头；或者和家人泡泡功夫茶，侍弄一下摆满阳台的花草鱼虫；或者什么都不干，慵懒地陷在沙发里，听着老歌，晒着窗户里挤进来的那点阳光。看书，品茗，打瞌睡，享受生活。

人生苦短，世事无常，不能每件事都奢求完美，因为不完美也是一种美。进入不惑之年，才明白了这个道理，似乎还不算太晚。于是工作之余，尽量去聆听心底的声音，做自己最想做的事。细想自己的小半生时光，爱好痴迷的东西很多，但能够自始至终坚持到底的爱好，想想也就只有读书这一个爱好了。

二十世纪八十年代初我刚上小学，那个时候物资匮乏，能填饱肚子已经是很幸运的事了，买书当然是不可多得的奢求了。那时候父亲从西安给我带回来一套小人书《杨子荣》。我兴奋得就像杨子荣拿下威虎山一样，每天都和小伙伴们交换小人书来看，得意了好一阵子。那份阅读的快乐，是现在整日泡在网吧里的孩子永远体会不到的。

中学时代，中考在那个年代是国家对人才的第一次选拔，录取人数很少，含金量很高，大部分的农村孩子都会通过中考走出山沟，脱离寒门，谋求一份稳定的职业。因此大家都在拼，各个心无旁骛，努力学习，挑灯夜战，每天深夜，都是在老师的催促下才离开教室，回宿舍睡觉。即使熄灯后也要点起煤油灯苦读备考。我也是其中一个，但我似乎与众不同，人家看的是课本，而我看的还有小说。

记得有一次，好不容易借到一部小说《飘》，白天要上课，只有晚上偷偷阅读，墨水瓶子做成的煤油灯在这部厚厚小说跟前显得杯水车薪。为了节省煤油，我就爬趴在老师宿舍的窗户后面，利用窗户里透出的灯光看书，因为被小说的

情节吸引，常常看到深夜。但没多久便"东窗事发"，被看门的大爷抓个正着，没收了小说，没有像西汉时候的匡衡凿壁偷光留下美名，还差点落了个偷窥老师隐私的"罪名"。为了要回书，看完剩下的情节，硬生生地给老大爷擦了一下午窗户。也因此落下了"后遗症"，一到打扫卫生和擦窗户，就会想起可爱的玛格丽特·米切尔和她的那部厚厚小说《飘》。

"塞翁失马，焉知非福"，与其说因为读书误了我的中专梦，不如说因为读书而成就了我的大学梦。上大学后，由于所学是艺术专业，有大把大把的时间可以自由支配，加之大学与咸阳市图书馆相邻，占尽天时地利人和。大学四年，我过足了读书瘾，直到有一天发现，所看书中的人物和情节开始出现叠加和混乱，真有点走火入魔的恍惚，于是谈恋爱、找工作，回归了正常生活。

"熟读唐诗三百首，不会写诗也会吟。"没想到那段走火入魔的读书经历竟然改变了我的人生方向，阴差阳错地从事与文字有关的工作，从读书到写书、教书育人，也算没有枉费对读书的那份热爱。

如今已过不惑之年，虽有不惑，但因读书，少了浮躁，多了些安稳与宁静。

（原载2016年4月19日《兵团日报》）

# 爱上一首歌一座城

"等到千里冰雪消融，等到草原上送来春风，可克达拉改变了模样，姑娘就会来伴我的琴声……"《草原之夜》优美的旋律在车里回荡，让人想家。

进入界梁子，"可克达拉欢迎您"的巨型欢迎条幅映入眼帘，公路两边焕然一新，都添加了可克达拉市的名字。虽然得知可克达拉市挂牌的消息已经好几天了，但眼前的喜庆场景还是让人激动不已，难以自持。

生于八百里秦川，长在关中平原，赴兵团工作近二十年，早已把兵团视为自己的家了，但与可克达拉有了交集并且爱上这个名字，要从四年前的江苏说起。

2011年4月，我赴江苏挂职，虽然挂职单位把我们的学习和生活安排得丰富多彩、细致入微，虽然身处江南水乡，但因为挂职时间较长，难免会挂念远在伊犁的家。端午节，挂职单位的领导同事们陪我们一起过节，餐后大家一起唱歌，一起跳舞，让大家放松心情。来自可克达拉的老张，一曲深情的《草原之夜》震惊四座，让所有的人起身合唱，偌大的宴会厅弥漫着可克达拉草原神秘的气息和家的味道，不擅长唱歌的我，也扯着嗓门儿大声歌唱。

神秘的可克达拉和那个把《草原之夜》唱得如此牵肠挂肚、柔情似水的老张就这样深深地刻进了我的记忆，走进了我的生活。2013年暑假，朋友们重聚可克达拉草原，好像回到了阔别已久的家。一群人回归本真，放下身边的烦心事，关掉手机，在草原上支起帐篷，唱着《草原之夜》，回味在挂职期间那段美好记忆，畅谈可克达拉市的美好未来。我不嗜酒，喝醉的情况更是少之又少，然而那天，我们头顶满天星斗，身披可克达拉草原的夜色，坐在柔软的青草上，在弥漫着花香、草香和伊力特的醇香中如痴如醉，醉卧草原。

2014年，再次前往镇江，久别的朋友自然欣喜不已，希望能够见上一面。镇江的朋友多次相约，最终因为行程紧，无法成行，说实话有点儿遗憾。第二天就要回新疆了，临行前一晚，我们回到酒店已经凌晨，一帮镇江的朋友依然

执着地等候在大厅，朋友相见，分外感动，当即改签火车票，把回家的日子推迟到第二天晚上。有机会回到曾经挂职的单位，看望曾经一起工作的朋友同事。重聚在东吴道路那家常去的陕西菜餐馆里，大家争先恐后述说着别后思念，生怕时间过得太快。连那个平日里冷艳的老板娘也分外热情，赠送了两道招牌菜，算是为我送行。临别还是那首我们一直保留的歌曲，兄弟姐妹们相拥一曲《草原之夜》，大家的眼里噙满泪花。

就这样，一曲《草原之夜》，让可克达拉、西安、镇江这三个看似不相干的城市，成了我心中最柔软、最温暖的地方。就这样，因为一首歌，我爱上了一座城。

（原载2015年5月8日《兵团日报》）

醇香记忆

还没启程，远在上海的欧阳叔已经打了好几通电话，一再嘱咐我们要简化行李，轻装旅行，但也不要忘了该带的东西。我笑着对他说，"您放心吧，再少我们也不会忘了给您带点家乡的味道——伊力特"。

"呵呵，傻小子，那再好不过了，家乡的伊力特味道当然更正宗的啦！"电话那边老人家激动得像个孩子。

"美不美泉中水，亲不亲故乡人。"也许是离开家乡的日子久了，和欧阳叔的每一次联系，他都念念不忘家乡的人，家乡的事，还有家乡让他梦牵魂绕的伊力特酒。

记得当年自己远离家乡，来到伊犁，那种漂泊的孤单与寂寞，难免会写在年轻稚气的脸上。欧阳叔是单位里老前辈，他热情好客，是一个标准的兵团汉子，喜欢和我们这帮年轻人一起工作，对我更是关心备至。他说看到我，就想起了远在异地的儿子。说实话，他一脸慈祥的样子，也会让我不由自主地想起远在西安的父亲，彼此显得更加亲切。

那时单位条件有限，娱乐活动很少，我们几个单身汉都会聚集到欧阳叔家里，看电视、聊天和下象棋，也会经常小酌几杯，在伊力特的酒香中领略这位兵团老军垦的光荣历史和兵团人的热情与豁达。对于生在八百里秦川，成长在关中平原的我，这些英雄的故事是那样的抽象和遥远，却又近在身边。欧阳叔每次都会在激情的演讲中，不忘插播点小广告，"傻小子们，安心留下来吧，好好干吧，中国最美的是咱新疆，新疆最美的是咱伊犁，伊犁最好的就是咱兵团的伊力特"。

欧阳叔爱喝酒，伊力特是他不变的品牌，但老人家从不嗜酒。记得一次我问他，为什么只喝伊力特这一种酒时，他看了我老半天说："傻小子，这是儿子娃娃的酒，喝了半辈子了，离不开了。"我的一句话，使老人家一下来了兴致，手舞足蹈地给我们讲起了兵团的历史，从军垦第一犁，到现在的阡陌纵横、良

田万顷的新型团场;从"伊力特艰苦第一锅",到现在"玉液醉天山,琼浆香四海"的现代化大型企业;给我上了长长的一课。

在以后的日子里,耳濡目染了更多的感人事迹,真正理解了兵团人的不畏艰险、铸剑为犁、屯垦戍边的英雄伟业,以及用鲜血和汗水书写的兵团文化,终于理解了欧阳叔深深的伊力特情结。2000年的秋天,欧阳叔要光荣退休了。我们为老人家饯行。平日里一贯喝酒有度,从不喝多的欧阳叔,那天竟然抱着伊力特瓶子不撒手。那个劲头,就像一个慈祥母亲牵着孩子的手,生怕他离开自己的视野一样。欧阳叔第一次在我们这帮傻小子跟前喝多了,竟然老泪纵横,泣不成声。

老人家自力更生,艰苦奋斗,为兵团屯垦戍边的事业奋斗了大半生,忽然要离开自己挚爱的工作,离开这片曾洒下他汗水和心血的土地,我能够理解欧阳叔那依依不舍的心情。面对着这英雄的酒、这男儿的泪、这纯真的感情,我们这帮平日里自称坚强的男子汉们,竟然也是泪流满面。

日子如梭,近十年的光阴恍然一梦,此刻自己已是人近中年,这期间与欧阳叔星星点点的联系和祝福,在匆忙的日子里时隐时现。

（原载2010年3月9日《工人时报》)

那些美酒串起来的记忆

一方水土养一方人，喝一杯好酒，品一方文化。在兵团生活了近二十年，与伊力特有着不解之缘。

每逢过年过节，招待亲朋，或自斟自饮，总少不了伊力特酒。外出旅游探亲，更少不了伊力特酒。因为除了伊力特酒醇香厚重、货真价实的品质外，重要的是伊力特是军垦人的酒，承载着英雄文化，没理由让人不喜爱它。

五年前的十一国庆长假，回西安参加同学聚会。分别十几年，昔日的同窗挚友，此刻都已经携家带口，天南海北地工作在各个行业，变化惊人，好不容易聚在一起，彼此间却有种说不出的距离。

酒是神奇的液体，它能轻而易举地卸下我们身上的那些无形面具。无酒不成宴席，我郑重其事地拿出了从新疆带回去的伊力特老窖。瓶盖开启，几杯下肚，因多年未见而产生的陌生感荡然无存。大家彼此推杯换盏，或是对着已为人妻的女同学高唱"同桌的你"，或是彼此南腔北调地唱着"上铺的兄弟"，倾诉着与金钱、地位等无关的东西。然后你送我，我送你，都不肯离去，还真有点"金陵子弟来相送，欲行不行各尽觞"的味道。

著名作家陆文夫曾说过："世上唯有一样东西能一下子拉近人与人之间的感情，那就是酒。"有酒，有朋友。记得第一次去海南旅行，团队的人来自五湖四海，彼此都不认识，加上语言不同，队伍自然而然地形成了两部分，一部分是说着普通话的北方人，一部分是操着南方方言的南方人。面对应接不暇的美食、美景，大家少了几分沟通，少了彼此的关怀，团队气氛显得死气沉沉，总有些美中不足。

"长风万里送秋雁，对此可以酣高楼。"在即将离开三亚的前一天中午，酒店准备了丰盛的海鲜宴，我拿出了珍藏已久的伊力特老窖。酒是一种奇妙的物质，我们的桌上瞬间多了欢声笑语。一次盛情招呼，一缕伊力特酒香，两个桌子顺理成章地拼到了一起，二十多人第一次围坐在了一起，第一次因为快乐就

餐而耽误了近三个小时的行程。虽然喝光了我带给朋友的伊力特酒,却让此次旅行多了快乐,少了遗憾。

到江苏挂职学习两个月,到了目的地,一打开行李,才发现细心的妻子在行李箱装了两瓶伊力特老窖。全新的生活环境,长时间远离朋友和亲人,总感觉有些孤单寂寞,还好,床下行李箱中的伊力特老窖酒,会时不时地飘出淡淡的醇香,这是家的味道。

挂职结束时,我利用周末去看望远在广州的欧阳叔,一位兵团的老军垦,我知道伊力特老窖是他最喜欢的东西。

和欧阳叔算是忘年交,他有着很深的伊力特情结。2000年的秋天,欧阳叔光荣退休了,且要移居广州,我们一帮年轻人为老人家饯行。平日里一贯喝酒有度、从不喝多的欧阳叔,那天竟然抱着伊力特瓶子不撒手。那个劲头,就像父亲和孩子分别一样恋恋不舍。欧阳叔第一次在我们面前喝多了,说了很多感慨的话,最后,竟然老泪纵横,泣不成声。

老人家自力更生,艰苦奋斗,为兵团屯垦戍边奋斗了大半生,忽然要离开自己挚爱的工作,离开这片曾洒下他汗水和心血,献了青春、献了子孙的土地,我能够理解欧阳叔那依依不舍的心情。面对着这英雄的酒、这男儿的泪、这纯真的感情,我们这帮平日里自称坚强的男子汉,竟然也感动得泪眼婆娑。

"读万卷书,行万里路。"我虽然没有读尽万卷书,但确走了不少的路,几乎每年假期都会出去走走,穷游名山大川,富访亲人老友,当然也少不了给他们带去来自新疆的伊力特酒。

每到一个地方,无论是在宾馆酒楼,还是居家小酌,哪怕是席地于城市的马路牙子上,只要有伊力特酒的地方,就会有很多难忘的故事。这些故事就像一颗颗闪亮的珍珠,在伊力特的酒香中串起来,挂在我记忆的脖颈上熠熠生辉。

(原载2016年5月26日《伊力特报》)

有酒　有朋友

　　刚过完腊八节，立军就打电话过来，希望我回西安时能去趟山西，末了不忘嘱咐我带几瓶伊力特酒，电话里立军恳切的口气和爽朗的笑声，让我无法拒绝。

　　立军离开兵团后回到山西，经过十几年的打拼，已拥有了自己的事业，做得风生水起，小有成就。和他通话是考验手机电量的一件事，每次聊东聊西聊往事，他总是眉飞色舞说个没完。

　　在文学笔会上第一次见到立军，由此结识了这位朋友，也从此爱上了伊力特酒。立军是第一批赴新疆的西部大学生志愿者，他是家中独子，受尽宠爱，初到新疆的那份孤独和落寞是不言而喻的。也许是志趣相投，惺惺相惜，总之，那一天，我们在伊力特的酒香中，在巩乃斯草原万点繁星的夜空下，醉卧他乡，不知归路。

　　酒是神奇的液体，是离人的眼泪，是女人的柔情，是男人澎湃的血液，它能轻而易举地卸下我们身上的那些无形面具，拉近人与人之间的距离。那个时候，虽然条件艰苦，但即使只有一盘花生米，几包咸菜，再加几瓶伊力特，也能聚一帮天南地北的朋友，谈古论今，憧憬未来。

　　从伊犁到西安，再从西安到晋城，我一路辗转，千里迢迢地拎着两箱伊力特老窖到达晋城，车还未停稳，就看见站在车门口的立军。十几年不见，他越发壮实了，依然西装革履，一副金丝眼镜，浑身散发着儒雅商人的气息。司机直接把我们接到了酒店，十几位来自新疆或者曾经在新疆工作过的新朋友已经等候在那里，立军可谓用心良苦。

　　"一杯伊力特，双泪落君前。"这是著名作家王蒙先生品尝伊力特酒后留下的绝妙佳句。此时此刻，也是我和立军的心情写照。一阵寒暄后，几杯伊力特老窖下肚，场面迅速活跃起来。大家在伊力特的酒香中推杯换盏，立军更是异常兴奋，他脱掉西装，挽起袖口，放松领带，搂着我的肩膀频频举杯，看着他喝酒时

那种满足兴奋的状态，着实不能把他与那个才高八斗、小有名气的作家相提并论。钢琴声早已被大家的喧闹声淹没了，演奏钢琴的女孩索性打开了房间的彩灯，拿着麦克风为我们助唱，大家觥筹交错，载歌载舞。最后，立军一曲《草原之夜》，所有的人起身合唱，空气中弥漫着草原的气息和家的味道，一瞬间让人有些恍惚，分辨不出哪里是故乡，哪里是他乡。当旋转的霓虹灯光划过立军脸庞的那一刻，我看到这个身高一米八的北方汉子眼里满含泪花。

这是我第二次看到立军流泪，第一次是在2000年世纪之交的春节。那年的春节异常热闹，在万家共享团圆的时候，我和立军却在广场上游荡，站在大屏幕前等待新年的钟声。当钟声响起，礼花绽放，爆竹声和欢呼声响彻一片时，我们的耳边充斥着他乡迎春的喧嚣与快乐。立军一副夸张的姿势，快乐地仰望天空，我却看到了他滑过脸庞的泪花。

邻座的朋友告诉我，立军有着挥之不去的兵团情结。他不嗜酒，但对伊力特酒却情有独钟，他的酒柜上甚至可以找到二十多年前的伊力特酒。就连公司的年会，招待客人都少不了伊力特酒，而且还要从伊犁直接发货过来。十几年过去了，立军依然对曾经奋斗过，奉献了青春、洒下了汗水的伊犁念念不忘，因为那里有着他最美好的回忆。

想喝酒，有朋友。有好酒，还要有好心境，再加上几个知心老友，那是最完美不过的事情了，这一点我是幸运的，立军也是幸运的。晋城之行虽早已成往事，但我还会时常想起那座城市，因为那里也有伊力特酒，有朋友。

（原载2018年《齐鲁文学》冬之卷）

杯酒之行

给心情放假，整理行囊，我们一家三口开始了甜美之旅。

临行前，我和妻子却为南下的礼物发愁，亲戚长辈，同学师友，一个都不能落下，踌躇许久，"伊力特吧"，竟然异口同声，真可谓英雄所见略同。

回到阔别六年的西安，穿梭在拥挤繁华的都市里，昔日的同窗挚友，此刻都已经携家带口。聚会上，面对彼此的变化，竟然有股莫名的陌生。无酒不成席，我让大家品尝来自新疆的美酒伊力特，只是品尝而已，可几杯下肚，那种奇怪的感觉便荡然无存，彼此推杯换盏，倾诉别后的思念。然后你送我，我送你，都不肯离去，真有点"金陵子弟来相送，欲行不行各尽觞"的味道。我已记不清我是怎样将一箱伊力特搬到桌上，怎样被大家风卷残云，洗劫一空。幸好，西安的市场上伊力特还在高唱凯歌，没费多大劲又搬来一箱。

浊酒一杯家万里，临行，和父亲在伊力特的酒香中对酌，望着母亲准备的一大桌菜，望着即将空落落的屋子，看着曾经健康，而此刻已不再挺拔的双亲，我的鼻子酸酸的。母亲颤巍巍地收拾着桌上几乎没怎么动过的饭菜，听着母亲已叮咛了几十遍还在叮咛的话，觉得那样的温暖，我已好多年没有听到这种温暖唠叨了。我羡慕别人，因为他们能留守在父母身边，而我不能，这也是我挥之不去的心结。这时父亲却紧张地说："不要把那瓶子扔掉，那是好酒，是娃从兵团带回来的。"其实，父亲已很少喝酒了，我明白睹物思人的道理。每天行走在这亲情的殿堂里，行走在厚重文化肌层里，脚踩着故乡的土地，虽说日程紧凑，景点丰盈，但心情却因为聚散别离而显得忧伤惆怅，寂寞如酒。"一杯伊力特，双泪落君前。"这是著名作家王蒙先生，在品过伊力特后留下的绝妙佳句。此刻却是我心情的真实写照。

从西安到上海，从广州到海南，也许是因为语言的关系，旅行团中的人员，分成了两部分，一部分是说着普通话的北方人，一部分是操南方口音的南方人，面对应接不暇的美食、美景，少了几分沟通，少了彼此的关怀，总觉得美中

不足。

"长风万里送秋雁，对此可以酣高楼。"在美丽的三亚，酒店准备了丰盛的海鲜，美酒配佳肴，我拿出了珍藏已久的"伊力特"。酒是一种奇妙的物质，我们的桌上瞬间多了许多欢声笑语。著名作家陆文夫曾说过："世上唯有一样东西能一下子拉近人与人之间的感情，那就是酒。"于是，大家顺理成章地将桌子对到了一起，三十多人第一次围坐在了一起，并第一次因快乐就餐而耽误了近三个小时的行程，更重要的是喝光了我带给朋友的特别礼物伊力特，我的心情格外清爽。

酒是离人忧伤的眼泪，是文人墨客澎湃的血液，是人与人的沟通的使者，是人类真诚的祝福。近两个月的旅行，让我收获了那么多美好的东西，心情在旅，杯酒之行，感谢我的家人，感谢我的伊力特酒。

（原载2007年2月6日《新疆广播电视报》）

岁月干杯

记得《读者》的一篇文章这样写道："世界上有两种人，一种人是生来对一切都不起劲，他们活着就是为了过日子；另一种人是对一切事情都很认真，很希望自己的生命不要浪费。"伊力特的开拓者就是后一种人。

1989年腊月初八，一个平凡得不能再平凡的日子，却因为一种酒，让我至今难忘。

古都西安下了第一场雪，纷飞的雪花夹杂着稀稀疏疏的爆竹声，空气中弥漫着腊八节和农历年的气息。父亲兴冲冲地回家，抱着一个箱子，那是单位中层以上领导、劳动模范和先进生产者的年关慰问品。父亲说，这是伊力特，被誉为天边的酒、雪山的酒、草原的酒……

父亲一生热爱艺术，走南闯北，却唯独未到过新疆，去新疆是他的心愿，也是他的遗憾。那一天，父亲端详着那箱象征着他荣誉的伊力特，乳白色的瓶身，金黄的瓶盖，与重视包装的内地白酒相比，那时的伊力特包装还不是很出众，和伊力特的品质不成正比。

"这酒，像咱西北人，实在。"父亲品了一口，赞不绝口。

生平第一次和父亲对酌，分享这来自边疆草原伊力特的醇香。微醺中，我迫不及待地打开地图，找到了天山，找到了伊犁，找到了天山雪水汇成的巩乃斯河，找到了神秘的肖尔布拉克和英雄的新疆生产建设兵团。

生在八百里秦川，长在关中平原的我，也许遗传了爷爷和父亲的艺术基因，也许是蓝天、白云、雪山、草原和牧人的召唤，我有着挥之不去的西部情节。

有了激情，便会有梦想。于是，我向往着有一天能到新疆，到美丽的塞外江南，畅游伊犁河，在巩乃斯草原策马扬鞭，醉卧天山。

四年的大学生活，因为有梦想，所以有声有色。毕业后，迎着西部开发的春风，走进了新疆，走进了伊犁，成为一名兵团人，也真正理解了兵团人不畏艰险、铸剑为犁、屯垦戍边的英雄伟业，用血和汗书写的开拓者的壮丽诗歌。

于是，每一次看到石河子广场上的"军垦第一犁"雕塑，每一次读到伊力特"英雄第一锅"故事，我总是心潮澎湃，精神振奋，豪情满怀。

于是，便可以品尝到正宗的伊力特，感受那光荣的英雄历史和独特的西部民族文化。

每一次过年过节，招待亲朋，或自斟自饮，总少不了伊力特。回家探亲，总不会忘了一件事，那便是尽可能多带点儿伊力特给家乡的亲人和朋友。正是这美酒，使亲情、友情、爱情和乡情在互相的关爱中升华。

初春，乍暖还寒时候，和几位朋友相约，经巩乃斯草原，沿巩乃斯河顺流而下，进入神秘的肖尔布拉克腹地。嫩绿的草原蜂飞蝶舞，雪山、草原、河流和牧人相依而栖，让我们这些外乡人不敢大声说话，生怕惊醒了他们的美梦。和风吹过，久违的伊力特酒香，使神秘的肖尔布拉克草原更加妩媚动人。"明月醉天山，酒香满边城"，如此美景，使人陶醉。

走进伊力特，强大的企业实力，厚重的企业文化，先进的企业管理方式，巨额的市场销量；以及与世界同进，坚守纯真本色，彰显英雄个性，传播真善美，与自然和谐共生的企业哲学；团结、奋进、创新的伊力特人，使伊力特在众多白酒类中脱颖而出，业绩惊人。

翻开伊力特的光辉历史，许多前辈以生命汗水积淀出伊力特的生命之歌，对这些伊力特的老前辈，我们有着无限的崇敬与敬仰，但有的人我们永远也无法见面了。仍健在的前辈们，他们慈祥温和的面容，朴实平和的话语，让人无比亲切和感动。饮着伊力特，品着"第一锅"，默默体会"一杯伊力特，双泪落君前"的意境。

"天山脚下唱大风，军垦后代创奇迹。"拥抱伊力特，走进伊力特任何一个企业或车间，听着英雄后代的动人故事和先进事迹，你会被新一代伊力特人所感动。他们继承和发扬着老一辈军垦人艰苦奋斗、无私奉献的精神，他们掌握着先进的科学知识，他们年富力强、品学兼优，必将是新时代伊力特不断发展壮大的生力军。

伊力特从昔日王震将军任旅长的三五九旅七一七团，第一代军垦战士创办的一个烧酒作坊，经过几代人艰苦奋斗，日益发展壮大，发展成为如今集酒类酿造、火力发电、食品加工、野生果类开发、生物工程、金融证券、印刷业、房地产、服务业、旅游业等综合性现代化大型企业集团，几十年的历史，创造了巩乃斯河畔惊人的奇迹，彰显了兵团创业者和伊力特人的英雄本色。

"嫩寒锁梦因春冷，芳气袭人是酒香。"又是一个不眠之夜，早晨的阳光伴随着酒香，拉开宾馆的窗帘，已是朝霞满天。伊力特之旅，几天的激情与感动，几天的酒香与迷醉，离别时竟有几分恋恋不舍。

酒是人类美好的祝福，无论我们来自何方，无论我们将去哪里，斟满英雄酒——伊力特，为英雄干杯。

（原载 2005 年 5 月 20 日《新疆都市报》，

2005 年 6 月 25 日《科技日报》转载）

一个很有味道的地方

生来没有多少爱好，酷爱旅游，行走了十几年，也算行走过不少的地方，看过不少风景，加之工作生活在伊犁河谷，看惯了山花烂漫、草长莺飞、水天一色的自然景致，但说实话能让人流连忘返、印象深刻的地方着实不是很多。位于巩乃斯草原的一个叫肖尔布拉克的地方，却因为一种醇香的酒，一种英雄的文化而让我流连忘返，难以忘怀。

6月1日是国际儿童节，这是全世界儿童最开心的日子，也是一个幸运日，这一天有幸跟随四师作协和几家媒体再次前往肖尔布拉克，参加72团芳草杂志社和伊力特共同组织的"相约红军团，情系芳草地"笔会活动。

"生在井冈山，长在南泥湾。转战数万里，屯垦在天山。"这是王震将军对72团光辉历史的高度概括。红军团和南泥湾精神，在这里代代相传，对于我来讲，这是一个英雄辈出的地方，随便捻起一把泥土，都能感受到兵团人强劲的脉搏和厚重的历史，到处散发着英雄的情怀。甚至不敢用过多的语言来描述，生怕不能正确描述它伟岸的形象。

陪同我们的是政委刘杰、副政委杨文金和数十名《芳草》的作者。一个基层团场，一份地方杂志，竟然有这样人数众多、队伍齐整的写作队伍，毋庸置疑，这与团领导对文化事业的重视是分不开的。

两天的行程，政委刘杰全程陪同，于是有了更多的接触。他高瞻远瞩，运筹帷幄，雷厉风行的工作作风和平易近人、睿智儒雅的个人魅力给采风团的每一个人留下了深刻的印象。

在这片土地上，有英雄和光荣的过去，有继往开来、日新月异的今天，更有着令人向往的美好未来。我相信生活在这里的人们是幸运的，更是幸福的。

"明月醉天山，酒香满边城。"在这片英雄的土地上，如果少了一种名叫伊力特的酒，少了制作这玉液琼浆的伊力特人，那一定是一种缺憾。

伊力特，作为兵团企业，在这种英雄基因的滋养下茁壮成长，孕育出了自己独有的英雄文化和酒香风格，从而独树一帜。

酒不仅是一种液体，更是一种文化。自己对伊力特有更深的了解不能不说是因为一个人，她便是伊力特实业股份有限公司党委赖书记。因为对文字的热爱，我看过她写的许多关于酒文化和英雄历史的文章，每一篇都让人感叹。作为一个庞大企业的领头人，有如此高的文化素养，如此重视企业文化的塑造，对伊力特来讲是幸运的。

对于我来讲也是幸运的，2006年受邀深入伊力特采访过一次，也因此有了不解之缘。几年间，以自己的亲身感受和所见所闻，写过许多关于伊力特的故事，更贴切地讲，写下了自己和伊力特的故事。

记得一次在乌鲁木齐参加某杂志举办的酒会，文友一一作自我介绍，我刚说出自己的名字，就有一个文友兴奋插话："伊力特的，我看过你写的伊力特的文章——《他乡酒更浓》……"在这个地方，竟有因为自己的文章，因为伊力特酒而知道我的人，更巧的是桌上摆的酒正是伊力特老窖，真有点儿他乡遇"故"知的感觉。他如此热情，我也就欣然默许了，毕竟，伊力特也是我们四师人的骄傲。然而正是因为这样的默许，我竟然在伊力特的醇香中，在文友们的热情中幸福地醉卧他乡。

两天的采风在依依不舍中结束，回到伊犁，走在大雨后依然喧嚣的大街上，忽然嗅到了自己身上那一股让人陶醉的味道，她是巩乃斯草原迷离醉人的花香？她是伊力特酒馥郁芬芳让人迷醉的酒香？她是红军团厚重富饶的精神文化散发出的幽香？

也许都是，一定都是。

（原载2013年8月9日《伊犁垦区报》）

他乡酒更浓

匆忙地收拾好行李，准备启程，开始自己的挂职生活。

内地朋友每次到新疆，除了被新疆大气磅礴的美景震撼之外，让他们流连忘返的一定还有美食、美酒，特别是对彰显着地域特色的伊力特酒称赞有加。

于是，投其所好，买了两箱富有地域特色的伊力特酒准备带给南方的朋友，以表心意。可是看着小小的行李箱，我开始犯难。

"不用愁了，我让朋友给你托运几箱过去不就行了嘛！"妻子一语点醒梦中人，我豁然开朗，打点行囊，轻装而行。

到江苏没几天，妻子托运的行李也顺利地到了新单位。全新的工作和生活环境让人耳目一新，但身在他乡，远离朋友和亲人，总感觉有些孤单寂寞，还好，床下那两箱还贴着封条的伊力老窖，会时不时地飘出淡淡的醇香，这是家乡的味道。

在南方的市场上随处可以看到伊力特，超市里几乎都可以买到，这是第一次到南方的我没有想到的。

酒浓情更浓，此刻，妻子从遥远的新疆寄来的这两箱伊力老窖显得更加珍贵。虽然自己的酒量很小，也从来不嗜酒，但此刻这种淡淡的幽香，却是那样的熟悉，那样的亲切。这种感觉，也许只有同窗挚友和远离家乡的人才能体会其中之味。

朋友如水就是这个时候恰到好处、不失时机地出现在我的眼前。

如水是我要好的朋友，几年前辞去令人羡慕的公职，下海到南方做生意，如今在生意场上已是风生水起，大有成就。说实话这让我发自内心地佩服，毕竟我没有这样的魄力和才干。

自己是一个不愿意给别人带来麻烦的人。十几年来，走了许多地方，但每到一处都尽量少打扰别人，哪怕是最好的朋友。

我早知道如水就居住在苏州，但还是不想去打扰他，因为生意人，时间就是金钱。便打算双休日和几个朋友相约去苏杭游玩，这样就可以顺理成章地拒绝如水的邀请。

如水得知此事后，大为不悦。"命令"我周末必须听从他的安排。于是，我们相约常州。我心里明白，如水安排离我最近的城市相聚，是不想让我破费。可谓用心良苦！

星期六一大早，如水从几百公里外的苏州驾车而来，我也乘坐高铁赶往常州。一行人兴高采烈地畅游在这座历史文化名城，感受江南的小桥流水和市井繁华。

如水开着车将我们载到了装饰豪华的酒楼，一进餐厅，几十个人已经等候在那里。如水一个一个地给我介绍，让我惊奇不已，常州竟然有这么多的家乡人在此打拼，而且一个个都那么优秀。相同的口音、相同的话题和相同的生活习惯，一切都感到由衷的亲切。

"贵宾临门，要喝好酒，要喝家乡的味道！"如水冲着我神秘地笑道。

"嘿嘿，难道你这儿有伊力特？"我脱口而出，也觉得自己的发问有些突兀。

"哈哈，厉害，伊力特，还是伊力老窖呢！"如水爽朗的笑声，让人感到很温暖。

"这些酒都是从咱们伊犁直接发过来的，我们每年都会托运几百箱过来。美不美，家乡水；亲不亲，故乡人。有兵团人的地方，不能少了伊力特啊！这是家乡的味道，当地的朋友也喜欢喝这酒呢！"如水绘声绘色的样子和过去腼腆的他判若两人。

他乡酒更浓，一向不嗜酒且喝酒谨慎的我，在这场晚宴上，在伊力老窖的浓香中，在家乡人的浓情中，酩酊大醉。

酒是人类的祝福，酒是男儿澎湃的血液，酒是拼搏在外游子的思乡泪。此刻的伊力特，已不仅仅是一种液体。

读万卷书，行万里路，虽然没有读尽万卷书，但的确走了不少的路，是一个标准的行者。随后的一个多月里，利用节假日，又去了上海、山东、安徽等地的名山大川，拜访了许多志趣相投的文人墨客和同学老友。当然也给他们带去了来自远方的伊力特酒。每到一个地方，无论是在宾馆酒楼，还是居家小酌，

哪怕是席地于城市的马路牙子上，只要有伊力特酒的地方，就会有很多温馨难忘的故事。

他乡酒更浓，只因为有了伊力特酒。

（原载2013年2月26日《华夏酒报》）

情醉伊力特

"又是九月九，举起杯，倒满酒，饮尽这乡愁，醉倒在家门口……"

虽说到新疆工作已有六七年了，殷殷乡愁总是挥之不去，每每听到这首真情、酒情交织的歌，总是心泛涟漪，无法平静。

初到新疆，便与久违的英雄本色——伊力特撞个满怀，并让我平生第一次甜蜜地醉卧他乡，不知归路。

记得那是1998年的11月，西安的枝条还依稀地摇曳着绿意，而乌鲁木齐已是雪花飞舞，寒风瑟瑟。几天的颠簸劳顿，早已疲惫不堪。生长在清一色汉族人里的我，下车后便被这独特的西域风情和浓郁的民族文化所吸引。晚宴上，第一次感受到了新疆人的热情与豪爽，伴着盛情的祝酒歌，回味着别样的美景，品味着独特的美食，杯杯美酒——伊力特，那样自然轻盈地抚过舌尖的每一个味蕾，顺势而下，如出浴少女飘逸的秀发拂过心头，真是妙不可言，美不胜收。酒虽然很美，但生在八百里秦川，长在关中平原，苦读寒窗的我，哪能经得了这阵势，酒过三巡，便晃晃悠悠，摸不着杯子，找不到自己了。早上起来，发现自己躺在宾馆洁白的床单上，窗外是陌生的世界，脑袋空空如也，望着桌上的热水、早点和生活用品，不由得一股暖流涌上心头。

去年，有幸受邀去了"明月醉天山，酒香满边城"的伊力特，真正是深山出俊鸟，才女出名门。伊力特坐落在神秘的巩乃斯草原腹地，缠绵的巩乃斯河汇集天山雪水，滋润着草原健壮的肌肤，使这片土地生机勃勃、青春盎然。英雄的伊力特在悠远的驼铃和牧人的歌声中，在中国人民解放军三五九旅军垦战士们平战乱、垦蛮荒、建家园、气吞山河屯垦戍边的万丈豪气中，在伊力特人前赴后继、继往开来的热血和汗水中，层层积淀，厚积薄发，不断发展壮大，以它纯真的品质、厚重的英雄文化、独特的地域优势、强大的企业实力，一举跻身名酒行列。他是新疆人粗犷豪放、大气磅礴和崇拜英雄的精神图腾，和军垦人血脉相连。

　　岳父是1949年随军进疆的老干部，是一位将一切都奉献给兵团的老军垦战士，对兵团的感情不言而喻。去年中秋，岳父母因故准备移居广州，临别之前，宴请亲朋好友。于是叔叔特地带来了价格不菲的南方某名酒，可喝到嘴里总觉得缺点什么。最后，服务员抱来了陈年的伊力特老窖，几杯下去，气氛变得异常热烈，大家总有说不完的话、续不完的情、碰不完的杯、饮不尽的酒。那天老人家喝了好多酒，说了许多我们平日里难以听到的故事，看着他开心幸福的样子，我们的心情比饮这美酒还要甜蜜。

　　为了老人家能品尝到正宗的伊力特，为了尽可能多地带上这家乡的酒，妻子变戏法般地将伊力特罐装在可乐瓶里带到了广州，每每家里来了客人，老人家总是忘不了拿出他的珍品，给那些享尽天下美食的南方人尝一尝这来自大西北的玉液琼浆，讲一讲美丽的"塞外江南"和英雄的生产建设兵团。

　　信仰，是一个人的精神支柱，它左右着一个民族的兴衰，是人类赖以生存的力量之一。艰苦奋斗，自强不息，就是伊力特人的信仰。正是因为这种信仰，一代代军垦人，使昔日的荒蛮变为绿洲，欣欣向荣，沃野千里；正是因为这种信仰，英雄的伊力特人，背靠天山舞雄风，头枕斯河流酒香。

　　"醉和金甲舞，雷鼓动山川。"英雄的伊力特正以它外在的豪气和霸气、内在的柔美与典雅吸引征服你我他。

（原载2005年12月2日《新疆都市报》，

2006年1月6日《乌鲁木齐晚报》转载）

酒缘他乡

朋友一品带着他的越野车队依依不舍地离开酒店，消失在乌鲁木齐川流不息的大街上。十一月的天空，已是寒风瑟瑟，我木然地站在宾馆的门口，心情难以平静。

由于工作原因，长距离外出的机会相对较少，这次出差也只是为了参加一次观摩会而已。午餐后，和乌鲁木齐的朋友坐在大厅窗户前的沙发上，享受着温暖的阳光，这是一份难得的惬意。

一品就是这个时候出现在我的视野里。一帮人长枪短炮地扛着摄像器材，操着浓重的南方口音，叽叽喳喳地从走廊的那边走了过来，那个留着长发，一脸大胡子的人赫然映入我的眼帘。迟疑片刻，我们几乎是同时认出了对方，激动得从沙发上弹射起来相互握手拥抱。

十几年的岁月恍如一梦，当年还略显稚嫩的脸都已经刻上了岁月的痕迹，都已是人近中年。如今的一品已经是南方某知名报社的主编，此次新疆之行是一次采风之旅，同时也是一次西部文化的寻访之行。

久旱逢甘霖，他乡遇故知。当年从咸阳分开，一品南下创业，我一路西行到了新疆，从此两人便杳无音信。谁也不会想到在这异地他乡又能聚到一起，实在是出乎意料，让人兴奋。

酒是人类的祝福，是文人墨客澎湃的血液。这样的相聚就不能没有好酒来助兴。乌鲁木齐的朋友也是备受感动，执意要驱车回家，把自己珍藏了多年的好酒伊力特老窖拿来，招待我和这帮来自南方的朋友。

一方水土养一方人，喝一杯好酒，品一方文化。乌市的朋友搬来了一整箱彰显着地域特色和文化特征的好酒——伊力特老窖。吓得一品连连摇手，朋友热情地打趣说："不到新疆不知中国之大，不喝伊力特不知西部酒的醇香，不知咱新疆人的热情豪爽，这些还不够咧。"惹得一大桌人哄堂大笑，他也就不再推辞了。

酒逢知己千杯少。这帮来自南方的朋友，走遍祖国大江南北，尝遍天下美食，但在喝了伊力特酒之后还是啧啧称奇，对伊力特的军垦背景和西域文化产生了浓厚的兴趣。大家推杯换盏，歌声不断，宴会的气氛热闹非凡。

一品格外兴奋，频频举杯，看着他喝酒时那种满足兴奋的状态，着实不能把他和那个才高八斗、小有名气的知识分子等同。和一品一样，自己除了舞文弄墨和旅游之外，也就只有一个爱好了，那就是收集各种酒，因此，家里最大的地方就是餐厅，餐厅最大的便是酒柜，琳琅满目摆放着各种各样的酒，尤其是对伊力特系列酒情有独钟。

同窗的友谊，同乡的情感，共同的职业和相同的爱好，一向藏酒不嗜酒的我们那天竟然也抱着伊力特老窖的瓶子不放手，有着说不完的话题。

一觉醒来，发现自己躺在颠簸的车子里，窗外天地一色，分明已经到了赛里木湖，我急忙问司机：“我们这是去哪里呀？”

“伊犁呀！到您家去，昨晚您盛情邀请我们主编到您家去，要看看你珍藏的酒呀，否则就翻脸。这不，我们连夜就往您家赶，主编在后面的车里面。还有啊，你那珍藏了二十多年的伊力特酒的确很诱人！”司机小伙子风趣的笑声在车子里回荡，震得我耳膜嗡嗡作响。

自己的确存有二十多年的伊力特酒，那是老岳父给的，老人家也存放了多年。老岳父是一名老军垦战士，1949年前进疆，伴随着兵团和他的伊力特一起成长和壮大，那份伊力特情结可想而知。可这些自己平时都舍不得喝的酒，此刻却答应要给一品一箱子，还真有些舍不得。抬头望望后面的车子，朋友一品正在得意地招手，我一脸无奈。

正所谓红粉赠佳人，宝剑赠英雄，虽然这些藏酒是自己的珍爱，但能把代表着新疆军垦文化和西域特色的好酒送给尊贵的友人，的确是一件再好不过的事情，何况一品一行人对我的收藏大加赞赏。

“好几年没有回老家了吧？这次我经过西安时一定要代表你去看看老爷子呀！顺便也给老爷子带上两瓶咱新疆的好酒！”虽然我盛情难却，但一品还是只带走了五瓶二十年前的伊力特。

“这里面还有一箱子伊力特老窖呢！是你乌鲁木齐的朋友给的，他可不让我告诉你。”临行前，一品神秘地指着后备箱喜形于色。的确，身在他乡，远离亲人，朋友之间的关怀着实让人心里暖暖的，备感亲切。

回到乌鲁木齐，已经是第二天的下午了，一品不得不返程回家。我也要继续手头上的工作，一切都似乎回归到原点，然而那份温暖的记忆一如伊力特的醇香一样，沁人心脾，让人回味无穷。

（原载2011年4月20日《华夏酒报》）

"金梁子镇" 的前世今生

　　金梁子镇，原名"界梁子镇"，因为该地段北依天山支脉——科古琴山的余脉，有低矮的山梁，形似分界岭，故被称为"界梁子"。北边有科古琴山系的天然屏障保护，南边有伊犁河的环抱和滋养，自然条件得天独厚，孕育出一方水草丰美、气候温润的宝地。它毗邻可克达拉市，是新疆生产建设兵团第四师六十六团部驻扎地。

　　2006年，原六十六团党委考虑到界梁子含有"以梁为界""以此为界"的含义，与改革开放、兵地融合发展主旨不符；再则，霍城县境内更有英也尔乡"界梁子村""界梁子牧场"等地名存在，容易造成混淆；而且团场煤炭资源丰富，主产水稻，"伊河双六"牌大米品质优良，加之"金梁子"与"界梁子"语音相近，故申请将界梁子镇更名为"金梁子镇"。2006年3月，农四师六十六团"界梁子"地名经霍城县人民政府批准，正式更名为"金梁子"，沿用至今。

　　说到"界梁子"，就必须提到一个非常神秘的地方"火龙洞"。"火龙洞"地处界梁子北侧科古琴山余脉中，与现在的可克达拉市六十六团十一连南北相望，相距不足五公里，是著名的旅游景点和疗养胜地。

　　相传，古时有火龙盘踞于此，它身形庞大，面目狰狞，口吐烟火，像一座山梁一样挡住河水北进，致使山中烟雾缭绕，水灾不断。后经受仙人点化，火龙幻化成山梁，为当地百姓遮风挡雨，屏蔽风沙，造就了一方福地——界梁子。

　　若干年前，有人在劳作之余，进入了当年传说有火龙出没的洞穴躲避风雨，惊奇地发现，待在这些飘散着缕缕烟雾的洞穴里不仅温暖舒适，而且身上的陈年痼疾都会自愈。于是，有关"界梁子"和"火龙洞"的神奇传说不胫而走，而且愈发神奇。至今，仍有老百姓将其奉为"神火"。"火龙洞"洞口仍有信徒结扎七彩布条，敬祭膜拜。

　　关于"界梁子"和"火龙洞"神奇的传说虽说无法考证，但"界梁子"一词形象地描述了当地的地形特点。"火龙洞"也是对该地蕴藏丰富煤炭资源的最有力佐证。后经科学考察发现，人们口中所说的"火龙"其实就是地热资源，因地下丰富的煤海自燃形成，热气从山体裂隙中喷出，内含大量硫磺、水晶、白矾等多种矿物质，对皮肤病、妇女病、关节炎、高血压、眼耳疾等有一定的治疗和保健作用。因此，吸引了全国各地游客来此旅游和疗养。

无论叫"界梁子"，还是"金梁子"，这里注定是一方宝地，这里有传奇的过去，更有不平凡的今天，因为这里驻扎着屡建奇功的新疆生产建设兵团第四师六十六团。

第四师六十六团前身是组建于1938年的八路军一二九师三八六旅新一团，1940年4月改编为三八六旅十六团，1943年调赴延安。1949年1月整编为中国人民解放军六军十七师五十团，同年进驻新疆，是进驻伊犁的第一团。1953年整编为五〇农场，1969年更名为六十六团，是一支历经南征北战，立下赫赫战功的英雄部队。几代军垦人铸剑为犁，艰苦奋斗，开拓创新，终使荒漠变绿洲，碱滩起高楼。

如今的六十六团下辖清水河社区（原六十五团）和良繁场社区（原良繁场），毗邻可克达拉市，是一个高楼林立、车水马龙、生态宜居的现代化小城镇。随着可克达拉市、霍尔果斯特区和伊宁市开发区的快速发展，六十六团正在发挥着重要的区位优势。

（原载2019年3月20日《伊犁垦区报》）

"双语"伴成长

　　人生的美妙之处，也许就在于永远不能预知未来的精彩。就像当年生在八百里秦川，长在关中平原，从小在汉族聚居地长大的我，做梦也想不到自己的生活竟然和"双语"教学激情地撞了个满怀，并且密不可分。

　　大学毕业，初到新疆，被分配到一所民汉合校的一贯制中学，民族部和汉族部学生同在一个校园里。由于双方语言上的沟通障碍，民汉师生的交流相对较少，学生之间的误会和小纠纷也时常发生。记得有一次，一名哈萨克族学生和一名汉族学生因日常琐事发生矛盾，我出面进行调解。可是和那名哈萨克族学生你一言我一句地说了半天，也没有明白对方的意思，惹得办公室老师忍俊不禁，我也哭笑不得。不能交流，就没有信任。像这样因为语言不通而产生的不便，在日常德育工作中经常遇到，这让我深深地明白民族地区双语教学对民族团结的重要性。

　　近些年，学校积极倡导双语教学和民族团结教育，民汉师生都积极地参与其中，交流频繁。为了学好汉语，师生都积极主动相互请教，有许多哈萨克族老师申请和汉族老师一起办公，并邀请汉族老师到民族部指导，交叉授课，集体备课，相互交流，取长补短。几年下来，这种和谐的语言环境、科学的教研模式让老师们受益匪浅，极大地提高了师生们的双语授课能力，同时营造了一个民族团结的大好局面。

　　阿里玛古力是我校民族部一名刚刚工作的年轻老师，双语教学热情很高，但汉语的储备量相对较少，为了更好地学习汉语、创造良好的语言应用环境，她主动要求和汉族女老师住在一起。她虚心学习的态度、优秀的工作能力，让人看到了一位哈萨克族老师的风采。

　　2006年，教育部检查团一行来我校进行"两基"工作检查，作为国家级的检查团，学校非常重视，也诚恳地想通过此次高标准的检查，使学校工作上一个新的台阶。检查团在经过民族部教室时，里面琅琅的读书声使大家不约而同地停住了脚步。走进教室，检查团和哈萨克族学生亲切交谈，翻看学生的书本作业，学生们流利的汉语、清晰的表达、工整的字迹使在场的人感叹不已。最后，检查团一行对我校的双语教学工作予以很高的评价。

从当年民汉师生语言不通、关系生疏，到现在的交流自如、团结和睦；从当年一点儿哈萨克语都不懂的年轻老师，成长为现在的学校德育主任，几年下来，我和"双语"一起成长，见证了双语教学和民族团结的丰硕成果。

（原载2010年6月23日《伊犁晚报》）

追 尾

"雪佛兰大哥，你好啊！我是那个撞你的现代，还能记起来吗？双节到了，弟弟在伊犁祝大哥节日快乐，出行平安！还有，大哥的西藏之行筹备得怎么样了？到时候可别忘了给我留个名额，一起前行。我要戴罪立功，为雪佛兰大哥保驾护航。"手机忽然收到这样一条短信，署名北京现代。让我想起了那个一脸稚气的小伙子和那次让人略感遗憾的蹭车的经历。

长假休息，多年未见的同学打来电话，说他们自驾游的车队明天就到伊犁，想见一面。他乡遇故知，这个消息让人激动不已。

朋友是第一次来到伊犁，同窗挚友，多年未见，尽地主之谊，带他们饱览伊犁之美是分内之事。于是，早早起床，给车子进行全面检查，加满油箱，做好出行的必要准备。

"明天你是否会想起，昨天你写的日记，明天你是否还惦记、曾经最爱哭的你。老师们都已想不起，猜不出问题的你，我也是偶然翻相片，才想起同桌的你……"音响里播放着老狼的那首《同桌的你》，我也一路伴唱，到时候也好给同学们亮一嗓子。

此刻，正值伊犁薰衣草盛开的季节，浓浓的花香从车窗里飘进来，伴着老狼沙哑的声音弥漫在车子的角角落落，让人想起了更多温暖回忆。

伊犁的大街上，马路堵得像停车场，我的车子像蜗牛一样穿行在车流中，幸好还有这样优美的歌曲，这样诱人的花香，一路还算惬意。

"咚"的一声巨响，随即便是一阵刺耳的急刹车声，我的车子随之一震。一脚刹车停了下来。观后镜里一辆黑色的现代车歪歪扭扭地停在我的车后面，撒落一地零件。

自己没有半点儿违章操作，在这个接人赶时间的节骨眼儿上，新买了不到一年的车子却被撞了，让人郁闷到极点。

我气急败坏地推开车门，拍打着对方的车窗，示意还在驾驶室里愣神的家伙快点下车。

"大哥，消消气，我也没办法，旁边那个出租车忽然间就从岔道上开出来，我躲他，把您给撞了，没办法。责任在我，一切我赔偿，我赔偿，我有保险，我是全险……"司机是一个二十来岁的小伙子，一脸稚气，态度诚恳，由于惊吓，结结巴巴，语无伦次。

有人说幸福是比较级，前提是需要一个更差的。我的车是雪佛兰，车身硬朗，底盘较重，车身只蹭了一些漆，车门有一点变形，其他并无大碍。而他的车却惨不忍睹，车门严重变形，已经无法打开，看着他从侧门钻出来时狼狈的样子，我竟然有些释然，加之对方态度诚恳，我的气也消了好多。

于是，不得不给朋友打电话，让他们重新安排行程，毕竟撞车之后会有很多烦琐的事情要处理。

双方的车投保的是全险，没有多少后顾之忧。于是给保险公司打完电话，两个人索性坐在马路牙子上聊起天来。

一个多小时里，两个人从车子聊到了保险，从保险聊到了旅游，从旅游聊到了各种开车趣闻……俨然像一对要好的朋友。

评估车损的业务员是一个胖乎乎的小伙子，他有点儿神经兮兮地看着我们俩，开玩笑地说"你们好朋友还撞车啊，不能骗保啊"，引来旁观者一阵哄笑，索性我们两个谁也没有解释，一笑而过。

最后车子顺利地送到了4S店进行维修，保险公司赔付了一切损失。

办完一切手续，大家相互道别，一如好友，这样和谐友好的场景，和我以往印象中撞车后混乱的场景大相径庭。

等到凌晨一点才见到了一脸焦虑、为我担心的朋友，多年不见，彼此感动不已。虽然没能陪朋友一起观赏伊犁的美好景色，没有尽到地主之谊，因为这次有惊无险的剐蹭，却让我意外地多了一名驴友，足以慰藉。

网购从车品开始

买车之前，从来没有过网上购物的经历。那种不见货、不见人，动动鼠标就交易的方式，总让我觉得是一件不太靠谱的事情。

老吴可谓我的朋友圈里驾龄最长、驾车技术最好的人。不到四十岁，驾龄已有二十多年。老吴是个热心人，我买车那天，谈价格、办手续、验车等所有的环节他都帮我办得妥妥当当，完全不需要我操心。

冬天里天冷路滑，老吴开着他的车跟在我的车后面保驾护航，有这样的朋友，感觉心里暖暖的。凌晨一点多，老吴打电话过来，一再嘱咐我，车装修购买物品和买保险一定要到网上去办，方便快捷，而且还可以省下一笔小钱，够两三个月的油钱呢。

我忐忑不安地打开了网页，各类险种和条款写得清清楚楚，可以认真地研究和选择，缴费方式方便快捷，还真的节约了不少钱。第一次网上交易，让我体验到了网上购物的乐趣。

"车子就是你们男人的情人"，这是老吴的妻子经常挂在嘴边的一句话。她的理由看起来很充足，老吴每天花在车子上的时间比花在她身上的时间还多，把车子收拾得光鲜亮丽。

老吴妻子佯怒的模样，让大家笑得前仰后合。

老吴的车总会给人惊喜，隔三岔五地发生变化，大到尾翼轮胎，小到车膜饰品。一打听才知道，这家伙全是从网上淘来的。

受第一次网上成功交易的鼓舞，加上老吴的鼓励，我打开了汽车用品网页，各种车用品应有尽有，让人目不暇接，大到几十万元的整车网上交易，小到一个几毛钱的零部件和装饰品，款式多样，物美价廉。我一口气拍下了车载香水、洗车水枪、方向盘套、魔术毛巾等十几样小物品。店家的态度让人无可挑剔，于是不假思索提交了网上购物单。

不用面对喋喋不休的导购员，不用忍受老板异样的眼光，不用考虑物品价格的含水量……畅游巨大"货场",动动鼠标,就可以得到想要的东西,说实话,这种购物是一种享受,而且物美价廉,这些都是汽车4S店和汽车商城永远无法比拟的。

有人说:人生最大的悲剧就是得不到和得到了。也许淘宝的诱人之处就在这里,当拍下了车上的用品后,就会开始等待,每天不由自主地上网看货运信息,关注物品的行动踪迹,那种期待本身就是一种幸福。

当快递送上门的一霎那,心情激动得就像垂钓人挥杆一刻。一层层地撕开包装,清点物品,翻看说明书,然后安装到车上,就像给自己喜爱的女人化妆一样幸福,这种喜悦是坐在4S店的沙发上体验不到的。

车品网购就这样被"撩拨"起来。

于是,不到半年的时间,网购十余次,我由一个网购的门外汉,变成了网购的支持者。我享受这份廉价的快乐。

(原载2012年7月26日《兵团日报》)

我与晚报华美相遇

"乐意相关禽对语，生香不断树交花。"志趣相投的人在一起，就会发生许多动人的故事。我与《伊犁晚报》的华美相遇亦是如此，意蕴悠长，令人难忘。

1997年，大学三年级的我，对新疆的印象也仅限于雪山草原、羊群毡房和那些"早穿皮袄午穿纱，怀抱火炉吃西瓜"的模糊概念上。没承想，在千里之外的咸阳的我却能与《伊犁晚报》相遇，可谓传奇。

邻居家的儿子从新疆回来，带了许多礼物，我幸运地拿到了一份。打开盒子，两朵雪莲花静静地躺在一沓报纸上。如果说忽然降临的那两朵雪莲花是一种浪漫的话，那么这几张《伊犁晚报》由三千里之外来到咸阳也可谓传奇。于是，仔细研读，品味神秘的伊犁，心中升起了无限向往。

大学毕业后，奔赴新疆，如愿以偿地分配到了兵团四师六十六团工作。在异地他乡，再次与久违的《伊犁晚报》相遇，竟然有些许"他乡遇故知"的感动。

近距离触摸《伊犁晚报》，其清新活跃、雅俗共赏的办报风格，让人如沐春风，爱不释手。

"好报纸！物超所值！"看到精彩的部分，不觉大加赞赏。

"那是当然！你知道晚报老总是谁吗？不知道吧？他可是咱们团场走出去的大作家！咱们团场是出人才的地方！"办公室的老主任满面春风，自豪地说。

老主任的话匣子，让我知道鲍国安、叶惠贤、王亚楠等一批从六十六团场走出去的文化名人和六十六团场光荣的历史。此刻，对于这个团和这张报纸有了更多的敬畏和憧憬。

2006年，一次宴会上终于见到了《伊犁晚报》总编王亚楠先生和时任副刊编辑的王秋红女士。百闻不如一见，晚报人儒雅的大家风范让人折服。也许是因为有共同的爱好、共同的话题，一桌人推杯换盏，谈笑风生。毋庸赘言，这是一次令人难忘的聚会。

　　回到家，通过邮件给《伊犁晚报》投去第一篇稿子，没承想第三天便见报了，文学稿件能有这样高效的运作方式，让人惊叹，是以前投稿经历中少见的。

　　过去是写好稿子等待发表，没有多少紧迫感，然而面对《伊犁晚报》高效运作方式，忽然间，发现自己手上竟然无稿可投，创作的激情被迅速点燃。因为编辑们的鞭策抬爱，加上自己不断地努力，几年下来，竟然也有七十篇稿件刊发在《伊犁晚报》上，那种知遇之恩的感激之情溢于言表。

　　有些时候，我们一个不经意的行为，往往对他人产生很大的影响，甚至会改变他们的人生。

　　记得有一次，我们学校文学社的一个孩子参加全国青少年作文大赛，喜获一等奖。站在领奖台上，她激动得热泪盈眶，捧着鲜红的荣誉证，语无伦次："感谢赵老师，感谢《伊犁晚报》。"让在场的人面面相觑，不知所指。只有我知道，孩子的第一篇稿子是我指导的，是我寄到报社，并被刊发在《伊犁晚报》学生作文版上。从此，这个理科班的孩子，竟然喜欢上了写作，并取得了骄人的成绩。

　　"每一次善缘的相遇，都是一次上苍的垂爱。"这是一个参禅的朋友经常挂在嘴边的一句话。此刻，对于这句话已我深信不疑，只因为那些华美的相遇。

（原载2012年5月17日《伊犁晚报》）

心中的那条河

　　四年前在武汉大学教师培训期间，主办方在团队研讨活动中设定了即兴演讲环节，我抽到的题目是《总体国家安全观》。

　　对于一个囊括政治安全、国土安全、军事安全、资源安全、生物安全等多领域的宏观概念，如何在短时间内清晰展示内容，突破社交屏障，引起观众共鸣，立意和方法至关重要。

　　"大问题，小切口。"队员的一句话点醒梦中人，我茅塞顿开。以百姓视角，从生活出发，以一条大河的蜕变，切入资源和生态安全。三十分钟从文本到演讲一气呵成，为团队赢得最高分。

　　生在关中，长在渭北，大学毕业后赴兵团工作，在伊犁河北岸成家立业，可以说，过去的四十年与两条大河为伴。四十年是珍贵和漫长的，容载了人生的最好年华，但对一条河来说只是一涌潮汐，四十多年我见证了这条大河短暂的荣辱兴衰。

　　喜欢渭河，是因为"晚来清渭上，疑似楚江边。鱼网依沙岸，人家傍水田"的优美的诗句，是因为"泾渭分明""清者自清，浊者自浊"的神奇。

　　小时候，每年夏天都会随父亲到咸阳欢度暑假，父亲的单位在渭河北岸，步行十几分钟就可以到达河滩。那个时候的渭河河道宽阔，水势平稳，两岸郁郁葱葱，景色宜人，加上河水里那些触手可及的小鱼小虾和河蟹，让孩子们流连忘返。

　　1994年上大学，再次来到渭河边，我几乎不能相信自己的眼睛，黑褐色的河水，伴着刺鼻的恶臭，黑黢黢的渭河犹如一条面目狰狞的蜈蚣匍匐在充满垃圾的河滩上。河面狭窄，挖沙机伴着排污口的轰鸣声，让人不敢靠近，颠覆了我对渭河的所有美好记忆。

　　离开家乡赴兵团工作，渭河的现状依然萦绕心头，尤其是看到央视频道——经济半小时播放的《陕西渭河沦为下水道，咸阳每天排六万吨污水》的电视节目后，更是痛心疾首，忧心忡忡。区区几年的时间，绵延在关中大地，让八百里秦川富庶一方，百姓赖以生存的母亲河沦为黄河最大的污染源，谁都想不通。

"十几年前，人们还可以在渭河支流小溪里游泳、洗澡。二十年前，人们还能从河中捕捞到几斤重的活蹦乱跳的鲤鱼。也不过是短短的十几年的工夫，这条河已变得面目全非、伤痕累累，这是咋了？"

2004年，我去咸阳看望退休老师，老人灵魂拷问让我无言以对，因为资源安全和生态安全没有人能置身事外，没有局外人。

人民生命安全是国家安全的宗旨和基石，资源安全和生态安全是人民生命安全的基本保障。资源攫取、开发和浪费的代价使无数个"渭河"万劫不复，资源和生态安全意识弱化在动摇我们赖以生存的安全根基。节能减排，与自然和谐共处，实现可持续发展已是当务之急。

2017年10月18日，习近平总书记在党的十九大报告中指出，坚持人与自然和谐共生，必须树立和践行"绿水青山就是金山银山"的理念，坚持节约资源和保护环境的基本国策。

"空谈误国，实干兴邦。"在正确思想的指引下，全国人民团结一心，撸起袖子加油干，生态文明建设取得了历史性成就。绿色、循环、低碳发展迈出坚实步伐，生态环境保护发生历史性、转折性、全局性变化，创造了举世瞩目的生态奇迹和绿色发展奇迹。

2020年当我再次回到咸阳，一个经过全面、系统治理的渭河跃入眼帘，十来年不见的渭河，此刻已脱胎换骨，今非昔比。河水清澈荡漾，两岸翠色玉流、湖光山色、亭台楼阁，景色秀美。与恩师在滨河路散步，老人对这条河的治理效果赞不绝口，这条曾失去昔日风采的大河，此刻已成为恩师口中安澜河、生态河、景观河和致富河。曾有人这样形容20世纪的渭河：60年代淘米洗菜，70年代洗衣灌溉，80年代鱼虾不再，90年代水臭难耐。此刻我更愿意加上一句：21世纪是渭河的新时代。

以史为鉴知兴替。对于新疆可克达拉市人民来讲，渭河很远，但伊犁河很近，渭河阵痛式发展和浴火重生的蜕变过程，无疑为我们资源安全和生态安全以至于国家安全都提供了不可多得的经验教训，同时也在警示我们居安思危，要有底线思维，绝不可重蹈覆辙。